小学館文庫

警部ヴィスティング

カタリーナ・コード

ヨルン・リーエル・ホルスト

中谷友紀子 訳

小学館

主な登場人物

ヴィリアム・ヴィスティング ……ラルヴィク警察犯罪捜査部の警部
リーネ・ヴィスティング…………ヴィリアムの娘。タブロイド紙《VG》記者
カタリーナ・ハウゲン …………24年前に失踪した女性
マッティン・ハウゲン …………カタリーナの夫
インゲル・リーセ・ネス ………マッティン・ハウゲンの前妻
スタイナル・ヴァスヴィク………マッティン・ハウゲンの隣人
ニルス・ハンメル …………………ラルヴィク警察の刑事
クリスティーネ・ティーイス ……ラルヴィク警察の法務担当
アドリアン・スティレル ………国家犯罪捜査局（クリポス）の捜査官
ヨアキム・フロスト ……………《VG》編集長
ダニエル・レアンゲル …………《VG》記者
ナディア・クローグ ……………26年前の誘拐事件の被害者
ハンナ・クローグ…………………ナディアの母親
リヴ・ホーヴェ ……………………ナディアの同級生
ローベルト・グラン ……………ナディアの恋人

ノルウェー南部

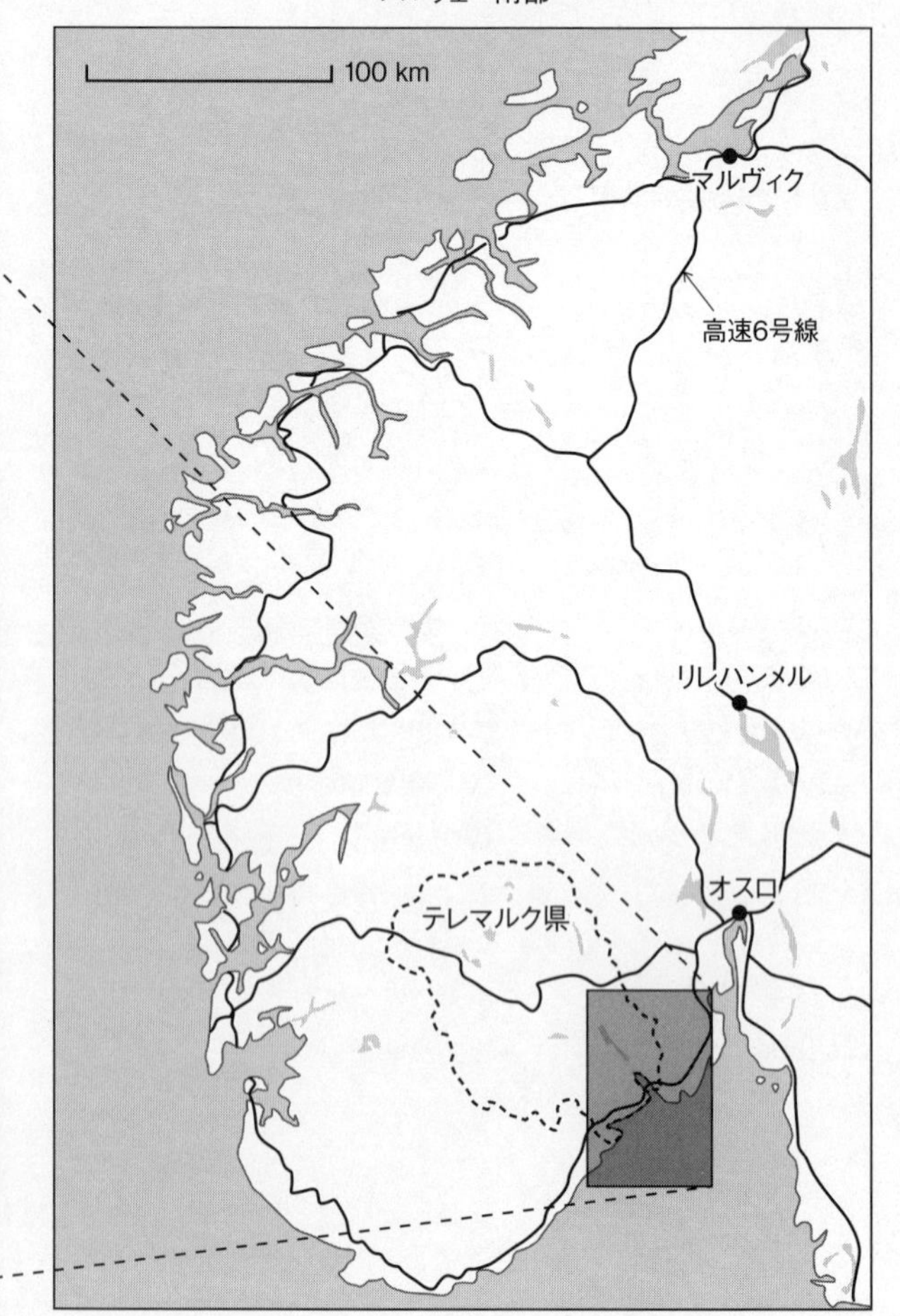

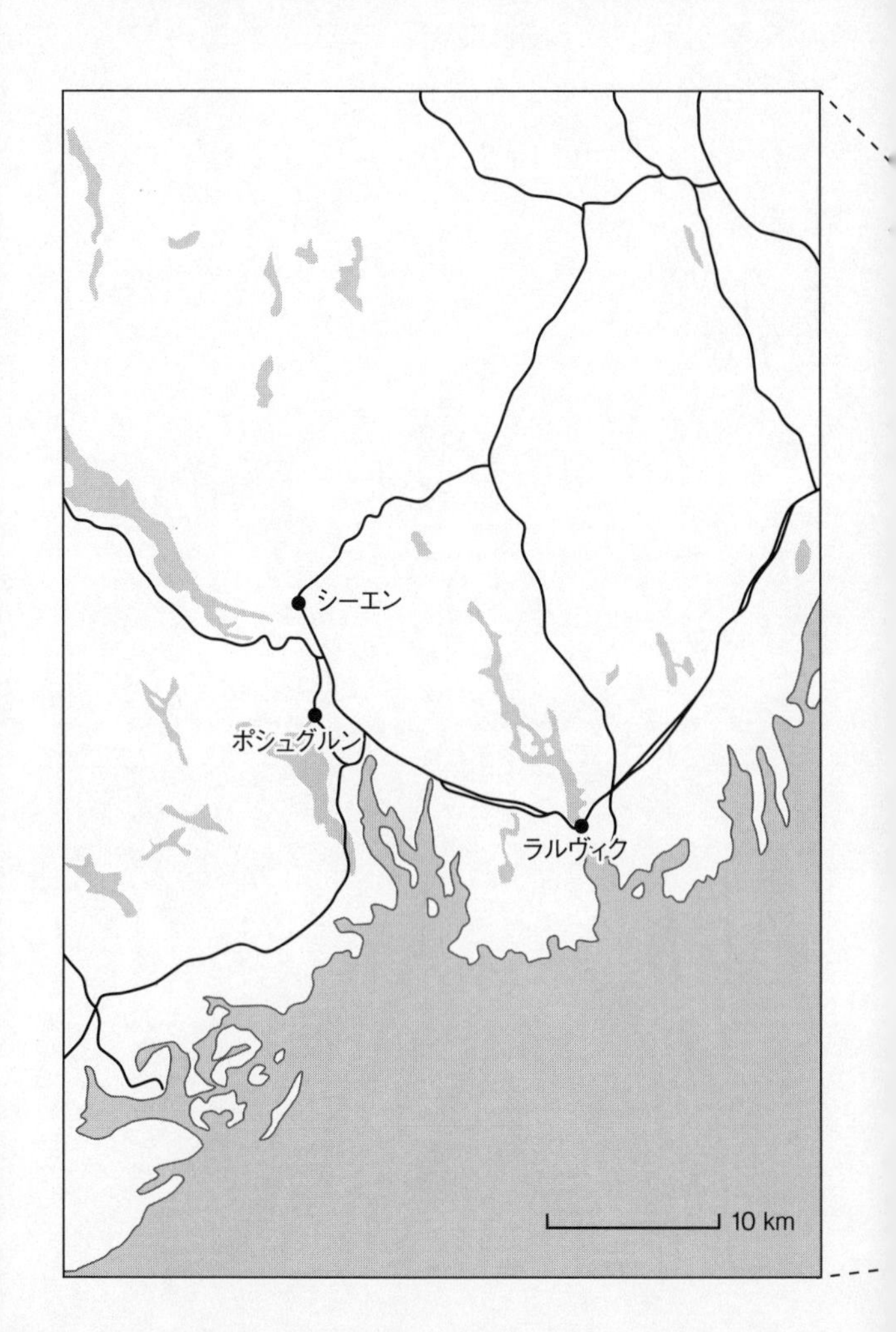
シーエン
ポシュグルン
ラルヴィク
10 km

カタリーナ・コード

1

段ボール箱が三つ、クロゼットの奥にしまいこまれている。ヴィスティングは最も大きな箱を取りだした。角のところが一カ所破れているため、慎重に居間へ運んだ。蓋を開き、いちばん上にのせられた黒いリングバインダーを手に取った。背表紙には褪せた文字で〝カタリーナ・ハウゲン〟と上書きされている。それを脇に置き、〝証言Ⅰ〟、〝証言Ⅱ〟、〝証言Ⅲ〟と記された赤いバインダーも取りだす。目当てのものが見つかった。〝クライヴェル通り〟のバインダーだ。

それぞれの段ボール箱にはカタリーナ事件に関して作成され、使用されたすべての資料が収められている。厳密に言えば、捜査資料を自宅に持ち帰るのは規則違反だが、警察署の書庫にしまいこまれたままではしのびなかった。クロゼットの奥に置いておけば、シャツを出すたびに事件を思いだすことができる。

ヴィスティングは老眼鏡をかけ、腰を下ろしてバインダーを膝にのせた。最後に目を通してからちょうど一年になる。

クライヴェル通りはカタリーナが住んでいた場所だ。森に囲まれた素朴な一軒家をいくつかの角度から撮った写真が残されている。一枚の背景にはクライヴェル湖の輝く水面（みなも）がかすかに写っている。家そのものは道路から百メートルほど入った小さな高台に建っている。茶色の壁に白い窓枠、緑のドア、窓台には空の植木箱。

写真のフォルダーに目を通していると、幽霊屋敷に足を踏み入れたような感覚に襲われる。カタリーナの姿はなく、靴だけがポーチの床に残されている。グレーのスニーカー、茶色い革のブーツが数足、クロッグシューズ。隣には夫のごついサンダルとワークブーツ。コート掛けには並んでかけられた上着が三枚。玄関ホールのチェストの上にはボールペンと買い物リスト、未開封の封筒、新聞、チラシが数枚。置き物と萎（しお）れたバラの花束。その上の壁掛け鏡にはメモが三枚貼りつけられている。一枚には日付と時間、もう一枚には名前と電話番号、三枚目には頭文字三つと金額――AML、百二十五クローネ。

ベッドの上の開いたスーツケースには、旅支度なのかカタリーナの衣類が詰められている。靴下十足、ショーツ十枚、Tシャツ十枚、ブラジャー五枚、ズボン五枚、セーター五枚、ブラウス五枚、トレーニングウェア一着。中身を目にするたびにかすかな違和感を覚えるのだが、その正体はつかめずにいた。選ばれた服の種類や枚数がきっちりとしすぎていて、ほかの人間が用意したものか、あるいはほかの人間のために用意したもののように思えるせいかもしれない。

さらに写真に目を通していく。コーヒーテーブルの上には、本棚から抜かれた本が五冊。いくつかはヴィスティングも読んだことがある——『メンゲレの動物園』、『アルケミスト』、『白い黒人』。その横には絶景をバックにしたカタリーナと夫のマッティン・ハウゲンの写真が一枚。ふたりは抱きあい、撮影者に笑みを向けている。額に入れられていたものだが、枠から外されてすぐ脇に平らに置かれている。

とりわけ不可解なのはキッチンの写真だ。カウンターにはバターを塗ったパンの皿と牛乳のグラス。カタリーナがいつもすわっていた椅子はテーブルから引きだされ、卓上にはボールペンとともに一枚の紙が残されている。のちに〝カタリーナの暗号（カタリーナ・コード）〟と呼ばれるものだ。

ヴィスティングはその紙のコピーに目を凝らした。三本の縦線に沿って二、三桁の数字がいくつも書きこまれている。現在に至るまで、その意味は明らかにされていない。

警察内部の専門家に加え、軍情報機関所属の暗号解読官の協力も得て解読が試みられたが、答えは得られなかった。海外の専門家にも問いあわせたものの、やはり記された数字に意味を見いだせた者はいなかった。

今度こそなにかつかめるのではと期待しながら、ヴィスティングはコピーに見入った。

　はっとわれに返り、顔を上げた。居間に入ってきた娘のリーネに話しかけられたが、内容を聞き漏らしたのだ。そこにいたことすら気づいていなかった。

「なんだって？」訊き返しながら眼鏡を外し、首から紐でぶら下げた。

　リーネは腰を下ろし、よちよち歩きのアマリエを膝に抱えて上着と靴を脱がせながら、ヴィスティングが持ちだした段ボール箱に目をやった。

「明日は十月十日だったっけ、って言ったの」

　ヴィスティングはバインダーを置き、腕を伸ばして孫娘を膝にすわらせた。もう赤ん坊とは呼べない。十四カ月前、初めて腕に抱いたか弱い小さな生き物は、いまや自我を持つまでに成長した。ヴィスティングは丸々としたその頬に唇を押しつけ、音を立ててキスをした。アマリエがきゃっきゃと笑いだし、ぽっちゃりした手で眼鏡をつかもうとする。しかたなく首の紐を外し、アマリエの手が届かないところへ眼鏡を置いた。

「いまさら新しい手がかりが見つかったりする？」リーネが卓上のバインダーを手で示す。

　苛立った不機嫌な顔だ。

「なにかあったのか」

リーネはため息をつき、バッグに手を突っこんで黄色いビニール製の細長いシートを引っぱりだした。はずみで口紅やボールペンやガムなどといった、こまごまとしたものがこぼれだす。

「駐車違反の切符を切られちゃって」そう言って投げだすように切符を置き、こぼれたものをバッグに戻した。「七百クローネ」

ヴィスティングは切符に目をやった。「道路標識372番違反?」と読みあげる。

「372番って?」

「駐車禁止」

ヴィスティングは笑い、かがみこんで孫娘に頬ずりした。

「ママは罰金なんだとさ」とおどけた声で話しかける。

リーネが立ちあがってキッチンへ向かった。「なんでいまだに資料に目を通したりするの。大昔の事件なのに」

「異議申し立てはするのか、罰金に対して」

「申し立てようがないもの。標識を見落としたの。払うしかない」

スプーンを手に戻ったリーネはおむつ用バッグからヨーグルトを取りだし、アマリエを膝にすわらせた。

「この子の家系調査は進んでるかい」

リーネはヨーグルトの蓋を剝がした。「ベルゲンに二、三人見つかった。四従兄弟とか、五従姉妹とかが」そう言って笑みを見せる。

「いついとこって？」

「六代前の先祖が同じ人のこと」リーネがアマリエの口にスプーンを運びながら答える。

「それで、その六代前の先祖というのは？」

「アルトゥール・トールセン。母さんのひいひいお祖父さんよ」

「聞いたことないな」

「一八七〇年、アスコイ生まれだって」

ヴィスティングはやれやれと首を振り、読んでいた資料を手に取った。「大昔の記録にこだわってるのはどっちだろうな」

「でも、父さんが探してるものはそこにないじゃない。二十五年も探してるけど、資料のなかに答えなんてないのよ」

「二十四年だ」ヴィスティングは訂正し、腰を上げた。クロゼットの奥の段ボール箱のなかに答えを見つけるのは難しい。それは承知しているが、一方で、捜査資料に名が挙げられた七百六十三名のうち少なくともひとりは、二十四年前の十月十日に起きたことを知っているはずだと信じてもいた。

赤いバインダーのひとつを取りあげ、適当なページを開いた。聴き取り調書だ。用紙はくたびれ、文字も褪せている。ページなかばの一文を無作為に選んで頭から目を通すと、末尾まで読まずとも内容が思いだされた。型どおりの事情聴取で、重要な情報も不審な点も見あたらないが、その調書にしろ、ほかのどんな資料にしろ、目を通すたびに今度こそは新たな手がかりやつながりが見つかるのではと期待せずにいられなかった。

「どうするの」リーネの問いかけに、ヴィスティングはわれに返った。

また話を聞き漏らしたらしい。そう思いながらバインダーを閉じた。

「またいっしょに山小屋へ行くつもり？」

「誰とだ？」そう訊き返したものの、答えはわかっている。

「あの人と」リーネは答え、うんざりした目で捜査資料の山を見やった。

「どうかな」

「でも、明日は家へ行くんでしょ」

ヴィスティングはうなずいた。毎年十月十日にはマッティン・ハウゲンの家を訪れるのが習慣になっている。「すまんな」そう言って、バインダーを置いた。

その日が近づくと気もそぞろになるのは自覚している。頭が古い事件に占められ、ほかのことは脇に押しやられてしまうのだ。

「今夜の予定は？」ヴィスティングは尋ね、窓辺に寄った。外は暗く、雨粒が窓ガラスを叩(たた)いている。

リーネは娘にヨーグルトの最後のひと口を食べさせた。「ジムに行く」そう答え、アマリエを床に下ろした。「うちでこの子を見ていてもらえない？　託児所はあんまり好きじゃないみたい」

アマリエはぐらつきながらも床に立っている。

「ここに置いていくといい」ヴィスティングは喜んで言い、手を叩いて孫娘を呼び寄せた。よちよち歩きで近づいてきたアマリエは、ヴィスティングに抱えあげられると弾(はじ)けるように笑った。

「気をつけてね。食べたばかりだから」

アマリエを下ろし、ヴィスティングは隣の部屋へおもちゃ箱を取りに行った。床に中身を空け、アマリエのそばにすわりこむ。

アマリエは赤い積み木をつかみ、なにやら声をあげた。

「ありがとう、父さん」リーネが立ちあがった。「二時間で戻るから」

リーネはふたりに手を振ったが、アマリエは遊びに夢中で気づきもしなかった。

十分ほどそばについていたが、やがてヴィスティングは孫娘がひとりで遊びたがっているようだと気づいた。

立ちあがると膝の関節がきしんだ。段ボール箱に近づき、ノートを取りだして椅子に腰を下ろす。ページを繰ろうとしたところで老眼鏡をかけなおし、あらためて読みはじめた。

事件の情報はすべてこの分厚い青色のノートに集約されている。先頭に事件の概要、次に詳細、証言、証拠物件、鑑識調査結果。これこそが事件の要であり、自分が行ったすべての事情聴取と、収集されたすべての証拠がここにまとめられている。捜査の方向性はつねにこのノートに基づいて決定される。

古いこの事件に対するこだわりをリーネが厭う理由がヴィスティングには解せなかった。リーネ自身も、不可解な謎や未解決の問いに惹かれる性分だからだ。自分を刑事にしたのと同じ知への渇望が、娘を新聞記者にした。アマリエの誕生後、リーネは家系調査をはじめた。父親はいないも同然なだけに、娘になるべく多くの家族を与えてやりたいというのがなによりの動機だろう。だがそれに加えて、根っからの探究心がそうさせていることもたしかだ。遠い親戚を見つけだし、家系図にまとめる作業にやりがいを感じる理由はよく理解できる。警察の捜査にも通じるものがある。

記者としてのリーネの行動の核心には、この探究心が存在している。娘にとってその職は事件を報道することだけに留まらない。その奥にあるものを解明することこそが目的なのだ。大手タブロイド紙《VG》（ヴェルデンス・ガング）の編集部でもその資質を高く買われている。出産後も復帰を求められ、現在は育児休暇の延長措置がとられている。

娘をカタリーナ事件に巻きこむつもりは毛頭ないが、あまりに無関心な態度が不思議だった。事件が身近すぎたせいかもしれない。カタリーナ・ハウゲンの失踪時、リーネは六歳だった。ヴィスティングがたびたび古い捜査資料を持ちだして熟読するせいで、その姿を見飽きてしまったのだろう。あるいは、大半の人間と同じ解釈に落ち着いたのかもしれない。二十四年前の十月の暗い夜、カタリーナ・ハウゲンはみずから命を絶ったのだと。

だが、そうであるなら、遺体はどこにあるのか。

事故に遭ったという説もある。散歩中に転倒し、気を失ったまま発見されずに終わったというものだ。だとしても、答え以上に疑問が残ることになる。

失踪時の状況以外にも、この事件には不可解な点がいくつもあった。長年にわたり幾度となく捜査資料を読み返してきたのはそのせいでもある。たとえばキッチンのテーブルに残された謎の暗号。風変わりな隣人。カタリーナの父親の消息。そして十四本の赤いバラ。

アマリエは肘掛けにつかまって立ち、派手な色をしたガラガラを夢中でしゃぶっている。

ヴィスティングはにっこり笑いかけてから、カタリーナ・ハウゲンと最後に会った者たちのうち、友人のミーナ・ルーの証言を探しだした。ミーナはカタリーナと同じ合唱団に所属し、五年の付き合いがあった。失踪前の二、三週間、カタリーナは合唱の練習を欠席した。電話したところ、体調がすぐれず、元気が出ないのだと言われた。それで失踪する二日前に家を訪ねた。たしかに顔色が悪く、疲れた様子だったという。なにか思い悩んでいるようだったが、カタリーナはなにを訊かれても曖昧にはぐらかし、ビタミン剤を飲みはじめたから効果があればいいのだけどと答えるだけだった。失踪に至るまでの一年でカタリーナは別人のようになったとミーナは証言していた。以前は朗らかで陽気な性格だった。〝潑剌（はつらつ）とした〟と調書には記されている。ところが、そんな性格を変えるなにかが起きた。ふさぎこんで滅多に外出しなくなり、友人と会うことも稀（まれ）になった。人を避け、陰気で無口になったという。

ミーナ・ルーの証言のなかで、とくに引っかかりを覚える一段落があった。カタリーナが誰にも言えない暗い秘密を抱えているようだったという内容だ。

カタリーナ・ハウゲンが失踪前に鬱状態にあったという証言は、ほかの友人や同僚たちからも得られていた。オーストリアにいる家族や友人が恋しいのだというのが大方の見解だった。

少しページを繰り、ミーナ・ルーの証言の抜粋にさらに目を通した。以前は読み飛ばしていた一文にふと目が留まった。カタリーナが数日前にオーストリア人男性に会ったと語ったことがあり、その話が出た日付をミーナが思いだそうとしているくだりだ。カフェでその男性に相席してもいいかと声をかけられ、そのアクセントに気づいたカタリーナがオーストリア人かと訊いたそうだ。同郷人と会えて楽しかったと話していたという。

その男性の捜索には多大な労力を要するため、ふたりが出会った正確な日付を知ることが不可欠だった。ミーナの記憶では、八月なかばのある日の午後だったという。その一文をもう一度見なおした――〝八月なかばの午後〟

語句がひとつ欠けている。これまでずっと、〝八月なかばのある日の午後〟だと捉えていたが、〝ある日の〟が抜けている。ヴィスティング自身もたまにやるような、よくある間違いだ。脳が認識する情報は文字に記されたとおりとはかぎらない。書かれたものに目を通す際、それを一字ずつ読みとるのではなく、目を走らせて意味をとろうとするため、脳がそこにない語句まで補って読んでしまうのだ。

今回欠けていた語句は意味のないもので、それによってなにかが変わるわけではない。だが、捜査資料全体にほかにも見落としがある可能性が出てきた。

ヴィスティングはノートを置き、新たな興味とやる気とともに手近な書類の束を手に取った。カタリーナのような失踪事件の場合、原因は四つに大別される。自殺、事故、家出、なんらかの犯罪。新しい人生を求めて本人が密かに出国したケースも含め、あらゆる可能性が検討された。

カタリーナは家出したのではないとヴィスティングは考えていた。遺体も犯行現場もないにもかかわらず、当初から殺人事件として捜査を行った。決定的な根拠があってのことではなく、いくつもの情況証拠を総合した上での判断だ。ベッドに広げられたスーツケース、本棚から抜かれた本、額から外された写真。そしてキッチンテーブルに残された暗号。

暗号のコピーを手に取り、もう一度眺めてみる。カーブを描くうっすらとした線が三本、紙を仕切るように縦に引かれ、そのあいだに細長い空白がふたつ形作られている。下端には交差する形で横線が一本引かれている。何通りかの数字も記されている。丸で囲まれた362が二カ所。334も同様だ。18も同じように二カ所に登場するが、こちらは四角で囲まれている。さらにいくつもの数字が紙面全体にちらばっている。206、613、148、701、404、そして49。不可解なその暗号のなかでとくに目を引くのが、端のほうに書きこまれた十字のしるしだ。縦棒が横棒より長いため、宗教的な象徴、つまり十字架にも見える。黒いボールペンで幾重にもなぞられているせいで紙が破れかけている。

さらにもう一度、十字のしるしと数字をじっくり確認した。今度はなにかが意識下に訴えかけてくるのに気づいた。数字がなんらかの意味を伝えようとしている。

　ふかぶかと息を吸い、そこで止めた。古い捜査資料を引っぱりだしてくるのは、このような閃きを求めているためだ。過去一年に自分がなにかを学び、経験の幅を広げ、そのことによって書類のどこかに従来とは違う解釈を見つけられるのではないか、そう期待しているのだ。いままさに、その閃きの瞬間が訪れたような気がした。この一年のあいだに耳にした言葉や目にした写真、そういった意識下に蓄積された些細な事柄が事件の糸口を示そうとしている。

　脳の奥のそのなにかをたぐり寄せようと、数字を読みあげにかかった。「二百六、六百十三、百四十八……」

　アマリエがそれを真似した。同じように数字を口にしようとするが、うまく言えずに笑いだす。

　ヴィスティングはそちらに目をやった。アマリエは口のまわりを真っ青に染め、手にボールペンを握っている。噛んで穴をあけたらしく、漏れたインクが手に滴っている。

　きゃっきゃと笑いながら、アマリエがまたボールペンを口に入れた。

　ヴィスティングは書類を放りだし、飛んでいって手からペンをもぎとった。唇や歯や舌、それればかりか顔の下半分全体が青く染まっている。片腕で抱きかかえてバスルームへ走り、蛇口をひねって洗面台の上にアマリエの首を突きださせた。水をすくい、幾度も顔に浴びせる。アマリエが悲鳴をあげるが、さらにすくって浴びせかけ、開いた口にも流しこんだ。アマリエが咳きこみ、水を吐き散らす。色のついた水が洗面台に滴った。抵抗されるのもかまわず、ヴィスティングは口のなかのインクをすっかり洗い流してから、便座に腰かけ、泣きじゃくる孫娘を膝にのせてあやした。

「よしよし」つとめて明るく声をかける。

アマリエは少し落ち着いた。ヴィスティングは携帯電話を出して救急にかけ、急いで看護師に事情を説明した。

孫娘の名前を尋ねられた。「イングリ・アマリエ・ヴィスティングです」そう答え、生年月日も告げた。

回線の向こうでキーボードを叩く音がする。「飲んだインクの量は?」

「わかりません」アマリエを抱いて居間に戻った。ボールペンは床に転がり、カーペットに青いしみができている。

「インクは半分ほどなくなっています。ただ、大半は服と手にこぼれたようです」

「少しくらいインクを飲んでも、たいてい害はないですよ」と看護師が安心させるように言った。「心配なのは、プラスティックの部品を飲みこむことです」

ペンを調べると、先端が割れているのがわかった。「その場合、どうなります?」

「喉につかえる恐れがありますね。でも、おそらく大丈夫でしょう。おなかが痛くなるかもしれませんが、欠片は自然に排泄されると思います」

ヴィスティングは礼を言い、もう一度アマリエをバスルームに運んで、濡らしたタオルで顔と指の汚れを拭った。いくらかはましになったが、青いしみは頑固にこびりついている。続いてアマリエの歯ブラシを手に取り、歯みがきペーストをつけて、色の変わった小さな歯を磨こうとした。アマリエが嫌がり、また泣きはじめる。しかたなく居間に戻って椅子にすわりこみ、アマリエを膝に抱えた。恐怖が苛立ちに変わっていく。自分に腹が立ってならなかった。

アマリエは泣きやもうとしない。すっかりくたびれ、おまけにこちらの動揺が伝染したのだろう。ヴィスティングはまた腰を上げ、孫娘を腰に抱えたままカタリーナ事件の資料をかき集めて箱に戻した。開いたままのリングバインダーから数枚の紙が抜け落ちて床にちらばった。皺になるのも順序が乱れるのもかまわず、それをひっつかんで段ボール箱に突っこんだ。とにかくすべてを片づけてしまいたかった。

アマリエを反対側の腰にまわし、大きな段ボール箱の蓋を閉じて足で壁際に押しやった。床にすわりこみ、アマリエの様子を丹念に調べる。服は台無しだ。どのみちすぐにきつくなるだろうが、それでも弁償しなければ。

リーネが戻ったときにはアマリエの涙も止まり、ふたりは積み木遊びの最中だった。

それを見たリーネは微笑んだが、アマリエの口のまわりや服についた青い色に気づいて顔色を変えた。

「なにがあったの」と娘を抱きあげる。

「ボールペンを触ってしまったんだ」

「見ててくれなかったの」

「止める間もなくてね」

「でも、いっしょにいたんでしょ？」

「もちろんだ。気づいたら顔じゅうインクだらけでそこにすわっていたんだ。おまえのペンだろう。違反切符を出したときにバッグから落ちたんだ」

リーネは親指を舐め、アマリエの顎をこすりはじめた。

「救急には電話した。インクは危険じゃないそうだ、少量なら。落とすのは少し厄介だが、害はない」

リーネがため息をつく。「連れて帰ってお風呂に入れなきゃ」

リーネが椅子にすわって娘にスノースーツを着せはじめたので、ヴィスティングは床のおもちゃを片づけた。

「新しい服を買おうか？　せめて、代金くらい出させてくれ」

リーネは首を振って立ちあがった。「気にしないで。とにかく、この子を見ててくれてありがと」

「すまんな。子守失格だ」

リーネはちらりと笑みを見せた。「ぜんぜん問題なしよ」そう言って捜査資料の箱を見やる。「今週末、トーマスが帰ってくるのよ、覚えてる?」

トーマスはリーネの双子の兄だ。ノルウェー軍のヘリコプターのパイロットで、年に二度ほどしか帰ってこない。

「ピザを作らなきゃな!」ヴィスティングは声をはずませた。

それはリーネとトーマスが十代のころにはじまった習慣だった。毎週金曜日に仕事から帰ると、ヴィスティングがピザの生地をこしらえ、リーネとトーマスがトッピングを手伝うのだ。トーマスが軍に入隊するまでそれは毎週続いた。

「わたしたちも顔を出すね」リーネが娘を抱きあげた。「それじゃ、お祖父ちゃんにバイバイして」

ヴィスティングはそばに寄り、それぞれとハグを交わしてから戸口まで送った。そこに立ったまま、雨のなかを通りの端の家まで帰っていくふたりの姿を見守った。

自分は嘘をついた。カタリーナ事件に気を取られていたことをとっさに隠し、アマリエのそばにいたと言ってしまった。そればかりか、おもちゃのなかにボールペンが紛れていたことをリーネのせいにして、罪と責任をなすりつけたのだ。

ドアを閉じて居間に戻り、壁際に押しやった段ボール箱を見つめた。

嘘はあらゆる捜査に付きものだ。誰もが嘘をつく。真っ赤な偽りというものは稀だが、大半の人間が、なんらかの形でありのままの真実を告げることを避ける。曖昧にごまかしたり、部分的に黙っていたり、誇張したり、面白おかしく脚色したり、自分に都合が悪いことを隠したりする。さらには記憶が頭から抜け落ちたり、覚え間違いをすることもある。うろ覚えであることを認めず、ほかの人々の記憶をもとにその空白を埋めることも多い。こういった嘘を暴くには、証言の信憑性(しんぴょうせい)を判断しうる情報を確保する必要がある。

ヴィスティングはしゃがみこみ、アマリエが噛んだボールペンを拾いあげた。歯型がついているが、〝警察職員組合〟のロゴがかろうじて読みとれる。自分のボールペンだったのだ。リーネに告げるべきか、黙っているべきか。ヴィスティングはペンをキッチンのゴミ箱に捨てた。そして居間に戻り、段ボール箱の蓋を開いてもう一度資料を取りだした。

2

ヴィスティングが車をガレージから出すと、ヘッドライトにしのつく雨が照らしだされた。前夜よりも雨脚が強くなっている。つかみかけた糸口を逃すまいとゆうべは真夜中すぎまで頭をひねっていたが、なにも捉えられずに終わった。

娘の家を振り返るとキッチンの明かりが見えた。アマリエは六時には起きているはずだ。立ち寄ってリーネに様子を尋ねようかとハンドルを握ったまま少し迷った。朝は自分も時間に余裕がある。出勤時刻にはまだ一時間あるが、リーネはアマリエをもうひと眠りさせるつもりかもしれない。そう考えて邪魔するのはやめにした。

二十四年前の十月十日は雲ひとつない晴天で、南西の微風が吹いていたと報告書には記されている。夕方にかけてやや雲がかかり、風も強さを増して、気温が八度ほど急降下した。そういった細かな点に至るまで、昨日のことのようにすべて記憶に刻まれている。

住宅街を抜け、左折してラルヴィク通りに出た。今日は仕事になりそうにない。マッティン・ハウゲンとの対面の前後は決まって気もそぞろになる。

カタリーナには事件以前にも失踪歴があった。カタリーナ・バウアーという名だった二十一歳のときのことで、オーストリアの小さな町ペルグをオートバイであとにしたきり、二度と故郷には戻らなかった。

そのときは機能不全に陥った家族から逃れるための家出だった。継父はアルコール依存症で暴力を振るい、心を病んだ母親も頼りにはならなかった。カタリーナは妹と仲がよく、ふたりで弟の世話をしていたが、その弟に手がかからなくなったのを機に、リュックサックに荷物を詰めて家を出たのだ。

目的の地はノルウェーだった。そこに実の父親がいたからだ。少なくとも母親からは、父はノルウェー人だと聞かされていた。見つけだせる望みは薄かった。知っているのはリカールという名前と、母親が一九五八年の夏に働いていたレストランにたまに来ていた客だということだけだった。やがて顔を見せなくなり、子供ができたことを知っていたかどうかもわからないと母親は言っていた。

本当のところ、ノルウェーに向かったのは顔も知らない父親に会うためではなかった。とにかく逃げだしたかったのだ。それでもノルウェーという国には興味があったので、家を出るまえに地理や歴史をいくらか頭に入れ、言葉も少し勉強しておいた。

ノルウェー到着後、カタリーナは父親を探した。二度目の失踪時に残していった私物のなかには、リカールと発音される綴りの名前を持つ男性の連絡先リストが見つかったが、父親探しは何年もまえに諦めたようだった。幾人かの名前は棒線で消されていたものの、四分の三以上が残ったままだった。警察はリストの人物すべてに聴き取りを行った。名前が消されていた者たちにはたしかにカタリーナから問い合わせがあったが、いずれも父親ではなかった。

ヴィスティングはワイパーの速度を上げた。中心街に近づくにつれ道が渋滞しはじめた。ここ数日の雨で道路が冠水し、土砂の流出や路面の陥没がいたるところで発生して迂回措置がとられている。

カタリーナはオーストリアで測量と土地利用計画を学び、ノルウェー移住後は地方の道路局で職を得た。語学の才にも恵まれ、じきにノルウェー語に堪能になり、工科大学に進んでさらに資格を取得した。やがて道路庁の仕事を請け負うまでになり、テレマルク県南部を走る新たな高速道路の設計と建設に携わった。そこで工事作業員の監督として事務所に出入りしていたマッティン・ハウゲンと出会ったのだ。

遅々として進まない車列のあいだを、レインウェアで完全防備した男性の自転車が走り抜けていく。

マッティン・ハウゲンの家には正午ごろに向かう予定にしている。約束を交わしたわけではないが、カタリーナの失踪以来、毎年同じ時刻にそこを訪れている。今年もマッティンは待っているだろう。コーヒーが淹れられ、市販のケーキが、おそらくはレモン・ドリズル・ケーキかラズベリーのロールケーキが卓上に用意されているはずだ。最初に少し世間話をし、やがて話題はカタリーナのことになる。

ヴィスティングはカタリーナと顔を合わせたことがあった。ただし自分ではそうと気づかず、失踪から五、六年も過ぎてからマッティンに告げられたのだった。五月十七日の憲法記念日のことだとマッティンは言い、新聞の切り抜きを見せた。カタリーナの合唱団がボーケスコーゲン森林公園での祭典で歌を披露した際の写真が載せられたもので、警備にあたったヴィスティングが背景に写っていた。掲載された写真を見たカタリーナは、出番の直前に拾った鍵束をそこに写った警官に渡したとマッティンに話したという。

はじめヴィスティングは、カタリーナが別の警官と取り違えたのだと思った。だが拾得物記録簿を繰ってたしかめると、驚いたことに、カタリーナ・ハウゲンから拾得物として鍵束一点の届け出を受けたと自分の筆跡で記してあった。つまり、自分はカタリーナと言葉を交わし、名前を書き留め、のちにその内容を拾得物記録簿に記入したということだ。だが思い返してみても、おぼろげな記憶しか残ってはいなかった。マッティンもそのことを忘れていたが、抽斗の整理中に切り抜きを見つけ、ヴィスティングに気づいたのだという。

後続車のクラクションで回想から引き戻された。少し車を進め、いつのまにか開いていた車間距離を詰めた。

中心街に入ると車が流れはじめた。ゆとりを持ってラルヴィク警察署に到着し、ほかの署員たちが来るまえにコーヒーメーカーの電源を入れた。

前夜の記録によれば重大事件はなかったようだ。ヴィスティングは対応の必要がないものを選り分け、優先度の高い事件については捜査担当を割り振った。今朝は十時に予算会議があり、未処理の案件について法務担当と検討することになっている。そのほか、予定されている近隣警察署との管轄区域統合が犯罪捜査部に及ぼす影響についても報告書にまとめなければならないが、そちらはマッティン・ハウゲンに会ったあとでもかまわないはずだ。

頭の後ろで手を組んで椅子にもたれていたヴィスティングは、身を起こして机の最下段の抽斗をあけた。そこにしまってある五月十七日付の新聞記事のコピーを取りだす。

ドレスアップした合唱団の写真が掲載されたもので、カタリーナは軽やかなサマードレスに身を包んでいる。モノクロ写真ではわからないが、長い髪は赤みがかったブロンドだ。青い瞳にはどこか悲しげな憂いの色がたたえられ、ふっくらとした唇に浮かんだ笑みとは裏腹な表情を見せている。口もとは柔らかい印象だ、とヴィスティングは写真を眺めながら思った。瞳よりも柔らかく見える。

カタリーナが生きているとは思っていないが、無事ならばどんな姿でいるだろうかと想像せずにはいられなかった。ヴィスティング自身はずいぶん変わった。写真のなかの二十代後半の自分は引き締まった身体をし、警帽の下に覗く髪も黒々としている。背筋もまっすぐだ。

ヴィスティングにとってのカタリーナ事件は、夫から行方不明の届け出があった十月十一日水曜日にはじまった。最初に事情聴取のため自宅へ向かったのが、ヴィスティングとアイヴィン・ラーセンの二名の刑事だった。ヴィスティングはマッティン・ハウゲンと居間に残り、ラーセンがカタリーナの所在を示す手がかりを求めて室内を捜索した。自宅からも聴き取りの内容からも有力な情報は得られなかった。

ヴィスティングは腰を上げて窓辺に立った。身の奥に得体の知れない、それでいてなじみのある疼きを感じた。やり残した仕事がもたらす焦燥を。

マッティン・ハウゲンが妻の失踪に関与した可能性はまっさきに検討された。事件当時、マッティンはトロンデラーグ地方で道路建設工事に従事し、マルヴィクにある作業員用仮設宿舎で寝泊まりしていた。そこから自宅までは車で八時間以上の距離だ。失踪事件の場合、配偶者はつねに最重要被疑者と目されるが、警察は時間的観点からマッティン・ハウゲンに対する疑いを捨てざるを得なかった。マッティンは十月九日夜十時ごろカタリーナと電話で話をした。電話会社の通話記録によって、作業員宿舎の食堂からラルヴィク・クライヴェル通りのハウゲン夫妻宅の固定電話へ、十時六分に発信があったことが確認されている。通話時間は八分十七秒。翌朝七時、マッティンはショベルカーの運転席にいた。九時間ほどの空白があるが、ラルヴィクへの往復には十六時間以上が必要だ。

シフト終了後にマッティンは自宅へ電話をかけたが、つながらなかった。その日何度も妻との連絡を試み、同僚数名からも心配している様子だったとの証言が寄せられている。友人や知人に電話してみたものの、カタリーナを見かけた者はいなかった。その日の夕刻、隣人に頼んで自宅の様子を見に行ってもらったが、カタリーナの姿は見あたらなかった。隣人は家のまわりを一周し、窓から室内も覗いた。キッチンのテーブルの上になにかが書きつけられた紙が見えた以外、変わったことはなかったという。

マッティン・ハウゲンが帰宅したのは午前零時近くだった。翌日の十月十一日午前八時四十七分、妻が行方不明だと警察に届けでた。

今日に至るまで、手がかりはなにひとつ見つかっていない。起きなかったことや、カタリーナがしなかったこと、行かなかった場所については十分に調べがついたものの、失踪の理由や状況や所在については解明されないままだった。

3

午前十一時四十五分、ヴィスティングは警察署を出て車でクライヴェル通りへ向かった。雨はほぼやみ、空も明るくなっている。

マッティン・ハウゲンとの関係には長年のあいだに変化が生じていた。ふたりの交流は純粋に捜査上のものから、しだいに打ち解けたものに変わりつつあった。冗談を言いあい、事件とは無関係なことを話題にすることもあった。二年ほどまえ、ヴィスティングは庭の切り株をマッティンが借りだしたショベルカーで掘り返してもらったことがある。毎年秋にはハウゲン家の裏の森で切った薪（まき）を数袋買い、クリスマス前にはツリー用の木も届けてもらっている。マッティンの所有する夏場の山小屋に泊まって釣りをすることもあり、ヴィスティングの妻イングリの葬儀にも招いた。とはいえそれは真の友情にはなり得なかった。けっして。ふたりを結びつけているのは失踪という悲劇であり、なにか漠としたものがいまも相手との距離を置かせていた。それでも年齢が近いこともあり、事情が違えば数少ない親友のひとりになっていただろう、とときおりヴィスティングは考えるのだった。

イングリの死の二年後、ヴィスティングは別の女性と交際をはじめた。すでに別れてしまったが、それはやさしさと愛に満ちた安定的な関係で、終わりが来たことをいまも残念に思っていた。マッティン・ハウゲンは新しい相手と付きあうことはなかったが、カタリーナとの結婚以前には、八歳年上の女性との短い結婚歴があった。捜査資料のバインダーのひとつにはその女性の名前が上書きされている——〝インゲル・リーセ・ネス〟。失踪から数週間でバインダーは分厚く膨らんだが、そこから答えは得られなかった。

ワイパーがフロントガラスをこすり、ヴィスティングはスイッチを切った。

クライヴェル通りを進むにつれて沿道の家並みがまばらになり、道幅も狭まって路面が荒れはじめた。園芸用品店と小規模な農地を通りすぎる。左側に古びた自動車修理工場が現れた。外に並んだおんぼろ車のいくつかは前年と同じものだ。

分岐点に近づくと速度を落とし、郵便箱が置かれた私道へ入った。前回の訪問時にはなかった看板が道端に掲げられている。居住者以外立ち入り禁止の標示だ。

その看板を通りすぎながらヴィスティングはバックミラーを覗き、背後に建つ赤い家に目をやった。スタイナル・ヴァスヴィクの家は通りを挟んで私道の入り口の向かいにある。ヴィスティングはその名を口に出して言った。ヴァスヴィクは有力な被疑者のひとりだった。誰よりも近くに住む隣人であり、カタリーナを最後に見た者でもあり、アリバイもなかったからだ。おまけに傷害罪の前科もあった。

砂利道はジグザグに曲がりながら木々のあいだを続いている。百メートル進んだところでマッティン・ハウゲンの家が見えてきた。前回の訪問後にペンキが塗りなおされ、家の周囲の木々がいくらか伐採されている。明るくひらけた雰囲気になった。

ヴィスティングは水たまりを避けて前庭に車をとめた。

玄関マットの上の猫が起きあがり、身体を弓なりにしてから、様子を窺いにやってきた。

呼び鈴を鳴らす必要はない。たいていはマッティンが車の音を聞いて窓辺まで出てくるからだ。家を見上げたヴィスティングは、猫を足もとにまとわりつかせたままマッティンが戸口に現れるのを待った。

なにも起きない。

猫を従えてポーチの階段をのぼり、呼び鈴を鳴らした。室内でベルの音が響いた以外、物音はしない。

戸枠とドアのあいだのわずかな隙間から覗くと、鍵がかかっているのが見えた。もう一度呼び鈴を鳴らしてみたあと、身をかがめて猫の濡れた毛皮を撫でた。

それから後ろを振り返った。前庭にマッティンの車は見あたらないが、それだけではなにもわからない。車はいつもガレージにとめられているからだ。だが、ガレージのドアには錠が下ろされ、窓がないので内部を覗くこともできない。

キッチンの窓のところへ行き、爪先立ちになった。室内はきちんと片づき、卓上にはメモ帳とペンだけが置かれている。

「マッティン！」そう呼びかけ、窓ガラスを叩いた。

メモ帳の一枚目にはなにか書かれているが、いまいる場所からは読みとれない。

メモ帳が置かれているのは、二十四年前に謎めいたメッセージが残されていたのとほぼ同じ場所だ。暗号を書いたのはカタリーナだろうと考えられた。紙から指紋が検出されたためだ。

筆跡鑑定の専門家による分析も行われたが、それがカタリーナの手になるものだと断定されるには至らなかった。直筆の手紙やその他の書類から集めた筆跡のサンプルとの照合が行われた結果、暗号に記された数字のほうがわずかに傾きが大きいと判明したが、明確な決め手とはならなかった。

化学分析の結果、テーブルに残されたボールペンのインクと暗号に使われたインクの成分は同一であると判明した。ボールペンは道路庁が配布した景品で、カタリーナが職場から持ち帰ったものだと考えられた。製造元はドイツの工場で、そこでは年間千九百万本のボールペンが製造されていた。卓上に残されたボールペン以外のものが使われた可能性も、理論上はゼロではなかった。

背後の森でカササギがひと声鳴いた。それ以外には静寂があたりを覆っている。

ヴィスティングは湿った芝生を踏んで家の裏にまわり、裏口のベランダにのぼった。猫も後ろをついてくる。

　ガーデンチェアが出しっぱなしにされ、濡れた枯れ葉があちこちに山をなしている。土がこびりついた鋤が壁に立てかけられ、その脇に泥はねだらけのゴム長靴が一足並んでいる。

　ヴィスティングは窓辺に近づき、なかを覗きこんだ。内装はおおむねカタリーナが住んでいたころのままだ。パイン材の家具、壁には明るい色彩の複製画が数枚。濃褐色の革のソファは新しいもので、その前のコーヒーテーブルの上には作りかけの模型が置かれている。マッティン・ハウゲンが趣味にしているものだ。いまはトラックを製作中らしい。以前はカタリーナの本で埋まっていた本棚には、完成ずみの模型がずらりと並んでいる。

　猫が鳴き声をあげ、ベランダのドアに爪を立てた。戸口の内側に猫のものらしき毛布が見えている。

　こいつもすっかり老いぼれたな、とヴィスティングは思った。ある夏の晩に、みすぼらしい毛皮をしたその痩せ猫が森の奥からひっそり現れ、マッティン・ハウゲンがすわっていたベランダにのぼってきたのだという。マッティンに残り物をもらった猫は、そのままここに住みついた。それから五、六年になる。

　ヴィスティングは二十四年前よりも鬱蒼とした森のほうへ向きなおった。トウヒの幹の隙間から、小さな湖がわずかに覗いている。

　カタリーナの失踪時、森の捜索は二度行われた。初回は警察犬を使い、二度目はボランティアたちが等間隔に並んで前進しながら一帯をくまなく探した。湖の底もさらい、ダイバーも潜らせた。だが、カタリーナはどこにも見つからなかった。

　別のカササギの鳴き声が静寂を破った。すぐそばの木立から飛び立ち、翼をひるがえして急降下しながら、甲高い声をあげる。

　ヴィスティングはコートの襟もとをかき寄せ、車に戻った。マッティン・ハウゲンが留守なのが意外だった。去年もそれ以前もずっとそうであったように、ここで待っているものと思っていた。

　最後に家を一瞥してから、車に乗りこんだ。マッティンは所用で少し出ているだけかもしれない。だが、そうは思えなかった。猫が玄関マットに背中をこすりつけている。その毛皮は、夜通し雨のなかにいたように濡れそぼっていた。

4

穴だらけの砂利道に揺られながらクライヴェル通りへ戻ったヴィスティングは、マッティン・ハウゲンの名前が記された郵便箱の前で車をとめた。捜査資料には、そこに投函（とうかん）された電気料金の請求書と、十月十日および十一日付の新聞の写真が残されている。十月九日付の新聞は玄関ホールのチェストの上に置かれていた。

郵便箱に記載されているのがマッティンの名前のみだということは、どこかの時点でカタリーナの名前を消したのだろう。

蓋をあけるとなかは空だったが、それがなにかを意味するとはかぎらない。郵便の配達前なのかもしれないし、辺鄙（へんぴ）な場所なのでデリバリーのチラシが入ることも稀だろう。

通りの少し先にある森の小道から犬を連れた男が現れた。男はすぐに犬を呼び戻し、リードにつないだ。

ヴィスティングは車内に戻り、立ち入り禁止の看板に目をやった。支柱には、私道に張りわたして侵入を防げるよう鎖がつないである。マッティンは私有地内に無断駐車するハイカーたちに悩まされているのだろう。看板は職場から持ち帰ったものにちがいない。カタリーナの失踪後、マッティンは地元の道路局の管理保全部門に採用され、長年のあいだに仕事の内容にもいくらか変化が生じていた。当初は樹木の伐採や除雪、動物の死骸の処理などに従事していた。やがてそういった現場作業は種々の私企業に外注され、マッティンの業務はより管理職的な性質を帯びるようになった。とはいえ現在もフレキシブルな勤務形態にあり、十月十日は決まって休暇をとるようにしていた。だが今年は都合がつかなかったのかもしれない。

電話かメールで連絡をとろうかと考えたが、迷惑になってはいけないと思い、退勤後にまた来てみることにした。

カタリーナの失踪当時、携帯電話はまだ一般的ではなく、インターネットやソーシャルメディアも登場前だった。つまり、カタリーナの所在や消息を示す電子的な痕跡は一切存在しなかった。

車を発進させながら通りの向かいの家に目をやったとき、窓辺にスタイナル・ヴァスヴィクの姿が見えたような気がした。その男からいくらかでも意味のある証言を引きだすのは至難の業だった。人を寄せつけないタイプで、たいていの質問には一語で答え、みずから情報を提供することは一切ない。ヴィスティングの聴き取りの際には目を合わせようとせず、そっぽを向くことがしばしばだった。返答はつねに曖昧で、言葉を交わすたびになにか隠しているらしい様子が強く感じられた。人に言えないことを抱えていそうな様子が。

スタイナル・ヴァスヴィクはマッティンの供述を裏付ける証言をしていた。十月十日の夕刻にマッティンから電話を受け、自宅にいるカタリーナの様子を見てきてほしいと頼まれたという。そして依頼のとおりにした。半時間後にまた電話を受けたとき、カタリーナはいないがキッチンのテーブルになにかが書かれた紙があると伝えた。

ヴィスティングは携帯電話を取りだし、リーネにかけた。孫娘のことがまだ気がかりだった。電話に出たリーネの声は落ち着いていた。

「アマリエはどうしてる？」

「今日はちょっとご機嫌斜めみたい。ぐずってばかりで」

「具合が悪いのか」

「うーん、どうかな。もう少し様子を見てみるけど」

「青いしみは取れたか？」

「完全には無理ね」

ヴィスティングは沈黙を埋めようと咳払いをした。

「なにか必要なものは？　店で買って帰ろうか」

「ううん、平気」

ヴィスティングは狭い道を向かってきたトラックを避けようとハンドルを切った。あらためてリーネに謝り、心配していることを伝えてから電話を切った。

一時五分すぎに警察署に戻ると、廊下にニルス・ハンメルの姿があった。留守のあいだの代理を任せているヴィスティングの片腕だ。

「明日は一件ミーティングが入りました」ハンメルが言った。

「ミーティング?」

「クリポスから人が来るとかで」オスロにある国家犯罪捜査局の略称だ。

ヴィスティングは眉根を寄せた。「来るって誰が」

「聞いたことのない男です。アドリアン・スティレルとかいう」

ヴィスティングは首を振った。自分も聞き覚えはない。「なんの用だ?」

「古い事件についてだとか。うちの署の書庫で調べたいことがあるそうで。来てから説明があるでしょう。ミーティングは九時からです」

ヴィスティングは自室に入り、カレンダーに予定を記入した。クリポスやエコクリム——経済・環境犯罪捜査ユニット——の人間が、捜査中の事件の目撃者や手がかりを求めて地元警察を訪れるのは珍しいことではない。

どうにも落ち着かず、コーヒーメーカーのある会議室へ行ってカップにコーヒーを注いだ。空腹のせいでひどい味がしたが、部屋に持ち帰って脇に置き、電話を手に取ってマッティン・ハウゲンにかけた。ここからかけるほうが、本人の家の前からかけるよりも気がねがない。呼び出し音を聞きながらそう思った。あとで寄ってもいいかと気軽に尋ねられる。

　呼び出し音が十回鳴ったあと留守番電話に切り替わったが、メッセージは残さずに切った。

　それから警察の組織改革に関する書類を手に取った。管轄区域の統合により、警察組織の能力向上と基幹業務の合理化が可能になり、全国規模の効率化が見込まれるとそこには謳われている。ヴィスティングの所属するラルヴィク警察は西のテレマルクと東のブスケルーに統合される予定だ。大規模な合同犯罪捜査部の利点は理解できるものの、本音を言えば変化を歓迎できずにいた。数年後には定年を迎えることを考えれば、自分に関わりのない先の話に対応するより、事件解決に時間を割きたい。

　そう思いながらも作業に取りかかった。計画や展望を実務に落としこみ、組織改革が日々の業務に及ぼす影響を分析し、報告書にまとめる。ときおり急を要する事項について指示を仰ぐ電話に中断され、そのたびに判断を下し、適当な担当者を指名した。

　現在統括している人員だけで、すでに手一杯だ。

三時半少しまえにまた雨が降りだし、窓ガラスを打ちはじめた。さらに半時間机の前で過ごしてからコンピューターをログアウトし、部屋を出た。

ふたたびクライヴェル通りに入ると、じきに前を走るスクールバスに追いついた。この付近では唯一の公共交通機関だ。午前と午後に二便ずつ運行され、児童の家の前に停車するほか、道端に立って手を上げれば誰でも乗車可能とされている。二十四年前の十月十日、午前と午後のすべての便を担当した運転手は、カタリーナ・ハウゲンを乗せてはいないと断言している。

前方を走るバスが道路の端に寄って停車した。道幅が狭いため、ヴィスティングは追い越しを諦め、バスが黒い排気ガスを吐いて発車するのを待った。

鞄を肩にかけたふたりの少年が通りを渡り終えてから、また車を発進させる。

カタリーナ・ハウゲンは銀色のゴルフとカワサキＺ６５０のバイクを所有していた。バイクを使うことがほとんどだったが、失踪時は二台ともガレージにとめられたままだった。

ヴィスティングは速度を緩め、マッティン・ハウゲンの家へと続く私道に入った。雨水が砂利道に深い窪みを刻んでいる。車をがたつかせながら、家の前庭まで進んだ。ほかに車は見あたらない。

朝と同じ場所に駐車して車外へ出ると、数時間前よりもさらにみすぼらしい姿になった猫が飛んできた。猫のあとについて戸口へ近づき、呼び鈴を鳴らしたが、マッティン・ハウゲンがドアを開けることはすでに期待していなかった。

携帯電話を出してかけてみたが、今度も留守電に切り替わった。

猫にまとわりつかれながらそこに立っていると、重たい結び目のような不安を腹の底に感じた。最悪の事態に備えることには慣れているが、それでもマッティンの不在にもっともな説明をつけようとせずにはいられなかった。職場の研修だとか、残業だとか、別の約束が入ったとか。あるいは新しい女性と出会い、いまはその相手と暮らしていて、仕事のあとそちらへ帰ったのかもしれない。

もう一度雨のなかへ出て、駆け足で家の角を曲がった。濡れた土の甘いにおいが森から漂っている。芝生が途切れて灌木（かんぼく）の茂みに変わったあたりから、小道が森の奥へのびている。昔からあったもので、カタリーナの捜索もその道づたいに行われた。歳月とともに草にふさがれてきていたが、いまは切り払われたようだ。

猫は森の入り口を見つめてじっとしているが、ヴィスティングは雨を避けようとベランダの庇（ひさし）の下に入った。室内を覗いてみたが数時間前と変わった様子はない。階段を下りようとしたとき、窓のカーテンの陰にあるものに気づいた。小さなワイヤレスのビデオカメラだ。レンズは裏庭に向けて据えられている。どこかで映像を見ている者がいるなら、ヴィスティングの顔が画面に大写しになっているにちがいない。

一歩後ずさったとたん、ガーデンテーブルにぶつかった。最近は強盗や器物損壊の被害届に録画映像が添えられることが増えた。高性能な小型カメラが登場し、さらに技術の進歩によって、いまや世界のどこからでもインターネットを通じて映像を見ることができる。二十四年前にカタリーナが行方不明になった際は、ガソリンスタンドなどに設置された防犯カメラの録画テープを回収した。だが映像は粗く、人物を判別するのは難しかった。そのときのテープは捜査資料とともにいまも保管されているが、再生機器のほうはすでに処分されているかもしれない。

隣の窓まで移動した。そこは客間としてしつらえてあるが、本来は子供部屋のはずだったと聞いている。いまは段ボール箱だらけだ。テーブルには逆さにされた椅子が二脚のせられ、フィットネスバイクのハンドルにかけられた服が山をなしている。書き物机の上にはコンピューターとモニター、ワイヤレスマウス、キーボードが置かれ、壁の棚には多数の自動車模型が飾られている。

その隣の部屋は寝室で、ダブルベッドにはシングルサイズの掛け布団が一枚だけかけられている。布団は乱雑に脇に押しやられ、枕もひっくり返っている。この部屋で眠る人間がひとりだという以外に、読みとれることはない。

壁に沿って進むと防犯カメラがもう一台見つかった。バスルームの窓の上方に設置され、玄関前に向けられている。

雨脚が強まり、遠くで雷鳴も聞こえた気がした。天気予報はどうなっていただろう？

猫がポーチの階段を駆けのぼってきた。ヴィスティングは前庭を突っ切って納屋に近づいた。除雪機と芝刈り機と薪の山が入る程度の、物置と変わらない大きさだ。トタン屋根の波板から雨水が滝のように流れ落ちている。ドアのノブに手をかけると、鍵がかかっていた。横手の窓から覗くと薪割り台の上に斧が見えたが、奥のほうまでは見通せない。

車に戻ってエンジンをかけるとフロントガラスが曇った。ヒーターを強にし、私道を戻った。

表の通りに出たとき、向かいのガレージの扉が引きあげられているのに気づいた。大型バイクの横にスタイナル・ヴァスヴィクが立ち、ドライバーを手にこちらを見ている。

ヴィスティングは通りを突っ切ってエンジンをかけたまま車を降り、雨を避けてガレージに駆けこんだ。

スタイナル・ヴァスヴィクは黙ったまま会釈を寄こした。天井の強力な作業灯が無骨な顔立ちを照らしだしている。前回顔を合わせたときに気づいた左目の下の裂傷は深紅の傷痕になっている。

「マッティン・ハウゲンを訪ねたんですが、留守のようで」ヴィスティングは告げた。

ヴァスヴィクはドライバーを置き、作業台の上のぼろ布を手にした。

「彼になにか変わったことはありませんか」

ヴァスヴィクは首を横に振り、ぼろ布で手を拭った。ヴィスティングは背後の立ち入り禁止の看板のほうを目で示した。

「誰か訪ねてきたことは？」

「こんなところまで来る者は滅多にいないね」

「最後にマッティン・ハウゲンに会ったのは？」

ヴァスヴィクは肩をすくめた。「朝はたいてい七時半に車で出ていくがね」

「今日も同じでしたか」

「いや、見なかったな」

「ふだんの帰宅時間は？」

ヴァスヴィクが時計に目をやり、ヴィスティングもそれに倣った。四時四十分。

「四時前だね」

ヴィスティングはうなずいた。「そうですか」そう言って車のほうへ向きなおった。

「それじゃ、どうも」

ヴァスヴィクが二、三歩近寄った。「なにか変わったことでも？」

ヴィスティングは首を振った。「今日は家にいると思っていたものでね」

うなずきが返される。「なるほど。山小屋かもしれんな」

「たしかに」

相手がさらになにか言うのを少しのあいだ待ってから、ヴィスティングはもう一度礼を言い、雨のなかを車まで駆け戻った。

5

リーネの家に着いたヴィスティングは、呼び鈴を鳴らさずなかへ入り、玄関ポーチとホールを仕切るドアをノックした。

リーネがキッチンから顔を出し、手招きした。「びしょ濡れじゃない」

ヴィスティングは上着を脱いでキッチンの椅子の背にかけた。

「降られてね」口もとに笑みを浮かべ、それだけ言った。「アマリエはどうしてる？」

「大丈夫。いまは眠ってる」リーネは立ちあがり、コンロのそばへ行った。「スープでも飲む？　カリフラワーの」

「ああ、頼むよ」

コンロに火が点けられる。「出来合いのだけど」

ヴィスティングは腰を下ろし、卓上のノートパソコンを指差した。「なにをやってたんだい」

「いつもと同じよ。家系図作り」

リーネはパンの塊を取りだし、ふた切れ切ってたっぷりバターを塗った。

「ひとつ調べ物を頼めるかな」

「なに？」

「マッティン・ハウゲンがフェイスブックをやっているかどうか」

リーネは食卓の椅子に腰を下ろした。「家に行ってたんじゃないの」

「留守だったんだ。フェイスブックを見れば、外出の理由がわかるかと思ってね」

リーネがキーボードに指を走らせる。「フェイスブックはやってないみたい。電話してみたら？」

「もうした」

コンロの鍋から湯気があがり、リーネは立ちあがって火から下ろした。「どういうこと」スープをすくってボウルに注ぐ。「行方がわからないの？」

「家にいないというだけさ」ヴィスティングは笑みを作った。

「携帯の位置情報を調べるとか？」

「そう簡単にはいかない。それなりの手続きが必要なんだ。それに、まずは家族から行方不明の届け出がないと」

「家族と話はしてみた？」

ヴィスティングはスープをひと口飲んでから首を振った。「母親は二年ほどまえに亡くなっている。ポシュグルンにおばとおじが何人かいるが、ほとんど付き合いはないらしい」

「職場のほうは？」

「明日にでも問いあわせてみるよ。それまでに戻らないようなら」

ヴィスティングはスープを飲み終えたあともしばらく食卓で待っていたが、アマリエが目を覚ますまえに引きあげた。

誰もいない家に入りながら、自分が失踪した場合、正式に捜索が開始されるまでにどのくらいの時間がかかるだろうかと考えた。いちばんの近親者はリーネだが、父親が仕事で数日家を空けるのには慣れっこだ。こちらも行き先や帰宅日をはっきり伝えて行くとはかぎらない。だが職場のほうは、病欠の連絡なしに出勤しなければ不審に思うだろう。

居間に立ったまま捜査資料の入った段ボール箱を眺めた。当時の捜査責任者はエリング・クヴェルメだ。ヴィスティングより十五歳年長のベテラン刑事だった。すでに退職したが、たまに顔を合わせることがあり、そういった折りには決まってカタリーナ事件のことを口にし、みずからの警察官人生最大の難事件だったと語った。

事件解決の妨げとなった要因のひとつが、捜査開始の遅れだった。マッティン・ハウゲンが届け出をした時点で、カタリーナの失踪からおそらくは二十四時間以上が経過していた。その後、行方不明者の捜索から犯罪事件の捜査へと切り替えが行われるまでにさらに時間を要することになった。犯罪捜査においては事件発生後二十四時間が決め手となる。そのときこそが解決の糸口をつかむ最大のチャンスなのだ。それを過ぎると、目撃者の記憶から詳細が失われ、事実が曖昧になっていく。いまや手もとのバインダーにあるのは二十四年もまえの情報ばかりだ。

ヴィスティングは〝スタイナル・ヴァスヴィク〟と記されたバインダーを取りあげ、目を通しはじめた。

傷害罪で懲役三年の判決を受けたスタイナル・ヴァスヴィクは、カタリーナが失踪した日の二日後に収監された。ある土曜日の夜、酒の席で浴びるように飲んだあと、町なかで口論になった相手を殴りつけたのだ。飲酒による暴力沙汰で有罪判決を受けたのは四度目だったが、事態はより深刻だった。被害者の男性は三週間昏睡(こんすい)状態に陥ったうえ、視力障害と慢性頭痛の後遺症に悩まされていた。

ヴィスティングは服役中のヴァスヴィクを訪ねたことがあった。その際の供述内容も記録に残されている。ヴァスヴィクに聴き取りを行った目的は三つだった。第一に、ヴァスヴィクに電話をかけたというマッティン・ハウゲンの供述の裏を取ること。第二に、カタリーナの人となりと失踪までの数日間の行動について訊くこと。そして最後に、カタリーナの失踪前後のヴァスヴィク自身の行動を確認することだ。

スタイナル・ヴァスヴィクは、カタリーナとはごく普通の近所付き合いをしていたと語った。顔を合わせれば軽く話もしたという。マッティンよりもカタリーナと話す機会が多かったが、それはマッティンが遠くの建設現場で寝泊まりすることが多かったためだ。さらにカタリーナとはオートバイという共通の趣味があった。話題もおもにそのことだった。

最後に会ったのは十月八日日曜日のことで、カタリーナが数冊の本を携えて訪ねてきたという。彼女がヴァスヴィクの家に入ったのはそれが初めてだった。前日の七日、カタリーナがバイクで通りかかった際にふたりは言葉を交わした。その日を最後にカタリーナは春までバイクに乗るのをやめ、ガレージにしまいこむつもりでいた。冬場の保管前に必要な手入れの話になり、ヴァスヴィクはいくらか助言を与え、協力を申しでた。

同日の夕刻、カタリーナは入念に洗車をすませたバイクをヴァスヴィクの家に持ちこんだ。ヴァスヴィクは収監されることを告げた。隠す理由もなかった。前科があることも、新たに有罪判決を受けたこともすでに話してあったからだ。ヴァスヴィクは車を売り、バイクは三年のあいだ保管しておくことにしていた。本の話が出たのはその折りだった。服役中には読むものが必要だろうとカタリーナは言った。翌日、バイクを引きとりに来たついでに手提げ袋に本を詰めて持ってきたので、ヴァスヴィクは五冊を選んだ。

ヴィスティングはバインダーを下に置き、ハウゲン家の居間の写真を手に取った。コーヒーテーブルの上にはヴァスヴィクが選ばなかった本が並んでいる――『メンゲレの動物園』、『アルケミスト』、『白い黒人』。

スタイナル・ヴァスヴィクがカタリーナの失踪に関与しているという説はただちに浮上した。長年のあいだに言葉を交わすようになった隣人の妻。共通の趣味があり、にこやかで感じもいい。興味と思いやりも示してくれる。ヴァスヴィクには女性経験が乏しかった。三十歳を過ぎるまで母親とふたり暮らしだった。母親が姉からクライヴェル通りの家を相続したとき、そこにヴァスヴィクが住むことになり、ハウゲン夫妻が近くの家を購入したのと同時期にその場所へ引っ越した。数少ない女性経験はパブでの行きずりの出会いだけだった。ヴァスヴィクがカタリーナの態度を誤解したと想像するのはたやすかった。酒に酔うと暴力的になることで知られ、そのせいで過去に三度服役している。カタリーナとのあいだになにかが起きた可能性は十分に考えられた。

　捜査が三日、四日、五日と続くにつれ、警察はスタイナル・ヴァスヴィクへの疑いを強めた。容疑を裏付けようと、供述の内容に誤謬や矛盾がないか、隠している事柄がないかと調べた。厄介なことにヴァスヴィクは極めて寡黙だった。それでも一点食い違いが見つかった。捜査初日、カタリーナの目撃情報を収集するため制服警官が近隣住民に訊き込みを行った際、ヴァスヴィクは日曜日の午後四時ごろにカタリーナが本を持って訪ねてきたと語った。五日後にヴィスティングが刑務所で聴取した際には、午後七時だったと供述を変えた。三時間の差だ。日中か夜間かで事情は変わってくる。

　すでに獄中でなければ、警察は偽証による捜査妨害の容疑でヴァスヴィクの検挙を検討したはずだ。そうすれば家宅捜索でカタリーナの痕跡を探すことができる。

　結果として捜索は可能になった。判決に従ってヴァスヴィクが収監された際、所定の尿検査でテトラヒドロカンナビノールの陽性反応が出たためだ。ヴァスヴィクはハシシを常用していた。警察にはもっけの幸いだった。薬物使用の容疑で家宅捜索が行われた結果、カタリーナの指紋が十一点検出された。キッチンの椅子の背もたれに二カ所、玄関ホールのチェストに三カ所、玄関ドアの内側に二カ所。さらにガレージに置かれたヴァスヴィクのバイクに四カ所。ヴァスヴィクの供述どおりカタリーナが来たことは確認されたが、その家が犯罪現場であることを示すものは見つからなかった。

ヴィスティングはバインダーのページをめくった。スタイナル・ヴァスヴィクにはカタリーナ・ハウゲンが消息を絶った日の完全なアリバイはない。当時は自治体のゴミ収集車の運転手を務めていたが、収監前に辞職していた。服役開始までの一週間は雑用を片づけて過ごし、十月十日火曜日はノールビーエン・ショッピングセンター内の衣料品店をまわり、衣類を調達していたという。ショッピングセンターは新しく、最新式の防犯カメラが設置されていた。ヴァスヴィクが十四時二十五分から十五時五十三分までセンター内にいたことが確認された。

バインダーに収められているのはすべてモノクロ写真だ。スタイナル・ヴァスヴィクはジーンズに分厚いセーター、重たいブーツを身に着けている。そのどれもが箪笥にあった大半の衣類とともに処分されていた。着古して傷んだからだと本人は供述している。捜査員の多くはそれを怪しんだが、特定の容疑をかけるに足る根拠とはならなかった。

ヴィスティングはさらにページを繰り、同僚やオートバイ愛好会の仲間の証言に目を通した。だが集中できない。しまいにバインダーを脇に置き、マッティン・ハウゲンに電話をかけた。今回は呼び出し音なしに直接留守番電話に切り替わった。不安がさらに募る。昼にマッティン・ハウゲンの家を訪ねたときから、自分が言いようのない胸騒ぎを覚えていたことに気づいた。

6

どうすべきかと迷いながらも、じっとしてはいられなかった。ヴィスティングはだしぬけに立ちあがり、玄関ホールに出て上着をつかむと車に乗りこんだ。

渋滞がましになり、雨脚も弱まったおかげで、朝よりも早く警察署に到着した。駐車場から目をやると、法務担当のクリスティーネ・ティーイスの事務室に明かりがついているのが見えた。そこ以外はフロア全体が暗がりに沈んでいる。クリスティーネ・ティーイスは照明を消し忘れたか、あるいは残業中なのだろう。

署内に入り、犯罪捜査部への階段をのぼった。クリスティーネ・ティーイスが紙の束を手にコピー室から出てくる。

「あら！」ヴィスティングに気づき、驚いたように笑顔になった。「なにかあったんですか」

ヴィスティングは首を振った。「少したしかめることがあってね」マッティン・ハウゲンのことを告げるのはまだ早いだろう。

「わたしの部屋にコーヒーがありますよ」クリスティーネ・ティーイスが歩きながら言った。

ヴィスティングは自室に入り、コンピューターの電源を入れた。マッティン・ハウゲンが二十四年前の妻のときと同じように失踪したなどということがありうるだろうか。結論に飛びつくまえに、あらゆる可能性を検討する必要がある。

コンピューターが起動するのを待ち、情報システムにログインした。警察がアクセス権を有するあらゆる記録やデータベースの参照が可能であり、一度の検索でマッティン・ハウゲンの名前が含まれるものをすべて検出することができる。

生年月日とID番号を入力すると、わずかに検索結果がヒットした。直近の記録は二年前のもので、内容は速度違反の罰金だ。漠然と期待していたのは、別の管轄区域で起きた事故や入院の報告だった。それならばすべて説明がつく。

続いて名前のみで検索してみる。すべてのデータがID番号とともに登録されているとはかぎらない。今度は多数がヒットしたが、どれも路上の落下物や倒木や動物の轢死体などといった道路局の業務に関して、警察がマッティン・ハウゲンに連絡をとったもののようだった。最新の記録は三週間前、高速40号線での土砂崩れの件だ。

今回の留守もそれが理由なのかもしれない。先週からの大雨で各地の道路が損壊している。たんに仕事で忙しいだけなのかもしれない。

道路局の電話交換台は二十四時間体制だ。ヴィスティングは受話器を取り、警察を含む公共機関専用の番号にかけた。

応答した女性交換手に名前と身分を告げる。

「マッティン・ハウゲンと連絡をとりたいのですが」そう伝えると、すぐさまキーボードを叩く音がした。

「携帯電話におつなぎすればよろしいですか」

「ああ、どうも、携帯の番号は知っているんですが、つながらないんです。居場所はわかりませんか」

「ええ、わかりません」相手はキーボードに触れることなく即答する。「どういったご用件でしょう」

「昔の事件のことで、二、三尋ねたいことがありまして」

「でしたら、朝までお待ちになっては？」

ヴィスティングはかまわず続けた。「同じ部署の誰かの番号はわかりませんか」

ふたたびキーボードが叩かれ、ヴィスティングは二名の名前と電話番号を書き留めた。

「おつなぎしましょうか」

「ええ、お願いします」

「では、ヘンリー・ダルバルグにかけてみます」

長い沈黙が続き、心配になりかけたころ、ようやく呼び出し音が鳴りだした。ヘンリー・ダルバルグはすぐに応答した。しゃがれ声で、北部の訛りがある。ヴィスティングは身分を告げ、ダルバルグにマッティン・ハウゲンの同僚かと尋ねた。

電話の向こうの相手は上司だと答えた。今日は彼と話しましたか
「連絡をとりたいだけです。「なにかあったんですか」

「いえ、病欠中なので」

ヴィスティングは目の前に置いたメモ帳をペン先でこつこつと叩いた――やはり、入院中だったのか。

「重病なんでしょうか」

「違うと思います。昨日の朝に欠勤のメールがありましてね」

「理由はなんと?」

「具合がよくないので二、三日休むとだけ。月曜までは来ないと思います」

ヴィスティングは黙りこんだ。

「なにかあったんですか」

「連絡をとりたかっただけです」ヴィスティングは繰り返した。

協力に感謝してダルバルグとの通話を終えたあと、病院に電話をした。応答した女

性の声には道路局の交換手とよく似た響きと訛りがあった。ヴィスティングは身分を告げ、事件の捜査に関することだと説明した。

「マッティン・ハウゲンはそちらの患者でしょうか」そう尋ね、生年月日も伝えた。キーボードを叩く音がまた聞こえる。「いいえ」すぐさま返事がある。

「たしかですか」

「救急救命科に搬送された患者さんでしょうか」

「わかりません」

さらにキーボードの音がしたが、答えは同じだった。

ヴィスティングは通話を切りあげ、時刻を正確に書き留めた。いずれ捜査報告書を作成することになるかもしれない。

「ほかにご用は？」

クリスティーネ・ティーイスがドアのところに現れた。運んできたコーヒーのカップを机に置く。

「ハンメルから、なにかの暗号のことを聞きました。わたしがお役に立てるかもと」

ヴィスティングはカップを引き寄せ、しげしげと相手を見た。クリスティーネ・ティーイスはラルヴィク警察に来て三年半だ。カタリーナ事件のことは聞き及んでいないのだろう。

「あいつはなんと言ってた？」

「詳しいことはなにも。今日の昼間、あなたの外出先を訊いたら、昔の事件絡みの用事だと聞かされて。未解読の暗号があるとも。そのことであなたと話してみてほしいって」

ヴィスティングはコーヒーに口をつけた。「古い失踪事件なんだ。大昔のね。失踪者はカタリーナ・ハウゲン」手を伸ばし、机の抽斗のひとつを開く。「キッチンのテーブルに紙が残されていた」そう続け、暗号のコピーを取りだした。「重要なものかどうかも不明なんだが」と言ってそれを手渡し、「失踪の直前に彼女が書き残したものだと考えられている」

ティーイスがコピーを手に取り、しげしげと眺めた。

「決算書みたいですね。資産の部と負債の部が線で仕切られているように見えるけど」

ヴィスティングはうなずいた。同じことはすでに考えた。

ティーイスが数字を読みあげはじめる。「362、334……CFB、CCD」

相手の意図に気づき、ヴィスティングは口もとを緩めた。数字をアルファベットに変換しているのだ。

「意味をなしませんね」さんざんコピーを眺めたあと、ティーイスはため息をついた。

「書いた人間はなにか意味をこめたはずなんだ」

「カタリーナが書いたと確信はしていない？」

「紙には彼女の指紋が残っていたが、身元不明の指紋もいくつか検出されている」

「筆跡鑑定の結果は？」

「断定には至らなかった」

ティーイスはコピーに目を落とした。「単純そうな暗号なのに」

ヴィスティングはコーヒーをひと口飲んだ。「インターポールの協力まで得たが、解読できずじまいだ」

「単純というのは、字数が多くないという意味です。数字が書かれているのは十二カ所で、重複しているものもある。それぞれの数字に意味があるなら、長いメッセージじゃないのでは？」

ヴィスティングは笑みを浮かべた。その指摘も、とうの昔に考慮ずみだ。「なにかの地図のようにも思えるんだ」

「だとしたら、この十字は場所かしら。お墓かも」

ヴィスティングは肩をすくめた。そうとも考えられる。

「そこに埋められていると思います？」ティーイスが十字を指差して続けた。「その場合、カタリーナは自分のお墓の場所を記したのかもしれない」

「自殺ならその可能性もあるな」

「それぞれの数字を、地図の参照番号とか位置座標と照合してみました？」

「地理学者にも大勢見てもらった」

ティーイスは紙の向きを変え、ためつすがめつしてから、ヴィスティングに返した。

「彼女になにがあったと思います？」

「誰かが殺害して死体を埋めたんだと思う」

「夫では？」

「アリバイがあるんだ。トロンデラーグにいた。それに動機もない」

ティーイスは空いた椅子にすわった。「ほかに被疑者は？」

ヴィスティングは隣人のスタイナル・ヴァスヴィクのことを告げた。

「あとは、マッティン・ハウゲンの元妻のこともじっくり調べた」

「結婚歴があるんですか」

「インゲル・リーセ・ネスと。長くは続かなかった。マッティンの八歳年上で、かなりの曲者（くせもの）だ。愛想のいい善良そうな顔の下に、支配的で執念深い性格を隠し持っている。カタリーナと出会ったとき、マッティンはまだインゲル・リーセと夫婦だったんだ」

「疑わしい点があったんですか」

「夫が去ったのを許せず、カタリーナに敵意を示していた」

「どんなふうに？」

「押しかけていって、カタリーナをあばずれやら魔女やらと罵ったり、車に傷をつけたり、カタリーナの名を騙って通販で商品を注文したりといった具合に。ふたりを監視したり、昼夜を問わず電話をかけたり、郵便箱から配達物を盗んだりもした」

「いますね、そういうタイプ」ティーイスは廊下に目をやり、さらに捜査ファイルが山をなした自分の事務室を見やった。

「手がつけられない状態で、度を越した振る舞いが続いた」ヴィスティングは続けた。「しばらくしてそれもおさまり、六カ月ほど平穏が続いたところで、カタリーナが失踪したというわけだ」

「被疑者からは外れたんですか」

「いや、完全には。一筋縄ではいかない相手でね。カタリーナの失踪時は協力的で同情も示していたが、愛想のいいうわべの下で憎しみを募らせていたんだ」

「どんなふうに？」

「カタリーナが消えて二カ月後、マッティン・ハウゲンの郵便箱にポルノ雑誌が投函されるようになった。何者かが彼の名を騙って購読の申し込みをしたんだ。マッティンはインゲル・リーセを疑った。警察が身柄を拘束して家宅捜索を行うと、カタリーナの持ち物がいくつも発見されたんだ」

ティーイスが両眉を吊りあげる。

「専用の抽斗まで用意されていた。中身は郵便箱から盗んだ請求書や督促状、債権回収通知、ほかにもいろいろだ。下着にネックレス、イヤリング、本、香水、〝愛してる〟と書かれた小さなテディベア。最後のはマッティン・ハウゲンがカタリーナに贈ったものだ。客間のソファから盗まれたんだそうだ」

「そんな……」ティーイスは絶句した。

「ものが盗まれたのはカタリーナの失踪前らしい。マッティン・ハウゲンの記憶によると、夏ごろに読みかけの本が見あたらないとカタリーナが言っていたそうだ。ベッドサイドテーブルに置いたはずなのに、なくなっていると。夏の終わりにはネックレスとイヤリングもなくして困っていたらしい。どれもインゲル・リーセの家から発見された」

「夫妻の家に侵入したわけですね」

「それは認めている。だが、カタリーナの失踪の数カ月前のことだ。ベランダの戸が施錠されていなかったらしい。そこからしのびこんで、衝動的にカタリーナの持ち物を盗んだそうだ」

「暗号の紙から検出された指紋と彼女のものを照合しました？」

ヴィスティングはうなずいた。「指紋は家のどこからも出なかった。本人は否認しているが、おそらくは手袋を嵌めていたんだろう。家に立ち入ったのは一度きりじゃないはずだ」

「アリバイは？」

「カタリーナが失踪した日については、おおむね確認できている。当時は保育園で働いていて、十月十日は朝の七時から午後三時半まで勤務していた。隣人たちも自宅周辺で姿を見たと証言している。とはいえ、カタリーナが姿を消した時刻は正確に確認できていないんだが」

法務担当の事務室で電話が鳴った。クリスティーネ・ティーイスはヴィスティングに断り、部屋に戻った。

ヴィスティングはコンピューターの電源を切った。部屋を出ようとして卓上のカレンダーに目が留まった。明日は九時からクリポスのアドリアン・スティレルとの顔合わせがある。そのときまでにマッティン・ハウゲンと連絡がつかなければ、正式に捜査をはじめるべきだろう。

7

もう一度マッティン・ハウゲンの不在をたしかめようと、ヴィスティングはクライヴェル通りに車を駆った。風雨が激しさを増し、舞いあげられた枯れ葉が窓ガラスにへばりついては吹き飛ばされる。

舗装路を逸れ、砂利や小石にタイヤをきしませながらハウゲン家の私道を進んだ。暗さのせいですべてが違って見える。そびえ立つ木々に囲まれ、家は寒々しく不気味な雰囲気を漂わせている。

ヴィスティングは前庭に車を乗り入れ、家の正面で停止した。ヘッドライトがキッチンの窓の奥を照らし、無人の居間を浮かびあがらせる。

雨が車の屋根を叩いている。ヴィスティングは運転席にすわったまま、外へ出るのをためらった。マッティン・ハウゲンが在宅しているなら、窓から顔を覗かせるはずだ。

車を少しバックさせ、ガレージ前の地面に新しい轍がないか、そのほかにも主の帰宅を示すものがないかとたしかめた。唯一の変化は、猫が見あたらないことだけだ。ハンドブレーキを引き、ギアをニュートラルに入れてアイドリング状態にした。ドアをあけると左のほうに動くものが目に入った。家の西側の角あたりだ。車の室内灯がついているため夜目が利かず、なんだったのか判然としない。なにかが風に舞いあげられただけかもしれない。だが、二十メートルと離れていないその場所に身を伏せていた者が起きあがったようにも思えた。

ヴィスティングはドアを押しあけ、車を飛びだした。なにかがそこにいる。「おい！」と声をあげて足を速めた。

得体の知れないそのなにかは影のように遠ざかり、木立のなかにすべりこもうとしている。

あとを追ったヴィスティングは濡れた草に足を取られ、あやうく転びかけた。小枝が顔を引っかき、脇腹を刺す。それをかき分けながら奥へ突き進んだ。百メートル入ったところで足を止めて耳を澄ました。聞こえるのは風雨の音と乱れた自分の息遣いだけだ。

これ以上進んでも無駄だ。そう悟って車に戻り、ハンドルを握って車を転回させ、動くものに気づいたあたりをヘッドライトで照らした。ふたたび車を降りて地面を調べてみたが、萎れた葉と枯れ草以外はなにも見あたらない。断言はできないが、芝生の一部が平らになっているように見える。空の段ボール箱かなにかだったとしたら、とっくに風に飛ばされているはずだ。

濡れた髪を掻きあげながら、ヴィスティングは玄関に向かい、呼び鈴を鳴らした。応答は待たずにノブをまわしたが、鍵がかかっていた。裏手のベランダにまわってみる。裏口も施錠されたままで侵入の形跡は見られない。

少しのあいだ屋外灯の明かりを頼りに森の入り口に目を凝らしたが、そこにあるのは暗闇ばかりだった。窓ガラスの内側に設置された小さなカメラレンズに目をやってから、踵を返し、車に戻った。

砂利に揺られながら私道を戻り、分岐点で右に折れて沿道にとめられた車を探した。だが一キロほど進んで引き返した。ハウゲン家の裏手から森へのびた小道は高速18号線へと続いている。何者かが人目を避けて家に近づこうとするなら、そちらの高速道路沿いに車を置いてくるだろう。だが、いまはそこまで行く余裕がない。そのまま帰宅し、濡れた服を着替えた。

クロゼットの奥には、カタリーナ事件の捜査資料が詰まった段ボール箱がまだふたつ残っている。ヴィスティングは一方をあけ、マッティン・ハウゲンの元妻に関する全資料をまとめたリングバインダーを取りだした。居間にそれを運び、ページを繰ってインゲル・リーセ・ネス宅の抽斗の写真を見つけた。カタリーナの持ち物がいくつか写っている。ベッドサイドテーブルから消えたクヌート・ファルバッケンの『ハネムーン』もそこにある。

インゲル・リーセ・ネスがいまだに元夫の家のまわりをうろついているとは考えにくい。とうの昔にマッティン・ハウゲンのことはふっ切れているにちがいない。その後もさらに劇的な人生を歩んでいるからだ。男性との新たな出会いもあった。数ヵ月とたたずに相手が逃げだすことになりはしたが。まもなく、その男は別の女性と付きあいはじめた。オープンカフェでふたりと遭遇したインゲル・リーセ・ネスは、そこでひと騒動起こし、元恋人の新しい交際相手に暴力を振るって店から追いだされた。話はそこで終わらなかった。カフェの閉店後、インゲル・リーセ・ネスはふたりのあとをつけて自宅の外をうろつき、居間で服を脱がせあって寝室へ向かう姿を窓から覗き見したあと、家に火を放った。

ガーデンチェアのクッションを壁際に並べ、バーベキューグリルのそばで見つけたライターの燃料を染みこませて、そこに火をつけたのだ。

通りかかったタクシー運転手がその姿と火の手に気づき、消防に通報した。なかにいたふたりは助かったものの、家屋は大きな被害を受けた。インゲル・リーセ・ネスはその日の夜に逮捕され、のちに放火で有罪判決を受けた。

ヴィスティングはインゲル・リーセ・ネスの精神鑑定書のページを開いた。偏執症と反社会性パーソナリティ障害の所見が示されているが、刑事責任能力はあり、起訴可能と結論づけられている。その結果、懲役十八カ月の刑に処せられた。

書類を脇に押しやり、ヴィスティングはキッチンに入ってコーヒーマシンにポッドを押しこんだ。うなりをあげてコーヒーが抽出されるあいだ、窓から通りの先のリーネの家を眺めやった。外に車がとめられている。先ほど自分の家の私道に乗り入れた際にはなかったはずだ。新しい型のBMWか、あるいはアウディだ――近ごろの車種は見分けがつきにくい。これまで通りで見かけたことがないのはたしかで、おまけに暗がりにとめられているため、座席に人がいるかどうか確認できない。

ヴィスティングは電話を手に取り、リーネにかけた。「アマリエはどうしてる?」

「元気よ」

キッチンの入り口のスイッチのところへ行き、天井灯を消した。コーヒーカップを持ち、窓辺へ戻る。

車内に人影がないのが確認できたが、リーネに来客中かと尋ねるのはためらわれた。

「あれはおれのペンだったんだ」代わりにそう言った。

「誰のペンかなんてどうでもいいでしょ。ただの事故なんだから」

「本当にすまない」

「もういいって」

ヴィスティングはコーヒーをひと口飲んだ。「客が来てるのか」ようやくそう訊いた。

「ううん、なんで？」

「いまキッチンにいるんだが、おまえの家の外に車がとまっているのが見えてね。邪魔したかと思ったんだ」

「テレビの連続ドラマを見てるとこよ」

ソファから立ちあがる音がする。

「ところで、土曜日に数時間アマリエを見ててもらえない？」

「いいとも」子守を任せられたことがうれしかった。「なにか予定でも？」

「仕事のミーティングがあるの」

「オスロでか、まだ育休中だろ？」

「ええ、でもフリーとして参加してほしい企画があるんだって」

「そいつはいいな。テーマはなんだって？」

「それを聞きに行くの。待ち合わせは正午。十時に預けに行っていい？」

「ああ」ヴィスティングは微笑んだ。「おれのぶんもお休みのハグをしてやってくれ」

電話を切り、カップを口に運びながらリーネの家を眺めた。ボールペンの件が自分の落ち度だったことを認め、来客のこともさりげなく尋ねることができた。本当に訊きたいのは、娘に新しい恋人ができたのか、とまっている車はその男のものなのかということなのだが。

カップを置き、居間の資料のところへ戻ろうとしたとき、男が車へ歩み寄るのが見えた。どこから現れたかは判然としない。黒っぽい上着の前があけられ、一歩歩くたびに襟がはためいている。

リモートキーで車が解錠され、ライトがオレンジに光った。男はすばやく運転席のドアをあけ、エンジンをかけてヘッドライトを点灯させた。ワイパーでフロントガラスの曇りが拭きとられたが、運転席の男の顔はやはり見てとれない。

ふと気づくと、リーネがアマリエの部屋の窓から車を眺めていた。

登録ナンバーを読みとろうとしたが、暗さのせいでよく見えず、じきに車は走り去った。

8

陰鬱な朝だった。首を縮めて風雨を避けながら、ヴィスティングは前庭の水たまりを踏んで車へ向かった。

警察署に向かう車内からマッティン・ハウゲンに電話してみたが、やはり留守番電話に切り替わった。

朝のうちにもう一度ハウゲン家を訪れ、明るいなかで周囲を確認してから、正式に行方不明者として捜索をはじめるつもりでいた。

自分の席に腰を下ろしたとたん、クリポスの捜査官とのミーティングを思いだした。一時間ほどですめばいいが。用件がなんであれ、ハンメルに任せることになるだろう。

当直の日誌によれば前夜もおおむね平穏だったらしい。雨がすべてを停滞させている。雑居ビルの押し込み強盗が一件、小さな交通事故が一件。内港の桟橋でボートが沈没しかけたが、消防隊によって排水が行われ乗員も救助された。そのほか、大雨の影響により街の北側の幹線道路で土砂崩れが発生し、数カ所で通行規制が行われている。犯罪捜査部が担当すべき重大事件はなく、マッティン・ハウゲンの失踪に関連のありそうな報告も見あたらなかった。

朝のミーティングに先立ち、もう一度マッティン・ハウゲンの名前を情報システムで照会した。夜のうちに新たに記録された情報はない。

九時五分前、ニルス・ハンメルが部屋の入り口に顔を覗かせた。「お出ましですよ」

ヴィスティングは書類から目を上げた。「誰が?」答えは重々知りながら、そう尋ねる。

「スティレルです。クリポスの」

「すぐ行く」ヴィスティングは答え、幹部用の回覧に目を戻した。読むのはあとでもかまわないのだが、なぜか多忙なふりをしてみせた。

「CCGの所属だそうです」とハンメルは言いおいて、会議室へ消えた。ヴィスティングは書類に二段落ほど目を走らせたものの、ろくに頭に入らなかった。

CCGとは未解決事件班（コールド・ケース・グループ）の略称だ。捜査の縮小や打ち切りの対象になった古い迷宮入り事件を扱うために新設された部署である。

席を立って一同のいる会議室へ向かうと、すでにコーヒーが配られていた。クリスティーネ・ティーイスがハンメルと並んでテーブルの奥の席についている。向かいのスーツ姿の男がヴィスティングに気づいてすぐ立ちあがった。細身で、黒髪を短く刈りこんでいる。

ヴィスティングは差しだされた手を握り、名乗った。

「アドリアン・スティレルです」相手は言った。「はじめまして」

想像していたより若く、三十五歳を少し過ぎたくらいだろうか。ということは警察官としての経験は長くとも十二、三年、刑事歴は最長でも十年といったところだろう。警察大学校を卒業し、ほかにもさまざまな資格を有する若い捜査官が昨今は増えた。

免許や修了証書を取得することで、従来は現場で経験を積み、地道に昇進を重ねずには手が届かなかったポストに若くして就くことができるのだ。

　相手は内ポケットから名刺を取りだした。ヴィスティングはそれを受けとり、ハンメルの隣の席について向かいの男を観察した。きれいに剃られたひげ、ぱりっとした身なり。企業の顧問弁護士か、ＦＢＩ捜査官役の映画俳優といった風貌だ。

「さっそく時間をとっていただけて感謝します」アドリアン・スティレルが言った。

「それで、ご用件は？」

　スティレルは目の前に革の書類フォルダーを置いている。それを開き、メモに目を落とした。

「わたしの所属するＣＣＧでは」と話をはじめる。「未解決の殺人事件に加えて、殺人の可能性が疑われる失踪事件も扱っています」

　ヴィスティングがテーブルに軽く身を乗りだすと、相手の視線が据えられた。鋼鉄を思わせるグレーの瞳だが、文字を追いつづけていたように白目が充血している。

「ここへ伺ったのは、マッティン・ハウゲンについて調べるためです」ヴィスティングの反応を見極めようとするように、スティレルの目が鋭くなる。「彼のことはあなたが誰よりも詳しいとか」

「カタリーナ事件を再捜査すると？」ニルス・ハンメルが訊いた。

アドリアン・スティレルは首を振ったが、視線はヴィスティングから逸らそうとしない。

「いや、その事件ではなく」ようやく返事をする。「ナディア・クローグ誘拐事件を」

ヴィスティングは咳払いをした。一九八〇年代後半に起きたナディア・クローグ誘拐は、ノルウェーの犯罪史に残る有名事件だ。

「ハウゲンとのつながりが？」ヴィスティングは尋ねた。

「マッティン・ハウゲンの関与を示す新たな証拠が出ました。すでに殺人事件として捜査を再開し、彼を最重要被疑者とみなしています」

9

アドリアン・スティレルは身じろぎもせず一同を見据えた。捜査とは戦略ゲームであり、適切に駒を配置し、適切なタイミングでカードを切ることが肝心だと考えている——相手が同僚であろうと。初手はまずまずといったところだ。

ヴィスティングの表情にごくかすかな、だが歴然とした動きが生じた。コーヒーのカップに手が伸ばされる。年月を物語る無骨な手だ。右手の親指と人差し指はわずかに青く染まっている。結婚指輪は嵌められたままだ。事前に調べたところでは妻を亡くして七年になるはずだが、指に食いこんでいて外せないのだろう。

ヴィスティングがカップを引き寄せ、少し間を置いてから口に運んだ。いまの知らせに対する驚きをごまかすためだ。

テーブルの端にすわった女性法務担当は指輪をしていない。手もとには白紙のメモ帳と几帳面(きちょうめん)に平行に置かれたペン。眉をひそめ、気づかわしげにヴィスティングを見やっている。

最初に応対したニルス・ハンメルというやや若いほうの刑事は、ふたりの同僚に比べ驚きをうまく隠せずにいる。目をみはり、ぽかんと口をあけ、コーヒーと嗅ぎ煙草(たばこ)で黒ずんだ歯を覗かせている。

「マッティン・ハウゲンの過去は確認ずみですか。妻の失踪のことも」ハンメルが訊いた。

スティレルは立ちあがって部屋の奥の小さなキッチンカウンターに移動し、グラスを手に取った。

「ナディア・クローグ事件の二年後でしたね」グラスに蛇口の水を注ぎながらそう答えた。

ヴィスティングがカップを置いてテーブルに身を乗りだした。スティレルはその顔を新聞やテレビの記者会見で幾度も目にしていた。頬骨が高くいかつい印象の、特徴的な顔立ちだ。白いものが交じった髪はやや伸びすぎ、広い額に垂れかかっている。妻が健在なら散髪を勧めるはずだ。

「新たな証拠とはどんな？」ヴィスティングが訊いた。

鋭い質問だとスティレルは思った。核心を突いている。だが即答は避けた。事件の概要を三人に把握させるのが先だ。

水のグラスを持ってテーブルに戻り、法務担当が用意したコーヒーを脇に押しやって席についた。

「ナディア・クローグは富豪のヨアキム・クローグの娘でした」ある程度は三人とも知っているはずだが、一から説明をはじめる。「一九八七年九月十八日の夜、ナディアはポシュグルンで開かれたティーンエイジャーたちのパーティーに出たあと消息を絶ち、直後に恋人が逮捕されました。パーティーで口論になり、先に帰ったナディアのあとを追ったとされたためです。ところが失踪から三日後、誘拐犯から身代金を要求する脅迫状が届いた」

「三百万クローネの」ニルス・ハンメルが言った。

スティレルは一通目の脅迫状のコピーを取りだした。三人のうち誰が受けとるだろうかと思いながら、それをテーブルごしに押しやった。身体を傾けて覗きこんだヴィスティングが、眉を吊りあげそうになるのをこらえるように、額にかすかな皺を寄せた。

脅迫状はテレビのサスペンスドラマで使われそうな代物だ。三週間前に初めてそれを目にした際、スティレル自身がそう思った。新聞から切り抜かれた文字や語句が貼りあわせられ、文章が作られている。子供じみているが、実際のところ事件に用いられる脅迫状はこのような体裁のものが多い。差出人はみな同じ映画や本を参考にしたにちがいない。素人臭くはあるものの、どこか恐怖をかき立てるものがあるのも事実だった。

脅迫状の実物は新聞にも公表されていない。覗きこんだヴィスティングの目には驚きと興味が表れている。

「家族のもとにこれが届いたのが九月二十二日の火曜日です。失踪発覚から三日後の」

コピーを引き寄せたのはハンメルだった。「ナディアは発見されずじまいでしたね」遠くを見るような目になり、舌の先で上顎の歯をなぞりながらコピーをしげしげと眺める。

文面は四つの文で構成されている。内容はシンプルだ――〝ナディアは預かった。

帰してほしければ金を用意しろ。金額は三百万クローネ。追って連絡する〟。簡潔なメッセージの最後に、〝ザ・グレー・パンサーズ〟と差出人名が添えられている。

ハンメルがそれをヴィスティングに手渡した。

「マッティン・ハウゲンを疑う根拠は?」ヴィスティングが訊いた。

「脅迫状です」スティレルは言い、もう一枚のコピーを取りだした。「一通目が到着してから二日後、二通目が届きました。同一の日付の《VG》紙から切り抜かれたものです」

そこで言葉を切り、コピーをテーブルに置いた。当時の捜査班によって使用された紙面は割りだされている。一九八七年八月二十七日木曜日付のもので、資料によれば発行部数は三十三万二千四百六十八部だ。

ヴィスティングが二通目の脅迫状も手に取り、二枚を左右に並べて持った。

二通目も同じ方法で作成されているが、文面はより短い。〝金を黒いゴミ袋に入れてオーラヴスバルゲ・キャンプ場の売店裏に置け〟。今回は差出人が〝ザ・グレー〟とされている。

「家族は支払うつもりでいました。指示に従ったものの、金は回収されなかった。受け渡し場所には六日のあいだ監視がつけられました」

「マッティン・ハウゲンが差出人だと?」ヴィスティングが訊いた。「新たな証拠というのは？」

「指紋です。技術の革新によって、当時は検出不能だった指紋が発見されました。加えて、新たなコンピューター・プログラムとデータ解析技術のおかげで照合方法も進歩しています。生物学的痕跡を最新のＤＮＡ鑑定技術によって再分析する場合と同じように、検出された指紋を過去の記録と照合しました。その結果、カタリーナ事件発生時に自宅で採取された指紋と一致したというわけです。夫のマッティン・ハウゲンのものと」

沈黙が室内を満たした。主導権がヴィスティングにあるのはスティレルの目にも明らかだった。残りのふたりは判断の妨げにならないよう口を閉じている。

「この二通が本物だと信じる根拠があると？」ヴィスティングが訊いた。「誘拐犯が送ったものと断定するだけの」

スティレルはうなずいたが、相手の反論を最後まで聞くことにした。

「身代金目的の誘拐は、入念な計画に基づいて行われる。この手紙にはその入念さが感じられない。通常、こういった脅迫状は誘拐後二十四時間以内に届けられる。警察への通報を禁じる警告や、要求に従わなかった場合の脅し、それから身代金引き渡しの詳細が書かれているのが普通だ。おまけに誘拐犯は計画をあっさり諦め、なにも奪わずに終わった――ナディア以外には」ヴィスティングが脅迫状をテーブルに置いて続ける。「二通の脅迫状はナディアの恋人が逮捕されたのちに届いたものだ。捜査の見なおしが行われ、結果的に恋人の嫌疑は晴れた。何者かが彼を助けようと、捜査を攪乱(かくらん)するために書いたものとも考えられる」

スティレルはさらに一枚コピーを出し、写真が印刷された面を下にしてテーブルに置いた。

「一通目が届いた際にはテレマルク警察の捜査班も同じように考えましたが、二通目にはこれが同封されていました」

スティレルがコピーを裏返して押しやると、三人はよく見ようと身を乗りだした。印刷されているのは一枚のスピード写真だ。スティレルは実物を目にしていた。ブリュン通りのクリポス本部の自室に捜査資料のひとつとして保管してあるもので、すでに四隅はめくれ、破れかけている。写っているのは少女と少年だ。

「ナディアと弟です。彼女はこれを財布に入れていた。ナディアの恋人を庇(かば)うために何者かが脅迫状を送ったのなら、その人物は誘拐の共犯者か、なんらかの形で関与していた者ということになる」

ヴィスティングは椅子の背にもたれ、なにかを嚙みしめるように顎をこわばらせた。写真に関して別の説明を見つけようとしているのがわかる。

「封筒からなにかわかったことは?」

スティレルはフォルダーからコピーをさらに二枚取りだした。「表書きに工夫が見られます」そう言って鑑識から提出された二枚の写真を示した。

白い封筒にはいずれも宛先を記した紙が貼られている。

「所番地はクローグ氏の会社のもので、電話帳から該当箇所を切りとったものが使われています」

ヴィスティングが片方の封筒のコピーを光にかざし、目を凝らす。

「ごらんのように、どちらの封筒にも地元の消印が捺されています。捜査員たちはポシュグルンとその周辺の電話ボックスをくまなく調べました。ヴァレルミレーネのボックスで、Kのページが破りとられた電話帳が発見されています。もう一冊は見つかっていません」

「指紋は？」ハンメルが訊いた。

「電話帳にも、ボックスにも、封筒にも多数残されています。電話帳から検出されたもののうち三点は、付近に住む小物の犯罪者のものと判明しました。三名とも捜査対象からは外れています。封筒からは郵便配達員の指紋も一点検出されました」

「マッティン・ハウゲンの指紋は手紙のどの部分から検出された？」ヴィスティングが訊き、もう一度脅迫状を手に取った。「便箋の部分からか、あるいは新聞の切り抜きから？」

　スティレルはうっすらと笑った。さすがはベテランだ、ずばりと要点を突いてくる。

「切り抜きからです。一通目から三カ所検出されました。二通目にはゼロです」

　スティレルは一通目のコピーをもう一枚取りだした。こちらには化学処理が施され、赤紫色の痕跡が斑点状に浮かびあがっている。検出された三点の指紋に鉛筆でしるしがつけられている。ナディアの〝ディア〟の部分。百万の〝万〟と、差出人の〝パンサーズ〟の後ろ二文字の部分。

「つまり、ハウゲンが新聞を読んだのはたしかだが、文面を作成したとはかぎらないというわけですか」ハンメルが言った。

　スティレルはうなずいた。「ハウゲンと脅迫状との直接的なつながりが見つかれば、すでに逮捕に踏みきっている。より慎重を期したいということです」

　スティレルはヴィスティングに視線を据えたまま、その目に友好的な色を浮かべようとつとめた。ヴィスティングとハウゲンの交友関係の話は、ラルヴィク警察の外にも漏れ伝わっていた。ふたりの親交がスティレルには理解不能だった。警察官として三十余年の経験があれば、相手の本性を見抜けてしかるべきだ。ヴィスティングがマッティン・ハウゲンと交流を持ちながら相手の嘘に気づかずにいたとしたら、それは由々しき問題だ。普段ならば単刀直入に指摘するところだが、やめておいた。共同捜査が長びく可能性もある。初対面で相手の心証を損ねるのは賢明ではない。協力を得るには遠慮も必要だ。

「力を貸していただきたい。ハウゲンと親しいあなたに」

ヴィスティングはテーブルの上で両手を組みあわせた。ベテランらしく躊躇は見せず、了承のしるしに短くうなずいた。

「一点だけ問題がある。マッティン・ハウゲンが消えた」

10

想定外の事態だ。アドリアン・スティレルはそう認めざるを得なかった。ほかのふたりも驚いてヴィスティングに向きなおり、どういうことかと尋ねた。

ヴィスティングは壁のカレンダーに目をやった。「カタリーナ・ハウゲンは二十四年前の十月十日に失踪した。毎年その日にはマッティン・ハウゲンの家を訪ねるようにしている。彼もそれを喜んでいたはずだ。いつもコーヒーとケーキを用意して待っていてくれるから。だが、昨日は家にいなかった」

「忘れていたのでは？」スティレルは言った。

「仕事にも出ていない。電話もかけてみたがつながらず、すでにバッテリーが切れているようだ。昨日は何度か訪ね、今朝も電話してみたんだが。どこにも見つからない」

「日誌は調べましたか」ハンメルが訊いた。

「なにも見つからなかった。病院に搬送されてもいない」

クリスティーネ・ティーイスがスティレルに向かって言った。「ハウゲンが指紋と再捜査の件を知った可能性はないですか。それで逃亡したのでは？」

スティレルはきっぱりと首を振った。「CCGの外に漏れることはありえない」そう答え、ヴィスティングに向けて言った。「行方不明者の届け出は出ていますか」

ヴィスティングが首を振って答える。「いや、近くに近親者がいないので」

スティレルはボールペンをカチカチと鳴らした。最初こそ失踪を知って厄介だと思ったが、かえって可能性が広がったことに気づいた。マッティン・ハウゲンが行方不明だということは、合法的に家宅捜索をするチャンスだ。表向きはハウゲンの所在を示す手がかりを探りつつ、ナディア・クローグ誘拐への関与を示す証拠を探すことができる――正式に被疑者として指名することなく。時間の経過を考えればなにか発見される望みは薄いが、やってみるだけの価値はある。

「捜査の開始手続きを頼みます」公式に決定を下す立場にある法務担当にそう告げた。

「ハウゲンの居場所と不在の理由が明らかになるまで、ナディア・クローグ事件はお預けですね」ティーイスは答えた。

ヴィスティングがミーティングを切りあげるように手帳を閉じた。「では、取りかかるとしよう」そう言ってハンメルのほうを向いた。「携帯電話の位置情報を調べてもらえるか」

「了解」ハンメルは答え、ヴィスティングが伝えた電話番号を書き留めた。

「クリスティーネに個室を用意してもらうといい」ヴィスティングがスティレルに向かって言った。「何日か滞在することになるだろうから」

「ハウゲンの家には誰が?」スティレルは訊いた。「来るつもりなんだろう? 十五分で出発する」

考えを見透かすような視線が据えられた。

11

二十五分後、ヴィスティングは車に乗りこんだ。マッティン・ハウゲンを行方不明者として認定したあと、少し時間をとってアドリアン・スティレルのことをざっと調べた。相手の素性とクリポス捜査官としての経歴を確認しておきたかったのだ。スティレルのなにかがヴィスティングを苛立たせていた。ミスを犯すまいとするような堅苦しさを感じさせる一方、うわべは愛想のいい慇懃な態度を保っている。端的に言えば、なにか隠しているような印象だ。

得られた情報はわずかだった。アドリアン・スティレルは三十六歳、オッペゴールに生まれ、現在はオスロ・グリューネルロッカ地区のサイルドゥーク通りに住んでいる。未婚で同居のパートナーもいない。居住地履歴によれば十代なかばから二十歳で帰国するまで南アフリカ共和国で過ごしている。浅黒い肌はその名残りだろう。イントラネットでも特筆すべき情報は得られなかった。さまざまな技能向上講習の受講者のなかに名前が挙がり、それによれば尋問技術と捜査指揮を専門としているらしい。最新の検索結果はCCG創設に関連したものだった。CCGにはヴィスティングと顔見知りの班員が何人かいるが、にもかかわらず一面識もない新顔の捜査官が事件の担当に指名されたことが不思議だった。

スティレルが座席を後ろに下げ、シートベルトを締めた。

「ハウゲンの家には市街地を出て五分ほどだ」ヴィスティングはそう告げ、駐車場から車を出した。

スティレルは先刻承知といった顔でうなずいた。すでにクライヴェル通りまで行ってみたのかもしれない。自分ならば、被疑者のことを把握するためにそうする。

「すでに下見ずみかな。家の前まで行って、様子を見てきたのでは？」

「地図は確認しています」

ヴィスティングは横目で相手を見た。答えになっていない。

それ以上は追及せず、車を脇に寄せて配達用トラックに道を譲った。

「午後にカタリーナ事件の捜査資料に目を通したいのですが」スティレルが言った。

「担当者が書庫にないようだと。どこに保管されているかご存じでは？」

今度はヴィスティングがごまかすほうだった。「段ボール箱三つ分ある」それ以上の説明は省いた。「見てもらえるように手配しよう」

スターヴェルン通りの信号が赤に変わり、ヴィスティングは車を停止させた。ワイパーがフロントガラスの雨粒を拭い去る。長靴と黄色い反射ベストに身を包んだ幼稚園児たちが目の前を横断していく。

「ナディア・クローグ事件のほうだが」ヴィスティングは口を開いた。「捜査資料のコピーをいただけるかな、目を通したいので」

「電子化されています。コンピューターで読んでください。アクセスできるよう手配します」

信号が青に変わり、車はゆっくりと走りだした。市街地を出るまでどちらも口を開かずにいた。

スティレルが助手席で背筋を伸ばした。「どんな男です」

「マッティン・ハウゲンか」

「ええ」

ヴィスティングはしばらく考えてから答えた。「もの静かな男だな」

「静かな流れは底が深いと言いますね」

「無口なと言うほうが近いかもしれない。人付き合いは苦手なようだ。まだ事件を引きずっているんだろう。とはいえ、ごく感じのいい男だよ」

「人付き合いは苦手なのに感じがいい？」

ヴィスティングはうなずき、付けくわえた。「その表現がいちばんしっくりくる」

「そのことになにか意味があるのでは？」

ヴィスティング自身さんざん考えてきたことだが、スティレルの結論を聞くことにした。

「ハウゲンはなにか隠している。愛想よく振る舞うことで、それをごまかそうとしている」

「複雑な男なのはたしかだ」ヴィスティングは言葉を濁した。

対向車がはねあげた雨水がフロントガラスに飛び散った。と同時に、ヴィスティングの携帯電話が鳴った。前方の視界が戻るまで減速しながら応答する。

ニルス・ハンメルの声が車内いっぱいに響いた。「いまどのあたりです？」

「じきに着く」ヴィスティングは返答し、ハウゲン家の私道に車を乗り入れた。

「携帯電話の位置情報を確認しました。クライヴェル通りの自宅にあるようです」

ヴィスティングはその意味を考えた。何度かけても通じないはずだ。

「いつまで電源が入っていた？」

「いまも入ったままです。ここ数日のデータが入手できるのは少し先ですが、電話会社に現時点の位置情報を確認させました。いま現在、家のなかかその周辺にあるはずです」

「使用中だということか」

「使用中とはかぎりませんがね、ネットワークにはつながっています」

砂利道を揺れながら奥へ進んだ。ほかの車両の出入りがあったとしても、轍は雨に洗い流されたあとにちがいない。

ヴィスティングはハンメルに礼を言い、電話を切った。

がらんとした前庭に入り、少しのあいだ運転席にすわったままでいてから、エンジンを切った。昨日と変わらず家はひっそりしている。いや、変わった点がひとつ。車内から見るかぎり、コンロの上の換気扇のランプがついているようだ。確信はないが、ゆうべは消えていたはずだ。

　ヴィスティングは車のドアをあけて外へ出た。スティレルもそれに倣う。雨は弱まってきているが、当分やみそうにない。

「二十四年前と変わってはいませんか」開いた車のドアにもたれてスティレルが訊いた。

「おおむねそうだな」

　ガレージの扉の前の地面に新しい轍らしきものが見え、ヴィスティングはそちらへ何歩か近づいた。

　そのとき、玄関ドアが開いてマッティン・ハウゲンがポーチの階段へ出てきた。脚のあいだから猫が飛びだしてくる。

「やあ」マッティンがヴィスティングとスティレルを見比べる。

　安堵したヴィスティングは会釈を送った。

「ちょっと寄ってみたんだ。家にいるかと思ってね」

「二、三日山小屋へ行っていたんだ。屋根の手入れをしに。雨漏りがするんでね」

「昨日も来てみたんだ」ヴィスティングは続けた。猫が脚にじゃれつく。

　昨日がカタリーナの失踪した日だということは互いに承知だが、どちらも口にはしなかった。

「電話もくれたようだね。なかへ入るかい」

ヴィスティングは首を振った。「通りかかっただけだから」そう言って車へ戻りかける。「夕方にもう一度寄ってもかまわんかな」

「いいとも。外出の予定はないよ」

スティレルがドアを閉じてから、ヴィスティングも手を振って運転席に乗りこんだ。マッティン・ハウゲンは少しのあいだ戸口でふたりを見つめ、やがて猫を雨のなかに残したまま家へ入った。

12

舗装路に出ると、向かいのガレージのシャッターが上がりはじめた。

「スタイナル・ヴァスヴィクだ」ヴィスティングは言い、油まみれのぼろ布を手にした男に手を振った。「捜査資料にも名前が挙がっている。カタリーナの失踪時もあそこに住んでいた」

「アリバイは？」

ヴィスティングは首を振った。「カタリーナが消えた正確な時刻が不明なのが厄介なんだが、時系列を確認した結果、生きている彼女の姿を最後に見たのはヴァスヴィクだとされている。その二日後、傷害罪で服役するために出頭した。その後は三年刑務所にいた」

スティレルはミントタブレットの小袋を取りだし、端を破りあけててのひらに一粒取ると口に入れた。

「山小屋のことですが」そう訊きながらポケットにミントをしまう。言わんとすることは明らかだ。

「ハウゲンの？」わざと訊き返した。

スティレルがうなずく。

「バンブレにある。シーエンとの境近くで、ここから車で一時間の距離だ。人里離れた森の奥の、小さな開墾地にある。水道も電気も通っていない。五〇年代に祖父が一度手を入れたらしい」

「そこも捜索したんでしょうね」

「ああ、だがあそこにいる可能性は低かった。カタリーナは行きたがらなかったらしいし、いずれにせよ車もバイクも自宅に残されていたから。山小屋に行くには柵で封鎖された未舗装路を数キロ奥へ入る必要がある。そのあと十五分歩いてようやくたどり着く。山小屋と柵の鍵はどちらも自宅の抽斗のなかだった」

「行ったことは？」

「事件当時は行っていないが、マッティン・ハウゲンに付きあって何度か釣りには行った」

スティレルがミントを嚙みくだく。

ヴィスティングは相手の考えを察してうなずいた。「人を監禁するのにうってつけの場所ではあるな」

マッティン・ハウゲンがナディア・クローグ誘拐事件に関与しているという話はまだ荒唐無稽にしか思えないが、それが事実ならば、ランゲン湖畔の山小屋は格好の監禁場所だ。ナディアが最後に目撃された場所から車で三十分そこその距離にあり、人目を気にする必要もない。

「ナディアの身になにが起きたか、きみの考えは？　誘拐犯がなぜ連絡を絶ったのか」

「想定外のことが起きたと考えています。ナディアに逃げられそうになり、殺したのかもしれない。あるいは、犯人たちが金の受け渡しをする段になって怖気(おじけ)づき、彼女を放置して餓死させたとも考えられる」

「チャールズ・リンドバーグの事件を思いだすな」

リンドバーグ愛児誘拐事件は犯罪史に残る有名事件だ。一九三二年、一歳の男児が自宅二階の寝室から連れ去られた。現場には五万ドルを要求する脅迫状が残されていた。身代金は支払われたが、解決には至らなかった。二ヵ月後、男児は死体で発見された。司法解剖の結果、転落死と鑑定され、犯人が誘拐時に梯子(はしご)の上から落としたものと結論づけられた。

スティレルが座席の上で背筋を伸ばした。「なにが起きたのか、あなたに探っていただきたいとわれわれは考えています」

ヴィスティングは雨のなかで犬を散歩させる男を避けようとハンドルを切った。

「探るとは?」

「あなたはハウゲンを誰よりもよく知っている。さらに親しくなっていただきたい。相手の信用を得て、うまく自白に導くために」

ヴィスティングは相手の顔を見たが、返事はしなかった。ミーティングでスティレルが言わずにいたのはこのことだったのだ。クリポスは勝手に計画を立て、ヴィスティングに重大な役割を負わせようとしている。

「いわゆる潜入捜査の手法をGPS捜査や通信傍受と併用することで、効率化が図れます。すでにいくつもの事件で実証されているとおり」

「わたしが警察官なのは向こうも知っている。スパイを送りこむようにはいかない」

「しかし、あなたがナディア・クローグ事件のことを知っているとは気づいていない」スティレルは反論し、初めて笑みを見せた。「そのぶん、あなたに有利だ。タイミングを見計らって相手を誘導する。考えを植えつけ、押すべきボタンを押す。そういった技はお手のもののはずです。自白を引きだすための」

ヴィスティングは小さく首を振った。とんでもない役目を押しつけられようとしている。取調室とはわけがちがう。取調べの際はすべての証拠を突きつけて追及を行うが、アドリアン・スティレルが求めているのは、自分に近しい相手を捜査のために恣意的に操り、欺くことだ。友にも等しい相手を。

「署長には話を通してあります。せっかく約束を取りつけたことですし、今日の夕方からさっそく取りかかっていただければ」

ヴィスティングは警察署の正面玄関前に車をとめた。「通行証は？」

スティレルが胸ポケットを叩くのを見て、両開きのドアを手で示した。

「先に用事をすませてくる。マッティン・ハウゲンが見つかったと伝えてくれ」

スティレルは少したためらってからドアハンドルに手をかけ、細くドアを開いた。

「それで、どうします」

「戻ってから話そう」

スティレルはうなずき、雨のなかへ出た。ヴィスティングはアクセルを踏んで敷石から車を出した。

13

雨のなかに残されたスティレルは走り去る車を見送った。正面玄関の庇の下へ入り、電話を取りだした。

新設されたCCGの長はライフ・マルムだ。スピードダイヤルの先頭に登録してある番号にかけると、ワンコールで応答があった。

「状況は？」

「出だしから少々波乱含みです」スティレルは答え、マッティン・ハウゲンが行方をくらませていたあと、突然戻ったことを告げた。

「ヴィスティングは協力的か」

スティレルはミントを噛んだ。「まだなんとも。勝手に役割を決められたのは不本意でしょうが」

「賢明な男だ、納得するだろう」

目の前の正面ドアが開き、ロビーに足を踏み入れたスティレルは、警備の警官に会釈してから通行証をカードリーダーに通した。

「どのみちもう足を突っこんでいる」マルムが続ける。「ノーとは言えないはずだ。蚊帳の外に置かれるくらいなら、協力するほうを選ぶだろう」

スティレルはあたりを見まわし、そばに人けがないのをたしかめた。

「通信傍受の件はどうです？」階段をのぼりながら小声で訊く。

「二週間の許可が下りた。十五時ちょうどから有効になる」

スティレルは通行証を使い、さらにひとつドアを抜けた。「了解です。午後にもう一度かけます」

電話をポケットに収め、しばらく思案した。マッティン・ハウゲンに誘拐の共犯者がいたならば、ヴィスティングに揺さぶりをかけられたあと、その相手と連絡をとろうとするにちがいない。盗聴でそれを確認できるはずだ。

本格的な通信傍受が可能になれば、通話の内容だけでなく、メールやその他の電子的通信手段によるやりとりをすべて把握できる。携帯電話のGPS機能によってつねに所在も確認できる。電源が入っている場合にかぎられはするが。

ニルス・ハンメルがコーヒーのカップと書類の束を両手に持って近づいてきた。

「ずいぶん早いお帰りで」

「マッティン・ハウゲンは失踪していなかった。山小屋へ行っていたそうです」

大柄な刑事は破顔した。「なら、次はどうします？」

「この事件を担当する捜査員を集めて、午後にもう一度ミーティングをします」

「いまのところ、ヴィスティングとおれだけですがね」

ふたりとはあまりに少ない。だが、捜査が進展するまではそれでしのぐしかない。CCGから派遣されているのも自分ひとりであり、厳密に言えばラルヴィク警察の管轄ではない事件に過分な協力は求められない。

「それまでにカタリーナ事件の内容を把握しておきたい。資料は見つかりましたか」

ハンメルは音を立ててコーヒーを飲み、首を横に振った。「ビョルグ・カーリンに訊いてみてもらえますかね」そう言って管理部のほうを指差す。「彼女が見つけられなければ、書庫にはないってことです」

スティレルは三角形をした事務室に近づいた。朝のミーティングのまえに、そこの席にいた朗らかな女性とはすでに挨拶を交わしていた。

「あなたに相談するようハンメルに言われまして。カタリーナ事件の捜査資料を見せてもらえますか」

ビョルグ・カーリンは首を横に振り、愛想のいい笑みを浮かべた。「今朝書庫に下りたんですけど、見あたらなくて。大きな事件なので、通常のファイルボックスには入りきらないはずです。ときどき持ちだされる資料は別にまとめてあって、そこに置かれているんでしょう。警部に確認して、お渡しするように言いますね」

　スティレルは苛立ちながらも笑みを返した。

「急ぎなもので」そう言って用意された個室へ入った。

薄灰色の壁の標準的な広さの部屋で、合板の四角い事務机にコンピューターが一台置かれている。

　空気がこもっているので、窓をあけようとそちらへ近づいた。地味な模様の緑のカーテンが片側に寄せられ、通りの向こうにくすんだ色の建物の壁が見えている。

部屋を見まわしてみる。机の脇の壁のコルクボードには、前回ここを使った捜査官が残していったらしき赤と緑と青の押しピンが刺さっている。去年のカレンダーの隣に〝薬物にはノーを〟と訴えるポスターが貼られている。

　事務椅子には肘掛けがなく、青い布地は座面が擦り切れている。腰を下ろすと騒々しくきしんだ。

　コンピューターは普段使っているものよりも動作が遅かった。ずいぶん待ってから、ようやくユーザー名とパスワードの要求画面が表示された。システムへのアクセスにはさらに時間がかかるだろう。

すべてが予定どおりに進まない。スティレルは苛立ちを募らせ、時計に目をやった。十三時四十二分。本来ならば、すでにカタリーナ事件の要点を把握し、所轄の刑事たちにナディア・クローグ誘拐事件の捜査方針を示す段階のはずだ。ナディア・クローグ誘拐事件は、ＣＣＧ配属以来初めて捜査責任者を任せられた仕事だった。失敗は許されない。

ふたつの古い事件に明白なつながりは見いだせていない。どちらも女性の失踪事件だという点を除いては。犯行手口は異なり、パターンや関連性は見つからない。目下のところ、接点はマッティン・ハウゲンのみだ。それが興味深い点ではあるが、ことをややこしくもしている。とはいえ、同時にカタリーナ事件も解決に導けば、そちらも手柄になるという期待もあった。

14

ヴィスティングは私道にバックで車を入れ、戸口にできるだけ近づけてとめてから家に入り、居間へ向かった。濡れた靴が床に足跡を残す。

カタリーナ事件の捜査資料が入った段ボール箱が蓋をあけたまま置かれている。散らばったバインダーをかき集め、箱に戻した。書類が何枚かリングから外れたままで、一枚の報告書がすべり落ちた。クリップで写真が留められている。それを拾いあげ、書類と写真のそれぞれを手に持った。

写真には三枚のメモが写されている。ハウゲン家の玄関ホールに置かれたチェストの上の鏡に貼られていたものだ。鏡面にはカメラのフラッシュが写りこみ、撮影した鑑識員のシルエットも見てとれる。

報告書には、書き留められたメモの詳細が示されている。日時が書かれたものは、カタリーナが失踪する二週間前に入れた美容院の予約だ。内容はカットとカラー。美容師によれば予約は数日後にキャンセルされたという。二枚目の人名と電話番号は合唱団の仲間のものと判明している。三枚目の百二十五クローネという金額は指揮者の五十歳の誕生日に団員一同から贈るプレゼントの代金で、添えられたＡＭＬの三文字は会計役のアンネ・マリエ・ラーセンの頭文字だ。

これらはすべて、失踪後に何週間もかけて警察が調べあげたものだ。新聞には〝虱(しらみ)潰(つぶ)しに捜査中〟と報じられた。それはカタリーナ・ハウゲンの生活を構成する細かなピースをつなぎあわせる作業だった。ひとつ答えが見つかると、さらに新たな疑問が生じた。なぜカタリーナはカットとカラーの予約をし、それをキャンセルしたのか。

ヴィスティングは写真と報告書をバインダーに戻し、箱を車へ運んだ。それから二階の寝室へ上がり、クロゼットに残ったふた箱も運びだした。かさも重みもあり、二往復しなければならなかった。

車のトランクを閉じたとき、リーネとアマリエがそばにいることに気づいた。リーネはレインコート姿で長靴を履き、フードをかぶっている。

「それ、署に戻すの？」リーネは訊き、ベビーカーの覆いを整えた。

「潮時かと思ってね」ヴィスティングは微笑んでみせた。

「生地を作りに戻ったのかと思ったんだけど」

ヴィスティングはその意味を計りかねた。

「ピザの生地よ。覚えてる？　今夜トーマスが帰ってくるのよ」

「ああ、もちろん——いや、それはあとでやる」トーマスのこともピザのこともすっかり忘れていたが、そう言ってごまかした。「一時間もあれば膨らむから」と付けくわえ、玄関の庇の下へ入る。「遠くまで出かけるのか」覆いから雨水の滴るベビーカーを手で示した。

「長いお散歩へ行って、いま帰ってきたところ」

「それじゃ、今夜な」ヴィスティングは言い、運転席のドアに向かった。「ピザ・ナイトだ！」エンジンをかけてから、助手席の窓をあけて身を乗りだした。「ちょっと訊きたいんだが。昔の《VG》紙の紙面は見られるのか」
リーネはレインコートのフードを直しながらうなずいた。「なぜ?」
どう答えたものかと迷った。文字や語句を切り抜くのに使った紙面を確認したいのだが、脅迫状とナディア・クローグ誘拐事件には触れられない。
「ちょっと古い新聞を見てみたくてね」トランクの段ボール箱のほうへ顎をしゃくっ
てみせ、そちらの事件の関連だとにおわせた。
「自分で検索もできるのよ。まとめてインターネットに公開されてるから。有料サー
ビスだけど、ユーザー名とパスワードを教えるね」
「そいつは助かる」
ヴィスティングは窓を閉じ、リーネとベビーカーが前庭を出るのを待ってから車を
出した。キッチンの戸棚には小麦粉がひと袋あり、ドライイーストの小袋もいくつか
残っていたはずだが、賞味期限が切れているかもしれない。トッピングのチーズと具
もこっそり買ってこなくては。

15

ヴィスティングは警察署のガレージの洗車機の前に車をとめ、台車を見つけて段ボール箱を管理部へ運びあげた。

席にいるビョルグ・カーリンが顔を上げた。

「カタリーナ事件のものなんだが」ヴィスティングは告げ、箱を床に置いた。「クリポスの人間が見たいと言いに来るはずなんだ」

「もう来ましたよ」

「また来るはずだ」

コンピューターを確認すると、ナディア・クローグ事件の捜査資料データにアクセスできるようになっていた。うめくような音とともに、スキャンされたすべてのデータがアップロードされていく。文書作成にタイプライターが用いられていた時代のものだ。だがいまは、ごく最近作成されたマッティン・ハウゲンの指紋と事件との関連を示す書類を探している。

新しいデータが先頭に来るよう、文書を年代順に並べ替えた。最新のもののひとつに、地方裁判所に提出された通信傍受令状の申請書が見つかった。申請の可否を示す文書を開くと、令状は発付されていた。

一覧を下にたどると、クリポスが提出した指紋鑑定書が現れた。四ページからなり、二通の脅迫状のコピーも含まれている。鑑定書の冒頭には、一九八七年当時、指紋は刷毛(はけ)でこすって採取されたと記されている。今日でも一般的な指紋採取法のひとつである。一九九〇年代に入ると、紙などの吸水性のある素材にはニンヒドリン法が用いられるようになったと記述は続いている。汗に含まれるアミノ酸と試薬が反応することで指紋は赤紫色に浮かびあがる。この手法により脅迫状が再検査された。その結果、一通目の脅迫状から三点の指紋が検出されたのだ。

添付された脅迫状のコピーは午前中にスティレルに見せられたものと同じだった。ヴィスティングは一通目の脅迫状にもう一度目を通した。〝ナディアは預かった。帰してほしければ金を用意しろ。金額は三百万クローネ。追って連絡する〟。マッティン・ハウゲンの指紋が検出された三カ所には鉛筆でしるしが付けられている。動かしがたい証拠だ。

携帯電話が小さく振動し、メールの着信を告げた。リーネが《VG》紙のアーカイヴにアクセスするためのユーザー名とパスワードを送ってきたのだ。リンクをクリックするとすぐにログインできた。

ためしにナディア・クローグの名前を検索してみる。その名が言及された紙面の縮小版がずらりと並ぶ。《VG》紙の記事でナディアが登場するものは八十九件。よくある名前ではないから、検索結果はすべて誘拐事件に関するものだろう。モノクロの画像はかなり粒子が粗い。写真は不鮮明で判別できないが、文字は検索可能なようだ。大半は事件発生時の秋に掲載されたものだが、未解決事件としてその後取りあげた記事もいくつかある。あるいは、ほかの誘拐事件との関連で言及されたものだ。

カタリーナ・ハウゲンについても同様に検索した。首都圏の新聞だからか、ヒットしたのはわずか四件だった。ナディア・クローグ誘拐事件のほうがメディアの注目を集めたのは明らかだ。脅迫状や身代金が絡んだ事件のほうが、自殺の可能性が高いものよりもネタとして上等だということだろう。

ヴィスティングは指紋鑑定書に目を戻した。脅迫状の文字に使われた《VG》紙がどの版であり、どこの売店で販売されたものかについては調べがついているだろう。捜査資料中に記載があるはずだが、確認したいことは別だった。一通目の脅迫状は差出人名が〝ザ・グレー・パンサーズ〟とされ、二通目では〝ザ・グレー〟となっている。〝ザ・グレー・パンサーズ〟の三語は太字で、ひとまとめに切り抜かれたものだ。つまり紙面にもその語順で用いられていたということになる。一方、〝ザ・グレー〟

のほうは別個のふたつの語句が貼りあわせられたものになっている。

　ヴィスティングは《VG》紙のアーカイヴに戻り、〝ザ・グレー・パンサーズ〟を引用符で括って検索した。三件がヒットする。ザ・グレー・パンサーズは高齢者の権利拡大を目指す政治活動団体だ。検索結果のうち二件はナディア・クローグ誘拐から三カ月後の一九八七年十二月に、残りの一件は一九八七年八月二十七日木曜日、事件の三週間あまりまえに掲載されたものだった。

　三件目の記事をクリックすると、代表者の男性の写真のキャプションに〝ザ・グレー・パンサーズ〟の文字が記載されていた。

　その紙面と脅迫状のコピーを並べて表示させて見比べたところ、同じ記事からさらに三語が切り抜かれたことがわかった。〝金額〟と〝百万〟と〝クローネ〟だ。

指紋は〝パンサーズ〟と〝百万〟、さらに〝ナディア〟の後ろ三文字の部分から検出されている。

　ナディアの部分には〝Na〟と〝dia〟の二点の切り抜きが合わせられている。

紙面上で〝dia〟を検索すると――〝media〟が数件、〝透析（dialysis）〟が一件ヒットした。

　マウスをクリックして第一面に戻った。見出しのひとつはボードーで発生した武装強盗事件だ。プレーケストーレンの断崖から命知らずがパラシュートで飛び降りた事件も報じられている。第二面は地方選をまえにした選挙キャンペーンの報道に割かれている。

二十六年前のある時点で、マッティン・ハウゲンはこれと同じ紙面をめくった。それは厳然たる事実だ。

ヴィスティングは席を立って管理部のビョルグ・カーリンのところへ行った。カタリーナ事件の資料が入った箱がひとつ消えている。残るふた箱のうち片方を開き、〝経済状況〟と記されたバインダーを取りだした。

捜査の一環としてハウゲン夫妻の経済状況も確認された。カタリーナが別の場所で新たな生活をはじめるための資金を隠していなかったか確認することが主眼だったが、それらしきものは見つかっていない。ナディア・クローグ事件への関与という観点から言えば、マッティン・ハウゲンが必要に迫られて誘拐を企んだ可能性は否定できない。カタリーナが失踪する二年前、夫妻の住宅ローンの支払いは滞っている。失踪時も状況は改善せず、マッティンがひとりで返済義務を負うことになったが、利率の下落によって家を手放すことはかろうじて免れていた。

席に戻ると同時に、ニルス・ハンメルが部屋の入り口に顔を覗かせた。「スティレルが三時にミーティングをやりたいそうです」

ヴィスティングは腕時計に目をやった。あと十五分しかない。「三時半で頼む」そう言ってバインダーを開いた。一枚目はカタリーナ・ハウゲン名義の生命保険金の支払いに関する報告書だ。

「三時ちょうどでなきゃだめなようです。うちの署長にテレマルクの署長、おまけに検事もお出ましだとか」

ヴィスティングは顔を上げてハンメルを見つめた。スティレルの魂胆は火を見るより明らかだ。署長と検事を同席させることでヴィスティングに圧力をかけ、ＣＣＧの捜査方針に従わせようというのだ。

「わかった」そう言って、バインダーの資料に注意を戻した。

カタリーナの保険金が支払われたのは失踪から四年後のことだった。道路庁の労働協約に生命保険が付帯していることをマッティン・ハウゲンは気づかずにいたのだ。金額はおよそ十万クローネ。保険金の受けとりにはヴィスティングも力を貸した。地方裁判所にカタリーナの失踪宣告を申し立てる必要があったからだ。

ページをめくり、探していた書類を見つけた。貯蓄銀行からの通知書のコピーだ。債務不履行による家屋の差し押さえが通告されている。その後協議によって差し押さえは回避されたが、通知書の日付は九月十四日、つまりナディア・クローグが誘拐される五日前だ。

ほとんど無意識のまま、ヴィスティングは事実関係を時系列に沿って紙に記しはじめた。銀行の通知書、誘拐事件、二通の脅迫状。不可解なのは使われた新聞が八月二十七日付、つまり誘拐から三週間以上前のものだということだ。新聞は生ものと同じで、何週間も捨てずに取っておくものではない。マッティン・ハウゲンの家を訪ねた際に新聞紙の束を目にした覚えはない。当時はリサイクルの概念も存在しなかった。新聞は火にくべられるか、ほかのゴミとまとめて捨てられていたのだ。

マッティン・ハウゲンがこの新聞を手にしてからクローグ家に一通目の脅迫状が届くまでに二十六日が経過している。なぜこの日の紙面が使われたのか、説明はいくらでもつくだろう。それこそ、誘拐犯がどこかのゴミ箱から拾った可能性もある。

ヴィスティングは第二面、第三面と画面のページを進めながら、納得のいく説明を探した。マッティン・ハウゲンはこの新聞を職場で読んだのかもしれない。ナディア・クローグの誘拐時、ハウゲンはポシュグルン郊外の道路建設現場で働いていた。そこはカタリーナとの出会いの場所であるだけでなく、ナディア・クローグの住む町でもあったのだ。

運動面を開き、グレテ・ワイツが怪我のため世界選手権ローマ大会に不参加との記事が現れたところで、前の面に戻りはじめた。なにかが引っかかったのだ。

一度は読み飛ばした見出しに目を留め、そこに掲載された写真を穴のあくほど見つめ、記事の内容に二度目を通した。ふいに目の前でまばゆい光が輝きだしたかのようだった。その光はヴィスティングが求めていたものをもたらした——マッティン・ハウゲンがナディア・クローグ誘拐事件に関与しているという確信を。

16

スティレルは会議室の壁時計の秒針を目で追っていた。三時を四十三秒過ぎている。検事と二名の警察署長、さらにクリスティーネ・ティーイスとニルス・ハンメルはすでに席についている。遅れているのはヴィリアム・ヴィスティングひとりだが、なんらかの意図を読みとるにはまだ早い。

ラルヴィク警察署長のイヴァン・スントがテレマルク警察署長にコーヒーを勧めた。どちらも制服の上着を着たままだ。イヴァン・スントは署長の座に就いてまだ二年ほどだが、アグネス・キールは長くテレマルク署長を務めている。先日は大規模な麻薬事件の捜査を指揮し、メディアに注目された。今日出席しているのは、ナディア・クローグ事件の捜査が本来はテレマルク警察の管轄であり、形式的には責任者の立場にあるためだ。一方、イヴァン・スントは捜査が行われる現場を管轄する警察の長である。どちらも統合後の新たな管轄区域の署長の座に名乗りをあげており、ナディア・クローグ事件の進展がその追い風となるのは間違いない。なんとしてでも解決に持ちこみ、自分の功績にと意気込んでいるはずだ。

ヴィスティングが二分遅れで会議室に現れ、ドアを閉じて署長たちと検事に向けて会釈した。

「失礼しました」書類の束をテーブルに置き、席につく。

スティレルは間髪を容れず話をはじめた。ここでは居候の身だが、これは自分のミーティングだ。自分の事件だ。

「お越しくださり感謝します。急にお呼びたてした方もおられますが、お集まりいただき恐縮です」

そこで咳払いをし、書類の歪み(ゆが)を直した。「ご存じのとおり、ナディア・クローグ誘拐事件の再捜査が開始されました。証拠検出技術の進歩により、マッティン・ハウゲンが被疑者として浮上しています。確実な逮捕を目指し、やや変則的な捜査手段を用いる予定です」

いったん言葉を切り、コメントを待った。アグネス・キールがすかさず口を開く。

「わたしとしては、この進展を非常に喜ばしく思っています。こういった未解決の失踪事件は、ご家族にとっても地域社会にとっても、大変な悲劇ですから。不安や憶測を招き、警察に対する信頼を損なうものでもあります」

イヴァン・スントも同意し、ヴィスティングに指示を与えた。「今後この件を優先事項とする」

スティレルは新たに提出された指紋鑑定書について簡潔に説明した。

「ただし、技術的証拠だけを根拠にするのでは不十分です。さらに新たな証拠を得る必要があります。情況証拠も含めて」

「どんな方法で？」イヴァン・スントが訊いた。

スティレルはヴィスティングのほうを見ずに答えた。「おもに潜入捜査的な手法を用います。ご存じのように、マッティン・ハウゲンとヴィスティング警部は交友関係にあります。それを利用するのです」

「利用とは？」

「ハウゲンは長年にわたり秘密を抱えています。それを自白させるよう仕向けるのです。相手との対話によって解決に導くということです」そこで初めてヴィスティングと目を合わせた。顔にはなんの表情も見てとれない。

「詳細な計画は立っているのかね」イヴァン・スントが質問を重ねる。

スティレルはうなずき、実際以上に万全な計画に思わせようと平静を装った。

「来週、ＣＣＧによるナディア・クローグ事件の再捜査開始を公表します。脅迫状を公開することで、メディアの注目が大々的に集まるはずです。それで捜査に弾みがつく。再捜査開始が報じられる際にはヴィスティング警部にハウゲンのもとにいてもらい、その瞬間の反応を見つつ、自白に誘導するという計画です」

検事が身を乗りだした。「やってもらえますか、ヴィリアム」

スティレルの予想よりも早く、簡潔な答えが返された。「はい」

「個人的に、あるいは倫理的に問題はないですか」

ベテラン刑事は首を振った。スティレルは話を進めようとしたが、ヴィスティングにさえぎられた。

「倫理的な境界線はとうの昔に越えています」その言葉に室内は静まり返った。

「カタリーナ事件の捜査が打ち切られたあともマッティン・ハウゲンとの接触を続けたのは、彼を信用していなかったからです。なにかを隠しているように感じていました。当時もいまもハウゲンはカタリーナの所在を知っている、そう考えています。それを探るために付き合いをはじめたのです」

沈黙が続く。

「疑うようになった理由はなんです？」ややあって、クリスティーネ・ティーイスが尋ねた。

ヴィスティングは少し考えてから答えた。「ちょっとした違和感からなんだ。たまに細かい部分で話の辻褄が合わないといったようだな。直感か、第六感とでも言うべきかな。これまで感じてきた引っかかりに、答えを出したいと思う」

　ポーカーフェイスには無縁なニルス・ハンメルが口を開いた。「なら、偽りの友情を続けてたってわけですか。直感を頼りに」

「そういうことになるかな」

「奥さんの葬式にもハウゲンは来ていたのに」

「ほかにも大勢来ていたさ」

「なにかつかめました？」クリスティーネ・ティーイスが訊いた。

「なにも。疑いが強まりはしたが」

「それで」アグネス・キールが口を挟んだ。「こちらの事件の捜査はいつはじまるのかしら」

「通信傍受の手配はすんでいます。ヴィスティング警部が今日の夕刻にハウゲンを訪ねる予定ですので、それを機に開始します」

　手続きに関する確認がすみ、検事とふたりの警察署長は退室した。

　スティレルはヴィスティングと目を合わせた。「感謝します。あなたの協力なしに計画は実行不可能ですから」

　ヴィスティングが軽く頭を下げる。

「今朝はためらっていたようですが、なぜやる気に？」

「《VG》だ」

「《VG》？」スティレルは面食らって訊き返した。

ヴィスティングが目の前に置いた書類の束をこちらに向けた。誘拐犯が脅迫状に用いた新聞のコピーだ。

「マッティン・ハウゲンは新聞を読むほうじゃない」書類が押しやられる。「それはたしかだ。地元紙を購読もしていないし、タブロイド紙を買うのも見たことがない」

「なるほど」スティレルは言って、一枚目を手に取った。

ヴィスティングが残りの束を指差す。「十七面だ」

スティレルは紙をめくった。見出しは〝路面改善〟。テレマルクまでの延伸工事が実施中の高速18号線に新型のアスファルトが使用されているという記事だ。騒音と粉塵の発生が抑えられるという。

「左からふたり目だ」ヴィスティングが言った。

スティレルはブルドーザーの前に立つ五名の建設作業員の写真に目を落とした。その下のキャプションを見て、ようやく目にしているものの意味に気づいた。「マッティン・ハウゲン！」

ニルス・ハンメルとクリスティーネ・ティーイスが飛びあがるように席を立ち、写真を覗きこむ。

「脅迫状が四週間近くもまえの新聞を切り抜いて作られたのが妙だと思ったんだ。とくに、マッティン・ハウゲンは新聞を読みも買いもしないから。だが自分の写真が載った新聞なら買うだろう。それを捨てずに取っておくのも自然なことだ」

スティレルは背もたれに身を預けた。マッティン・ハウゲンと新聞のつながりをなぜ見過ごしていたのだろう。とはいえ、使われた新聞が明らかになったとき、ハウゲンに容疑はかけられていなかった。第十七面にたまたま載っていた名前にすぎなかったのだ。だがいまやこの男がすべての中心にいる。

ヴィスティングが立ちあがった。「では、はじめるとしよう。これからマッティン・ハウゲンの家へ向かう」

17

ヴィスティングは車をとめた場所を忘れていた。うっかり駐車場に向かったあと、ようやくガレージで車を見つけて雨のなかを走りだした。行き先はクライヴェル通りだ。

仕事柄、数えきれないほどの嘘つきや詐欺師たちと接してきた。真実を話さず、都合よく話をでっちあげる者たちと。騙されたこともあれば、見破ったこともある。経験を重ねるにつれ嘘を見抜くのも得意になった。取調室を出るとき、こいつは嘘をついていると直感や第六感のようなものが告げるのだ。実際のところは、相手が示す反応にかすかな違和感を覚えるせいだと考えている。たとえばマッティン・ハウゲンの場合、笑顔を浮かべるとき二秒ほど遅すぎたり、わずかに長すぎたり、口もとがこわばったりすることがある。真実を語るとき、仕草や表情や声の調子は話の内容と一致した自然なものになる。マッティン・ハウゲンには、話す内容と話し方に食い違いが見られることがしばしばだった。さらに、すべてを話していないことも明らかだった。かつて参加した尋問術の講座でヴィスティングはこう教わった――嘘をついている人間は、〝でも〟や〝あるいは〟、〝ただし〟、〝一方で〟といった言葉を避ける。話が複雑になるのを嫌うせいだ。一人称の人称代名詞も使いたがらないという。自分の作り話から無意識のうちに距離を置こうとするため、〝わたしは〟や〝わたしを〟や〝わたしの〟といった言葉を避けるのだ。すべてがマッティン・ハウゲンに当てはまる。

舗装路を外れて荒れた砂利道を進み、前庭に車をとめた。煙突からは濃い煙が吐きだされているが、湿気と雨の重みで霧のように森のほうへ漂っている。

ヴィスティングはゆっくりと車を降り、玄関ドアに近づいた。呼び鈴を鳴らすより先にマッティン・ハウゲンがドアをあけた。猫が両脚のあいだから顔を出す。

「ひどい天気だな」マッティンはそう言って、ヴィスティングを招き入れた。

ヴィスティングは上着をかけ、案内されてキッチンへ入った。マッティンは食卓で食事中だったらしい。ジャガイモが一個と肉がひと切れ皿に残っている。それが片づけられ、コーヒーのポットが卓上に置かれた。

「昨日は留守にしていてすまなかった」マッティンがカップをふたつ出す。「あれからずいぶんになるから、うっかり忘れていたんだ」

ヴィスティングはキッチンの窓辺に立ち、去年の母親の誕生日を自分が忘れたことを思いだした。毎年その日には父を連れて墓参りに行くのだが、すっかり頭から抜け落ちていたのだ。たしかにうっかりすることは誰にでもあるが、マッティンが留守にしたのには、別の理由があるにちがいない。

それを口にするのはやめておいた。「私道がひどいことになっているね」そう言って窓の外に目をやった。「雨のせいで」

マッティンはうなずいた。「アスファルトを敷こうかと思っているんだ」戸棚からスイスロールを取りだす。

「まあ、それが商売だもんな」ヴィスティングはそう返事をして軽く笑った。アスファルトの種類について訊けば、一九八七年の新聞記事の話を持ちだせるかと考えたが、すぐに思いなおし、代わりにこう言った。「看板を立てたんだな」

「看板？」マッティンがケーキの包装を剝がしながら訊き返す。

「立ち入り禁止の」ヴィスティングは表の通りのほうを示した。

マッティンが戸棚の前に引き返し、皿を二枚出す。「役得ってやつでね」そう言ってにやっとした。「職場にあったのを拝借したんだ」

「無断侵入の車に迷惑しているのかい」

マッティンは首を振った。「たいしたことじゃない」言いながらケーキを切り分ける。「外国人の車が二、三度私道に入ってきてね。リトアニアかどこかの」

ヴィスティングは窓辺に設置された防犯カメラを思いだし、そのことに触れるべきかと迷った。マッティンが録画を見たなら、こちらがカメラに気づいたことも知っているはずだ。

先に切りだしたのはマッティンだった。「カメラも設置したんだ」

「ああ、見たよ。昨日、いるかと思って家のまわりを一周してみたんだ。インゲル・リーセにまだなにかされているのかい」

マッティンがコーヒーをカップに注ぐ。「いや。あいつとは関係ない。じつを言えば、今年の夏に港で姿を見かけたんだ。新しい恋人といたよ」

ヴィスティングは話題を変えることにし、こう訊いた。「山小屋はどうだった」

自分の皿にケーキを取り分けたマッティンはとまどった顔をした。

「屋根が雨漏りするんだろ」

「ああ、そうなんだ」マッティンはうなずき、時間を稼ぐようにケーキを口にする。

「心配したほどひどくはなかったが、とにかく行って様子を見たかったんだ」

「もう一度行くのかい」

「そうなるだろうね」

「付きあおうか。まえみたいに、網を仕掛けてもいい」

マッティンがまたケーキを口に運ぶ。バンブレの山小屋で週末を過ごせばなにか引きだせるかもしれない。

「二、三日のんびりしたいと思っているんだ」断る隙を与えまいとそう続けた。「近頃はストレスだらけでね」

マッティンが黙ってケーキを咀嚼(そしゃく)するのを見て、ヴィスティングもひと切れ皿にのせた。「次の週末は予定があるかい」

マッティンの携帯電話がメールの着信を告げた。マッティンは立ちあがり、電話のあるキッチンカウンターまで行ってメールを読んだ。返信せずにポケットにしまう。

「次の週末は？」相手がすわるのを待って、ヴィスティングは繰り返した。マッティンはほかのことに気を取られていたようだ。「山小屋へ行くという話だが」思いださせようと言い足した。「週末に」

「いいとも。決まりだ。出かけるとしよう」

ヴィスティングはケーキを味わいながら、いつにもまして気もそぞろな様子のマッティンに目をやった。「報告できることはない」

マッティンは言わんとすることを察したらしい。カタリーナ事件の進展はないということだ。

「ソールランの事件は確認ずみか？」

ヴィスティングはうなずいた。夏にニュースになっていた事件だ。ポルトルの沖合の小島に死体が打ち寄せられたのだ。女性のもので、長時間水に浸かった状態だった。

「電話で問いあわせた。だが身元の見当はすでについていて、すぐに特定された。復活祭のころに行方不明になった年配の女性のものだった」

「いまはどんな姿になっているだろう。少しでもなにか残っているだろうか」

最初の数年ほどは、ふたりともカタリーナが生きているかもしれないという前提で話をしていたが、いまは死んだものとして語るようになっている。

「どこにいるかでまったく変わってくる」ヴィスティングは答えた。「海なら跡形もないはずだ」

「どこかに埋められていたら？」

ヴィスティングは手にしたケーキを皿に戻した。マッティンがそんなことを言いだすのは初めてだ。

答えに詰まり、咳払いをした。

「それは土の状態による。棺に埋葬されている場合は、太い骨と歯ぐらいだろう。粘土や泥炭のような密度の高い土壌なら、残るものは多くなる」そこでいったん間を置き、続けた。「何者かの手で埋められた場合は、おそらく防水シートかビニール布で巻かれているはずだ。そうなると、衣服も残っているかもしれない」

「そういう状態の死体を見たことは？」

「何度かね」

マッティンの携帯電話がまた鳴ったが、今度は画面をたしかめもしなかった。「なによりつらいのは、知らずにいることだ。なにが起きたのかを」

ヴィスティングは答えを返さなかった。〝知らずにいること〟――それはマッティン・ハウゲンとの対話のなかで繰り返し語られるテーマとなっている。すでに決まり文句のようになり、話の続きは予想がついた。

「なにがあったにせよ、知りたいんだ」マッティンが続ける。「いずれは警察が手がかりを見つけて真相が明らかになる、せめてそのくらいの希望は持っていたい。望みを捨ててはいないが、どうやらこの荷を背負って生きるのがおれの定めらしいよ」

　ふたりはやみそうもない雨の話に戻った。アマリエは元気かと尋ねられ、ヴィスティングはインクのエピソードを話して聞かせた。

　しばらくしてヴィスティングは腰を上げ、もてなしに礼を言った。「新しい竿を買うよ」釣りの約束を忘れさせまいと、そう念を押した。

　マッティンは戸口まで見送りにきた。「ステーキも用意しておこう。釣れないと困る」

　ヴィスティングは振り返って握手を交わし、雨のなかを車まで走った。雨粒に濡れたフロントガラスごしに、マッティンがドアを閉じながらポケットの携帯電話を出す姿が見えた。

18

　ヴィスティングはカードリーダーに通行証を通し、四桁の暗証番号を入力して通信傍受室に入った。警察署の最上階にあるその小部屋へ入るための通行証はごく限られた数しか発行されていない。通信傍受は警察が行う秘密捜査の一手法だ。傍受室に設置された機材の詳細を知る署員はほんのひと握り、操作が可能な者はさらに少ない。

　ハンメルとスティレルが振り返った。

「向こうにいるあいだに、ハウゲンにメールが入った」ヴィスティングは言い、通信内容がモニタリングされたコンピューターの画面に目をやった。

「送信元はヘンリー・ダルバルグ名義の携帯電話です」ハンメルがそう言って画面に向きなおり、メールの文面を読みあげた。「〝具合はどうだい。月曜日には出てこられそうか〟」

「職場の上司だ」ヴィスティングは告げた。「昨日ハウゲンがつかまらなかったから、電話で問いあわせたんだ。病欠の連絡があったそうだ」

「山小屋へ行っていたはずでは？」スティレルが指摘する。

　ヴィスティングはうなずいた。マッティン・ハウゲンは初めて面と向かって嘘をついたことになるが、それが重要な意味を持つとはかぎらない。仮病を使ってずる休みする者などいくらでもいる。

「少し遅れて、もう一通メールが来た」

「同じ番号からですね」ハンメルが言い、画面を指差した。「〝溝浚（どぶさらい）に関するブリュンテセン社との契約の件だが、修正内容を確認したい〟。ひとりになるのを待ってこう返信してますね——〝月曜には出ます。そのときに〟」

「どんな話をしましたか」スティレルが訊いた。

「天気の話を」ヴィスティングは答え、少し間を空けて続けた。「次の週末に山小屋へ泊まりに行く約束をしたよ」

スティレルが顔をほころばせた。「木曜日にTV2の《ノルウェー犯罪最前線》でこの事件を取りあげるよう手配しています。金曜日には続いて新聞にも詳しく報じさせます。山小屋行きは好都合だ」

もう一台のコンピューターの画面にライトが点灯した。

「ネットにつないだようです」ハンメルが告げる。

ウィンドウ内に続々とテキストが表示されていく。ハウゲンがアクセスしているウェブページのURLを示したものだ。別の画面には現在開かれているページが表示されている——気象研究所の天気予報サイトだ。

「〈Yr〉の天気予報を見ているようですね」スティレルが言う。

URL一覧が表示されたウィンドウに新たな一行が現れた。隣の画面には南トロンデラーグ県マルヴィクの天気予報が表示される。

「マルヴィクだって？」ハンメルがとまどった。「なんだってマルヴィクの天気なんか調べてるんだ？　ここから車で八時間は離れてる」

「昔そこで生活していたんだ」ヴィスティングは告げた。「カタリーナが失踪したとき、ハウゲンは道路建設現場で働いていて、そこの作業員宿舎で寝泊まりしていた」

「当時の同僚とまだ付き合いでもあるんですかね」

ヴィスティングは下唇を嚙んで考えた。「ないと思う」

「向こうも雨のようですよ」とハンメルが茶化す。

画面にグーグルのトップページが表示された。

「検索ワードまではわかりません。どのページを開いたかしか」

小さなウィンドウにさらにURLが現れる。隣の画面には《トロンデル》紙のニュースサイトのトップページが表示された。続いて高速6号線がスターヴショフィエレ・トンネルの南で数カ所崩落したと報じる記事が現れる。

「ハウゲンはその道の建設作業に参加していたんだ」ヴィスティングは言った。

ふたりはうなずき、しばらくのあいだ黙って画面を見守った。と、新たなページが表示された――ハウゲンが《アドレッサヴィーセン》紙のサイトで崩落事故について調べているのだ。現地では車線規制と速度制限が行われ、復旧の目途は立っていないと報じられている。

「履歴は見られるか」ヴィスティングは訊いた。「たとえば、昨日見たページを」

ハンメルは首を振った。「それには本人のコンピューターを調べないと。いまはハウゲンがブロードバンド回線でアクセスしたサイトを外から覗き見している状態です。コンピューター内を調べるにはハッキングが必要になる。それをやれる機材がここにはないんでね」

「なるほど」スティレルは椅子の背にかけたコートを手に持った。「とりあえず、うまくいきそうだ」そう言って画面を指差した。「こちらが揺さぶりをかけるまで、とくに動きはないでしょう。週末は休みということで。こちらは一度オスロへ帰り、月曜に戻ります」

ハンメルはうなずき、ログアウトにかかった。そのとき、ヴィスティングは思いだした。ピザの具を買って帰らなければ。挨拶もそこそこに、ふたりを置いて部屋を飛びだした。

19

車から持ちあげたとたんレジ袋が裂け、中身の大半が私道に散らばった。小麦粉の袋は破れ、細かい粉が雨に濡れてべたつく。

ヴィスティングは小さく悪態をついて買ってきたものを拾い集めた。トーマスが戻るまでに帰宅したかったが、息子の車はすでに通りにとめられていた。息子がこの家に住んだのは十二年にも満たないが、いまも鍵は持っているから、なかには入れたはずだ。

品物を抱えてよろめきながら玄関へ近づいた。ドアをあけようとして、施錠されているのに気づいた。うめき声とともに品物をポーチの階段に置き、鍵を引っぱりだす。家に入りかけてふと振り返り、トーマスはリーネとアマリエのところだろうかと考えた。

ようやく鍵をあけて品物をキッチンカウンターに投げだしたところで、はたと気づいた。スーパーで買い忘れたものがある。イーストだ。

戸棚に近づいてイーストの袋をたしかめた。三袋残っている。老眼鏡をかけてどうにか賞味期限を判読すると、思ったとおり、四カ月近くまえに切れている。レシピにはひと袋と書かれているが、ふた袋使ってごまかすしかない。

ボウルを取りだし、生地の材料を混ぜあわせて発酵させ、膨らむのを待つあいだにトッピングの牛挽肉（ひきにく）を炒めにかかった。

調理をつづけていると、トーマスがリーネとアマリエとともに現れた。ヴィスティングはエプロンで手を拭き、三人を抱きしめた。トーマスは中学に入ったあたりからハグを嫌がるようになったが、ここ数年はまた温かい抱擁を返すようになっている。初のアフガニスタンへの派遣後のことだ。これまでに合計七回派遣され、救助用ヘリコプターの操縦を担っている。地上で戦ってこそいないが、戦争の犠牲者を誰よりも間近に目撃している。

「プレゼントがあるよ」トーマスが包みをぽんと寄こした。

ビニールに包まれた布製品だ。開いてみると、ノルウェー軍のカーキ色のTシャツだった。〝ヴィスティング大尉〟と左胸に黒糸の刺繍がある。

トーマスの軍での階級は大尉だ。ヘリコプター隊を率い、警察や陸軍特殊部隊の航空支援任務にあたることもある。自慢の息子だ。

ヴィスティングは礼を言い、Tシャツを胸に当てて似合うかどうかたしかめた。

それから、発酵させたピザ生地のボウルにかけておいた布巾を外した。「うまくできるか自信がないんだ」

「どうして?」リーネが訊いた。アマリエを片腕に抱えたまま近づいてきてボウルを覗きこむ。

「一時間近く置いたんだが。生地はわずかに膨らんでいるが、到底不十分だ。ただ、イーストの賞味期限が切れていてね」

「きっと大丈夫さ」トーマスが言う。「薄い生地も好きだしね」

ヴィスティングは肩をすくめ、生地を二等分した。リーネはアマリエを居間に連れていき、キッチンにはトーマスが残った。ヴィスティングは生地を耐油紙の上にのせた。

「冷蔵庫にビールがあるぞ」そう言って生地を伸ばしにかかる。

トーマスはヴィスティングの分も取りだした。「暗号は解けた?」

「カタリーナの暗号か」ヴィスティングは微笑んでみせ、首を振った。

何年かまえ、トーマスにも暗号解読に挑戦させてみたことがあった。カーナビの話題になり、GPSがなかった時代のルートの調べ方について話していたときのことだ。トーマスもヴィスティングと同様、数字は地図の参照番号を示しているのではという意見だったが、地図やナビゲーションの分野で思いあたるものはないと言った。

リーネがキッチンの入り口に顔を覗かせた。「ふたりでなに話してるの?」

「おまえには興味ない話さ」ヴィスティングは冗談めかして答えた。

「カタリーナ事件だよ」

「ようやく資料を署に戻したところなのよ」リーネはそれだけ言って居間に引っこんだ。

「そろそろ潮時かもね」トーマスが言った。

「かもな」ヴィスティングは微笑んで答え、ピザの生地にソースを塗った。

「あの事件になんでそこまでこだわるのさ」

ヴィスティングは急に後ろめたさを覚えた。世界はラルヴィク警察の管轄区域よりもはるかに広い。トーマスが兵士として身を置いているのは、ヴィスティングには想像すら及ばない過酷で非情な世界だ。無数の犠牲者が出ているにもかかわらず、西洋社会がそれを顧みる機会はきわめて少ない。

「褒められたことじゃないと思うか」つい弁解じみた口調になった。「ひとつの事件に、ひとりの被害者にここまで時間をかけるのは」

トーマスは首を振った。「なんでかなと思っただけだよ」

事件が頭に取りついて離れないんだ——そう明かしてみようかと思った。

「仕事を途中で投げだすのが嫌なだけさ」代わりにそれだけ答え、ピザにシュレッドチーズを振りかけた。

わかるよ、というようにトーマスがうなずく。

リーネがキッチンに戻り、話に加わった。「明日アマリエを預かってもらう約束、覚えてる？」

「もちろんさ。もう年だが耄碌しちゃいない」

三十分後、ピザが食卓に運ばれた。生地は硬くぱさついていたが、トーマスもリーネも文句は言わなかった。

「最近どう？」リーネが兄に訊いた。

恋人ができたかという意味だ。トーマスには長く付きあった相手がいない。軍隊生活のせいだ。リュッゲ空軍基地に常駐する以前は無数の任地を転々としてきた。四年前からは定期的にアフガニスタンへ派遣されるようになり、二十代の大半はそうやって費やされた。

トーマスは妹に同じ質問を返してごまかした。

リーネはトミー・クヴァンテルという同年代のデンマーク人と長く交際していたが、アマリエの父親はトミーではない。事件の捜査で数週間だけノルウェーに滞在したFBI捜査官とのあいだに生まれた子だ。

リーネも答えをはぐらかし、「いつまでこっちにいるの？」と訊いた。

「火曜日までだ」帰省中、トーマスは学生時代の仲間と会うのを習慣にしている。

ピザを食べ終えたヴィスティングはアマリエを膝にのせた。かけがえのない大事な家族と食卓を囲んでいるにもかかわらず、会話に集中できない自分に気づいた。頭のなかには、カタリーナの暗号と死についてのイメージがまとわりついていた。十字架は死の象徴だ。キッチンのテーブルに暗号めいたメッセージを残したのがカタリーナならば、意味するものはひとつしか考えられない――十字架はナディア・クローグの所在を示しているのだ。

20

《VG》紙の社屋入り口には新式のセキュリティシステムが導入されていた。警備員に助けを求めたリーネは、通行証を更新するようにと告げられた。

ゲートを抜け、エレベーターを待つ見覚えのない人々の後ろに並んだ。脇に寄って降りてきた乗客を通してから、狭苦しい空間に身を押しこもうとしたが、時間に余裕があるので次を待つことにした。ところがそちらも満員で、五階に着くまでに二度も停止した。

編集部に初めて足を踏み入れたときのことがふと思い起こされた。あのとき、リーネのてのひらは汗ばみ、睡眠不足のせいで頭もがんがんしていた。とくに印象深いのは、壁に並んだ時計がニューヨークや東京といった世界の大都市の時刻を示していたことだ。それまでは地元紙で臨時雇いの記者として働いた経験しかなかった。自分が物知らずのひよっこに思え、実力不足なのではと不安だった。それでも大手新聞社に採用されたことが自信になり、じきに周囲の期待にも応えられるようになった。《V

G》紙の社是は〝ベストでなければ意味がない〟というもので、入社早々上司たちから記者としての心得を叩きこまれた。なにより大事なのは知識や経験ではなく技能と力量だ、そう教えられた。テクノロジーを使いこなしたり、うまい見出しをつけるといったことだけには留まらない。技能と力量とはそれ以上のことを意味していた。物事の捉え方や、企画力、仕事に対する姿勢を。リーネがみずからの地位を確立し、堂々と仕事をこなせるようになるまで、長くはかからなかった。

肩のバッグをしっかりとかけなおしてから、リーネはコーヒーマシンに向かい、カップを探した。運動部記者のひとりが近寄ってきたが、名前が思いだせない。

「カップはないの？」リーネは尋ねた。

記者は愛想よく笑いかけた。「プラスティックのカップは置かなくなったんだ」カウンター下の戸棚を示す。「ここにあるマグを使って」

「経費削減？」リーネは陶器のマグを取りだしながら訊いた。

「環境への配慮らしい」相手は言い、保温マグをマシンの注ぎ口に置いた。

リーネは自分の番を待ち、カフェオレを選んだ。マシンがうなり、湯気をあげながらゆっくりとマグを満たしていく。それを手にして仕切りのないオフィスに向かうと、土曜日のせいか、何列もの机が並ぶその場所には人影がまばらだった。それでも何人かは知った顔を見つけ、笑顔で挨拶をした。リーネの席は無人だが、嗅ぎ煙草の箱と飲みかけのコーラの缶、その隣に屑紙(くずかみ)の山があるということは、誰かが使っているのだろう。

窓際の席にいるハラル・スコグルンが立ちあがり、近づいてきてハグをした。これまでに何度かチームを組んだ相手だ。

「復帰したのかい」

「完全にじゃないの。フリーの立場で特集記事を書かないかって」リーネは報道デスク室のガラスの仕切りに目をやった。「サンデシェンはいないの?」

「会議中だ」スコグルンは言い、上階へ続く階段を指差した。

「フロストは?」

「同じく」

来る時間を間違えたのか、とリーネは急に不安になった。そのふたりと約束をしているのに。

マグを持ったまま上階へ上がった。いくつかある会議室もみなガラス張りだ。階段をのぼりきったところで、目の前の部屋に編集長のフロストとサンデシェンの姿が見えた。隣にいる見覚えのない男性は黒いスーツ姿で、弁護士のように見える。

リーネは三人の注意を引こうと電話をかけるふりをした。背後からダニエル・レアンゲルが小走りにのぼってきた。最若手の事件記者のひとりだ。

「やあ！」とリーネにハグをする。「きみも早めに来たの？」

リーネの当惑が伝わったのか、ダニエルが続けた。「いっしょに働くことになるらしいよ」

リーネは会議室に目をやった。そこにすわった三人はまだ気づかない。

「内容は知ってる？」

「二週間ほど企画に加わっているけど、口外できないんだ」ダニエルがそれ以上の説明をするまえに、話はさえぎられた。サンデシェンが気づいてドアのところへ出てきた。

「入ってくれ！」

リーネはここでもハグを受けた。それからテーブルの奥にまわり、黒いスーツの男に挨拶した。

「アドリアン・スティレルです」男は名乗り、手を差しだした。「クリポスの」

リーネは興味をそそられた。クリポスの捜査官も含め、警察官には大勢会ってきたが、新聞社へやってきたのはこれが初めてだ。編集長たちとの打ち合わせに同席するとは想像もしていなかった。リーネは相手から視線を離し、テーブルの反対側にいるフロストとサンデシェンを見やった。

それからバッグとマグを置き、席についた。

「今日はスティレル警部の要請で集まってもらった」サンデシェンが話をはじめる。「クリポスに新設された未解決事件班の所属だ。現在再捜査中の事件に、われわれの協力が必要だそうだ」

リーネは手帳を取りだした。

「ナディア・クローグ誘拐事件を知っているか」フロストが言い、古い新聞の第一面をテーブルごしに押しやった。

〝恋人釈放〟の見出しの下に、ビッグヘアで決めたハイティーンの少女の写真が載せられている。写真の下の小見出しにはこうあった――〝ナディアの身代金要求〟。

21

スティレルはヴィスティングの娘を観察した。古い新聞を見た瞬間、大きな青い瞳がきらりと輝いたのがわかった。雨のなかを歩いてきたせいで髪はまだ少し湿っている。事前調査の際に見た写真よりもその髪は長く、新聞を覗きこむ顔に垂れかかっている。記事を読みながらそれを耳にかけた。

「手短に言えば、クリポスはこの事件を記事にしてほしいそうだ」編集長が言った。

「それをきみたちに任せたい」

「この事件のことはよく知りません。当時はまだ四歳だったので」リーネが答えた。

スティレルはテーブルごしにリーネのほうへ身を乗りだした。近づいたせいで、かすかな香水のにおいが嗅ぎとれた。ユリ科の花の香りだ。

「一からはじめてもらえればいい。記者の目であらためて事件を眺めてみてほしいので」

リーネは唇を舌で湿らせた。「なぜこの事件なんです？」

「それはこちらの事情だ」

リーネはその答えに納得しなかった。「でも、再捜査をはじめる理由があるんでしょ？　なにか新しい手がかりでも見つかったとか」

スティレルは愛想のいい笑みを作った。相手は頭が切れる。いきなり核心を突かれた形だが、新たに指紋が出たことを告げる気はない。いまはまだ。

「《VG》にはその点で協力をお願いしたい。特集記事の連載という形で。事件へ新たな注目を集めることで、手がかりを得ることが狙いです」

リーネが上司ふたりを見やった。「それにしても、記事にするには新しいネタが必要では？」

「それならある」サンデシェンが答えた。「脅迫状を公開する」

スティルレルは目の前に置いた革の書類フォルダーを開き、二通の脅迫状のコピーを取りだした。

「誘拐犯はうちの紙の読者らしい」サンデシェンが続ける。「《VG》の紙面を切り抜いて脅迫状の文面を作ったんだ」

リーネは二枚のコピーを手に取り、両手に並べて持った。「警察の情報をうちが独占できるということですか」

スティルレルはうなずいた。「目的は市民の関心を集めることだ。一方で、インパクトを最大にするには、ある程度情報の統制も必要になる。その意味で、このような形での公開が望ましいというわけです。捜査資料はすべて見てもらえるようにする」

「すべて？」

スティルレルはまたうなずいた。「デジタル化されていて、検索もできる。重要なのは、事件に再度光を当てるにあたり、親族やその他の関係者への配慮がなされることだ。上司のおふたりから、きみはそういった心づかいができると聞いている」

「親族にはもう連絡を？」リーネが訊いた。

スティルレルはさらに餌をちらつかせた。「ああ、恋人もインタビューを受けると言っている。最初は殺人犯として疑われたが、脅迫状が届いて釈放された。その体験を記者に話すのは初めてだそうだ」

「ほかの家族はどうです？」ダニエル・レアンゲルが訊いた。「たとえば弟とか」

家族には計画の概要を伝えたが、マスコミに話すことはないと断られたとスティレルは告げた。「そのあたりは追々調整する」

サンデシェンが咳払いをした。「二、三はっきりさせておこう」そう言ってリーネに向きなおる。「なによりもまず、やる気があるかだ」

「ええ、ただ、どれくらい掘り下げたものにすれば？」

編集長のヨアキム・フロストが答えを引きとった。「目的は、ナディア・クローグ誘拐事件の特集記事を連載することによって、事件に世間の注目を集めることだ。当然捜査の進展にもよるが、週に一度、六週にわたって連載することを考えている。切り口は毎週変える。まずは事件の概要、次に脅迫状、それからナディア・クローグの紹介と恋人へのインタビュー、過去の捜査の内容、そして最後にスティレル警部より警察の見解を述べてもらう。まあ、大枠はこうだが、きみの自由にしてくれていい」

サンデシェンが続ける。「ここにいるダニエル・レアンゲルがポッドキャストを担当するが、ナレーションはきみにやってもらいたい」

リーネの両眉が吊りあがった。「ポッドキャスト？」

「ドキュメンタリーを音声配信するんだ」特殊な専門用語であるかのようにフロスト

が説明する。「すでに宣伝も用意してある。ダニエル、どういう形で展開するか説明してくれるか」

「事件の全容をマルチメディアを駆使して紹介します」ダニエルが話をはじめる。「グラフィックスやアニメーションも使いますが、とくに重要な要素がポッドキャストです。リーネには、毎週の記事がどんな切り口になるかを話してもらおうかと思っています。取材の内容とか、事件に対する見解とか、録音したインタビューの中身とか――要するに、仕事現場をリスナーに案内する感じです。取材の現場を」

サンデシェンがまた口を開いた。「やる気はあるか」声には煽るような響きが混じっている。

リーネはペンを口にくわえ、それを噛みながら思案の様子を見せた。

「仕事は自宅でしてくれていい」サンデシェンがもうひと押しする。「ナディア・クローグが住んでいたのはポシュグルンだから、きみの家から三十分かそこらだろう」

スティレルは卓上の水差しの水をグラスに注いだ。

リーネが顔を向けて尋ねる。「容疑者はいるんですか」

スティレルはグラスに口をつけた。避けたかった質問ではあるが、リーネの鋭さを確認できたことは喜ばしくもあった。父親に似てずばりと核心を突いてくる。スティレルは答えを引き延ばすためにもうひと口水を飲み、グラスを置いた。「いる」ややあってそう答えると、編集長と報道デスクの顔に驚きが広がった。「いまはまだ明かせないが、メディアの報道によってその人物を追いつめ、逮捕に持ちこむのが狙いです。被疑者の名前は最初に教えると約束しますが、その代わり、金曜日に第一回の記事を掲載していただきたい」

「金曜日？」リーネが訊き返した。「次の金曜日ですか？　それは――」

編集長がチャンスを逃すまいとさえぎった。「ダニエル、この二週間で準備を進めてきたはずだな。初回分を金曜に間にあわせられるか」

「コンセプチュアル・グラフィックスとレイアウトはもうできてます。初回は事件の概要説明ですね。すでにまとめてあって、ポッドキャスト用の原稿の準備をはじめたところです」

「つまり、間にあうということだな」

「はい」

編集長がリーネに向きなおった。「どうだ、やれるか」

「はい、やります」挑戦は受けて立つとばかりにリーネは即答した。

22

ダニエル・レアンゲルは、鍵のかけられる小さな会議室のひとつを間に合わせの作業部屋として使っていた。リーネはダニエルのあとについてその部屋へ入った。壁にはグレンラン地域——ポシュグルン、シーエン、バンブレ——の大判地図が掲示されている。種々の写真も貼られている。メディアに公表されたものだけでなく、捜査資料として撮影されたものや、若者のパーティーで撮られたナディアの顔写真も二枚含まれている。

「ナディアはここで開かれたパーティーに出たあと行方がわからなくなった」ダニエルがそう説明しながら、一軒家の写真を指差した。茶色いニス塗りの典型的なノルウェー式家屋で、半地下室と急勾配の屋根を備えている。「恋人と喧嘩(けんか)になって飛びだしたそうだ。恋人が追いかけたけど、見つからなかった」

リーネは腰を下ろした。「この仕事、ちょっと引っかかってるの。利用されるってことでしょ。クリポスのあの人、都合のいい記事を書かせようとしてる」

「そもそもそれが目的なんだ、だろ？　捜査の役に立つ記事にすることが」

「まあね」リーネは苦笑した。「でも、気になるのはそれだけじゃない。なぜ容疑者が誰かを言わないの？」

「でも、率直にそう言ってたろ」ダニエルが切り返す。「目星はついているけど、まだ明かせないって。それで問題ないんじゃないか。こっちも気にせずやれる」

　リーネはしぶしぶ同意した。

「それはそうと、きみを指名したのは彼らしいよ」

「どういうこと？」

「きみがこの特集を担当することがクリポス側の条件だったらしい」

「なぜ？」

　ダニエルは肩をすくめた。「下心でもあるとか？」そう言ってにやっとする。「きみの写真を見たとか」

　リーネは顔をしかめてみせた。

「きみの記事を読んだんだろうね。大勢が読んでるし」

　ダニエルは卓上に置かれた最新式の録音装置を手に取った。

「これの使い方を覚えてもらうよ」そう言って差しだす。「ポッドキャストに使うから」

リーネはしかたなくそれを受けとって眺めた。記事は文字にするほうが好きだ。使う語句を変えたり、文を推敲（すいこう）したり、時間をかけて伝えるべき内容をまとめることができる。口頭で表現するとなると勝手が違うが、最近は興味深いポッドキャストも多く聴くようになったので、すでにそういった媒体やフォーマットにもなじみはある。

「テーマ曲を聴いてみる？」ダニエルは答えを待たずにノートパソコンを開き、音声ファイルを再生した。「これから嫌というほど聴くことになるけど」リーネがとっさに感想を言えずにいると、ダニエルは続けた。「力強い曲だろ——過剰ってほどでもなく、絶妙に盛りあがる感じで」

ふたたび繰り返される曲を聴きながら、リーネは地図に見入った。ナディア・クローグが失踪直前にいた茶色い家の写真が、ほぼ中央に押しピンで留められている。

「ここへはもう行った？」

「週明けにふたりで行こうと思ってた」ダニエルが答え、曲の音量を下げた。「きみも週末のあいだに資料にあたれるだろ、本格的に取材をはじめるまえに」

リーネは椅子の背にもたれた。育児休暇をとってすでに十六カ月、さらに八カ月が残っている。アマリエとふたりで暮らすことになったとき、実家のあるスターヴェルンを選んだ。育児休暇のあいだに首都を離れて町に身を落ち着けることができたが、仕事のほうはフリーランスの形で二、三こなしただけだ。そろそろ記者として本格的に働きたくなってきたところへ、大きな仕事が舞いこんだ。わたしはこういう事件を待ち望んでいたんだ、とリーネは気づいた。解明されていない謎に心が躍っていた。

結局のところ、カエルの子はカエルだ。

23

スティレルはグリューネルロッカ地区のアパートメントの最上階にある自宅に戻った。

〝いいぞ！〟と心の内で快哉を叫んだ。声にも出して繰り返した。

改装間もない玄関のタイルに靴音が響く。それを脱ぎ捨て、上着をコート掛けにかけてから、大型の鏡の前で機嫌よく笑みをこしらえた。

捜査はしばしばジグソーパズルに喩えられる。だがスティレルにとってはパズルのようなちまちまとしたゲームではない。大金を賭けた博打のようなものだ。目下のところ、ゲームの流れは自分が支配している。

キッチンの戸棚からグラスを取り、冷蔵庫の扉についたウォーターディスペンサーの水を注いだ。それを飲みながら携帯電話でステレオを操作し、メロウなエレクトロニカ曲をかけた。戸外の激しい雨音がかき消される。

ラルヴィク警察のあのベテラン警部は、娘が事件に関わると知ったらどう反応するだろう。リーネはナディア・クローグ事件の記事を書くことを父親に話すだろうが、ヴィスティングのほうは自分が秘密捜査に関わることを明かしはしないはずだ。警察官としての自覚がそうさせないにちがいない。

暗いうねりを増した旋律にまとわりつかれながら、スティレルは部屋から部屋へと歩きまわった。この家は広すぎる。元は二戸のアパートメントだったが、父親が古い建物全体を購入した際、仕切りが取り払われたのだ。大家の住居としてスティレルに与えられたものだが、貸し部屋の管理は管理会社に任せている。

カタリーナ事件の捜査資料が入った段ボール箱三つがコーヒーテーブルの上に置かれている。月曜日にはすべての資料をスキャンしてデジタル化するが、古い書類を手に取るのは格別に感慨深いものだった。

腰を下ろして足をテーブルに投げだし、手近なバインダーをいくつか取りあげた。ヴィスティングの作業の跡が歴然と残されている。キーワードが記された色付箋紙がいたるところに貼られ、随所にアンダーラインが引かれ、余白にも無数のしるしが書きこまれている。

警察の捜査メモが綴じられた黒いバインダーを選んだ。文書の大半は不首尾に終わった捜査の内容を記したものだ。浚渫や潜水の報告、近隣住民への訊き込みの結果、公共交通機関で入国した外国人のリストなどがまとめられている。書類のいくつかにはクリップで写真が留められている。玄関ホールのチェストに置かれたバラの花束の写真もある。花は萎れ、ラッピングを外しただけでそこへ放置されたように見える。報告書によれば品種はアカペラ、数は十四本。オランダから輸入されたもので、町にある六軒の花屋で販売されていた。どの店でも七本の束で売られていたため、カタリーナ宅のチェストに置かれたものはふた束分だと考えられる。花束を売った店や購入者は捜査で明らかにされていない。

雨粒が窓に打ちつけている。スティレルは頭を椅子の背に預けた。カタリーナはそのバラを誰かから贈られたのか、あるいは自分で買い求めたのだろうか。後者の場合、自宅用に買ったのか、あるいは誰かへの贈り物だろうか。女性は自分で花を買うこともあるだろうが、バラは珍しい。さらにベッドの上のスーツケースには、旅支度でもするように衣類が詰められていた。

スティレルは身を起こし、次の報告書に添えられた写真に目を移した。スーツケースの衣類は丁寧にたたまれ、スペースを無駄にしないよう念入りに詰められている。黄色い付箋紙に〝予定していた？〟とヴィスティングのメモが残されている。

　スティレルも同感だった。以前から家を空けることを予定していたように見える。そうでなければ、服の詰め方がもっと乱雑になるはずだ。詰められたものの中身にもやや奇妙な点が認められる。資料によれば内訳は靴下十足、ショーツ十枚、Tシャツ十枚、ブラジャー五枚、ズボン五枚、セーター五枚、ブラウス五枚、トレーニングウェア一着とされている。あまりに整然としているうえ、行き先を想像させるものがまるでない。そもそもカタリーナが自分の意志で家を出たのならば、なぜスーツケースを持参しなかったのか。だが写真を見るかぎり、拉致されたことを示すものも、争った形跡も見あたらない。倒れた家具もなければ、床に落ちた置き物もない。抵抗があった場合の犯行現場はそのような状態になるのが普通だ。絨毯にも歪みはなく、ポーチの靴もきちんと一足ずつ揃えられている。

　次の写真は暗号だった。キッチンのテーブルに残された謎のメッセージだ。クリポスにもコピーが保管されているため、すでに何時間もかけて解読を試みていた。二、三桁の数字がいくつかと十字が記されている。縦棒が横棒よりもやや長いため宗教的なシンボルのように見える。十字の位置にも意味があるように思える。なにかの場所を示しているにちがいない。マッティン・ハウゲンが過去の誘拐事件に関与していることを考慮すると、ナディア・クローグとの関連を疑わずにはいられなかった。

　もう一度暗号を解こうと試みたが、やがて諦めてコピーを脇に置いた。カタリーナ事件の全容を把握するには、順を追って資料に目を通さなければならない。つまり、一からはじめるしかない。

24

オーブンレンジが甲高い音をあげ、アマリエが起きてしまうのではとヴィスティングは気を揉んだ。ピザをひと切れ取りだして居間に入り、そろそろとソファまで運んだ。アマリエは柔らかい毛布にくるまれて横向きに横たわっている。口にはおしゃぶりをくわえ、顔は毛布に半分埋まっている。

アマリエが動きまわっても転落しないよう、ソファには二脚の椅子の背で柵をこしらえてあるが、その心配はなさそうだ。

ヴィスティングはコーヒーテーブルを挟んでソファの向かいに置かれた安楽椅子に腰を落ち着け、テレビをつけようかと考えた。代わりにトーマスからクリスマスに贈られたタブレット端末を起動させた。それを使ってニュースを読むのにも慣れてきた。《VG》紙の過去記事のアーカイヴにログインし、ナディア・クローグの名を検索する。一件目の検索結果は捜索開始の告知だった。翌日には第一面にナディアの顔写真が掲載されている。捜索が不首尾に終わると、なんらかの事件に巻きこまれたものとして捜査が開始された。警察はいまだ手がかりをつかめずと記事には報じられていた。ガウテ・ファッレというヴィスティングの知らない捜査責任者のコメントが引用されている。ナディア・クローグが最後に目撃されたストリスクレヴの住宅街周辺でなにか見た者はいないかと呼びかける内容だ。ナディアはハイスタの自宅まで歩いて帰るつもりだったと考えられていた。帰路のどこかで目撃情報が出ることを警察は期待していた。

次にナディアの恋人の逮捕・勾留を報じる記事が現れた。そこに至った経緯はこうだ。喧嘩のあとナディアがパーティーを飛びだしたが、あとを追ってはいないと恋人は主張した。だがパーティー客数名が、彼がナディアを追いかけて出ていったまま戻らなかったと証言したのだ。裁判所での勾留質問では、恋人はナディアと話をしようとあとを追ったことを認めたが、見つけられなかったと訴えた。一分と間を置かずに追いかけたものの、どこにも見あたらなかったという。

タブレットから目を上げると、孫娘はすやすやと眠りつづけていた。ヴィスティングは記事に視線を戻した。脅迫状の件は何度も第一面を飾っている。メディアがその存在を知ったのは、誘拐犯が身代金の回収を諦めたあとだった。脅迫状が来たことで恋人が釈放されなければ、そもそも公表されていたかどうかも疑わしい。

その後もさまざまな記事が掲載されているが、新たな情報は出てきていない。やがて、ぱたりと記事は途絶えた。ナディア・クローグ誘拐事件は紙面から消えたが、三年後にナディアの母親のインタビューが掲載されている。宙ぶらりんな気持ちのまま生きていること、ずっとナディアを思っていることが語られていた。人生の時間が止まったままで、答えが得られるまでは悲しむことすらお預けの状態なのだと。

トーマスにこの記事を読ませたかったとヴィスティングは思った。そうすれば自分が古い事件にこだわる理由を理解してもらえるかもしれない。ナディア・クローグの母親は娘の写真を見るのさえ耐えられずにいる。あまりに惨いことだ。

マッティン・ハウゲンも同じことを言っていた。そのせいで、家にはカタリーナの写真が一枚も飾られていない。

さらに読み進めていく。ハンナ・クローグは喪失感と宙ぶらりんな状態の苦しさを訴えている。〝いつかは警察が新たな手がかりを見つけて、真相を明らかにしてくれるようにと願っています。望みを捨ててはいませんが、どうやらこの荷を背負って生きるのがわたしの定めのようです〟

ふと引っかかりを覚え、ヴィスティングは同じ箇所にもう一度目を通した。マッティン・ハウゲンも同じように定めについて口にしていた。つい昨日のことだ。マッティンがナディアの母親と同様の思考をたどった可能性もなくはないが、共通するのは定めの部分だけではない。警察が新たな手がかりを見つけることを願っているという表現も、耳にこびりつくほど繰り返し聞かされている。

最初に思いついたのは、マッティンもこのインタビュー記事を読み、カタリーナを失った悲しみを表現するのにハンナ・クローグの言葉を借りたのではということだった。首筋で脈が乱れ打ち、背筋の下から髪の根元へと冷たいものが這(は)いあがる。落ち着いて考えをまとめようとしたが、その暇はなかった。アマリエがソファの上で身じろぎしたかと思うと、いきなり泣きだした。

ヴィスティングは孫娘を抱えあげ、膝にすわらせてガラガラで遊ばせながらハンナ・クローグの悲痛な告白をさらに読み進めた。〝ナディアの乗った船が沈没して行方不明になったのなら、少なくともなにが起きたか知らずにいることはなかったのに〟

マッティン・ハウゲンも〝知らずにいる〟という言葉をよく口にする。

戸口で音がした。アマリエがガラガラで遊ぶのをやめ、耳を澄ましている。

「ただいま！」リーネが大声で言って入ってきた。

「こっちだ」

ヴィスティングはタブレットを置き、孫娘を床に下ろした。足もとがややおぼつかないので両腕を支えて母親を迎えた。

娘を抱きあげるとリーネにいつもの笑顔と笑い声が戻った。「問題なかった？」

「いま起きたところだ」ヴィスティングは答えてソファにこしらえた即席のベッドを示した。

「トーマスは？」

「コーヒーを飲みに出たんだ。ヨンニとロルフに会うらしい」

そこで立ちあがり、空のカップをキッチンに運んだ。「そっちはどうだった？」

「いい感じ」リーネも答えながらキッチンについてくる。「古い未解決の誘拐事件について記事を書いてくれって」

ヴィスティングは娘を振り返った。「どんな事件だ？」

「一九八七年にポシュグルンで起きたナディア・クローグ誘拐事件だって。知ってる？」

ヴィスティングはコーヒーマシンに向きなおり、カップを注ぎ口に置いた。「ああ、そんな事件があったな。なんでいまごろ記事にするんだ？」背を向けたまま訊く。

「捜査が再開されたんだって。警察の捜査と並行する形で特集記事を連載するの」

ヴィスティングはコーヒーマシンの操作に気を取られているふりをした。ぞわりと胸騒ぎがする。

「捜査が再開されたのをどうやって知ったんだ？」振りむいてそう訊いた。

「クリポスと協力することになったの。向こうから話を持ちかけられて」リーネは食卓の椅子にすわり、娘にスノースーツを着せはじめた。「クリポスのアドリアン・スティレルって知ってる？　ミーティングに来てたんだけど」

頬の熱さを覚え、ヴィスティングはまた背を向けた。「名前は知ってる。引き受けたのか？」

「ノーなんて言えなくて。だって、すごくやりたかったことだから。ポッドキャストも配信するのよ」

ヴィスティングはコーヒーのカップに目を据え、動揺を押し隠した。たしかにスティレルはナディア・クローグ誘拐事件をメディアで報じさせると言っていたが、こんなこととは聞いていない。リーネが誰であるか知ってはいるはずだが、編集長や報道デスクがリーネを担当に指名するとは予想していなかったのかもしれない。

「じつは、うちの一族にも何人かスティレル姓の人がいるのよね。あの人も親戚だと思う？」

声や表情を平静に保つのに苦労しながら、ヴィスティングはコーヒーをゆっくりと口に含んだ。

飲みくだしてから返事をする。「聞いたことはないな。母さんのほうの親戚じゃないか」

リーネは娘の頭に帽子をかぶせた。「覚えてない」顎の下で紐を結びにかかる。「カタリーナ事件も扱えばいいのに」

考えごとに気を取られていたヴィスティングは、意味をつかみそこねた。「誰が？」

「未解決事件班が」リーネが立ちあがる。「こっちの事件が片づいたら、カタリーナ事件のほうも扱ったらいいのに」

「かもな」ヴィスティングは答えた。言葉を続けようとしたが、それを呑みこんで娘を見送った。

25

月曜日の朝、ヴィスティングが目覚めると、スティレルからメールが届いていた。送信時刻は午前二時二十三分。朝のうちにクリポスに寄ってから昼ごろラルヴィクに着く予定だという。こちらには好都合だ。署長からはこの事件を最優先せよとの指示を受けたが、とはいえ部署を統括する責務もある。ニルス・ハンメルが補佐を務めてくれるが、そちらも通信傍受室で準備にかかりきりにちがいない。

家を出るとき雨はあがっていたが、路面はまだ濡れたままで、いまにもまた降りだしそうに黒雲が垂れこめている。

週末は平穏だったため、日常業務は十時には終わった。次の一時間は管轄区域統合の影響に関する報告書作成にあてた。だが、自分の分析が通りいっぺんの陳腐な内容であるのは自覚していた。組織の規模拡大は専門技能の強化につながり、知識や経験を培うための機会も広がる。だが基本的に、ヴィスティングは組織改革には反対だった。小規模な捜査班と、それゆえに可能になる地元とのつながりを重んじているからだ。とはいえ、大規模な組織のほうが効率的な捜査が可能であり、重大事件に対応する人員的余裕が得られることもたしかだった。

十一時過ぎにスティレルが到着した。ヴィスティングは部屋の入り口に立つ相手に気づき、いつからそこにいたのだろうと驚いた。

「傍受した通信のデータは確認ずみですか」スティレルはそう言って階上の通信傍受室を目で示した。

「来るのを待っていたんだ」

「なるほど。では、はじめますか」

「待ってくれ。先に話がある。かけてくれ」

　スティレルは空いた椅子に腰かけた。「ドアを閉じてもらえるか」

　スティレルは歩いていってドアを閉め、もう一度すわった。「娘さんのことですか」

　先手を打たれ、ヴィスティングはたじろいだ。

「土曜に娘と会ったそうだね」

　スティレルが警戒の色を浮かべる。「カタリーナ事件との関連については話しましたか」

「もちろん話してない」

「脅迫状の指紋の件は機密事項です」ヴィスティングが知らないとでも思っているように、スティレルはそう念を押した。「それ以外については、《VG》にナディア・クローグ事件の資料をすべて公開します。特集記事を連載してもらうために」

「それは聞いた」

「それにしても、いいお嬢さんだ。《VG》が彼女を担当に選んでくれてよかった。過去に書いた記事も読みました。じつに才能がある」

「問題になる恐れはないだろうか。いずれあの子はマッティン・ハウゲンへの容疑に気づくはずだ」

「その点は検事にも確認しました。あちらは問題ないそうです。あなたはどうです？」

　ヴィスティングは考えた。「あの子に嘘をつくことになる。なにか訊かれても、すべてを話すわけにはいかない。それに遅かれ早かれ、あの子は自分の追っている事件をわたしが密かに捜査していたことに気づくだろう」

「それは問題になりますか」スティレルはまた訊いたが、ヴィスティングに答える隙を与えなかった。「リーネはプロです。事情を理解するはずだ」

たしかにそうだ。これまでにも似たような状況に置かれることはあった。記者という仕事柄、娘がヴィスティングの担当する事件に深く関わることが何度かあったが、いずれも大過なく切り抜けてきた。

「初回の記事は金曜に掲載される予定です。その日にあなたとハウゲンは車で山小屋に向かう。ガソリンスタンドに寄って《VG》を買うようにしてください。車中での話の種に」

自分の采配に満足したのか、ちらりと笑みを見せてから、スティレルは席を立った。

「週末のあいだのハウゲンの行動をたしかめに行きますか」

ヴィスティングはうなずき、自分も腰を上げた。ハンメルを見つけて三人で通信傍受室へ向かった。

「まずは通話から」ハンメルが言った。「本数は少ないようです」

電話番号が並んだ短いリストが画面に表示された。日時の古いものから順に並べられ、発信と受信に分けられている。電話番号案内の自動検索により発信者が表示されている。

金曜日の夕方、マッティン・ハウゲンは〈ピッツア・ベーカリー〉に電話をかけていた。その一時間後にセールスの電話が一本。通話は五秒で切れている。土曜日の朝、今度はヒーレビグダのエーヴェン・ヴォーマ名義の番号にかけている。

「再生してくれ」ヴィスティングは告げた。

ハンメルが二、三のボタンを押すと、スピーカーからノイズが流れだした。呼び出し音に続き、訛りの強い男の声が応答した。

「はい、エーヴェンですが」

マッティン・ハウゲンが名乗る。

「ランゲン湖の近くのアイケドックハイヤに山小屋を所有している者です」

「ああ、あんたね。次の週末にでも様子を見に行こうと思っていたところですよ」

間があった。

「しばらく行っていないんだが」マッティンが続ける。「道はどんな具合かな」

「そう、雨のあとはまだあのあたりへ行っていませんが、先月少し西のあたりで材木を伐りだしてね。そのときは問題なかったから、いまも問題なしでしょうよ。かなり頑丈な路面なんでね」

「よかった。柵の鍵は変わっていないかな」

「錠が壊されたんですよ、二年前、いや三年前だったかな。誰かが叩き壊して。密猟者か誰かでしょうな。そのとき新しい鍵を送っていませんかね」

「それはもらってる。ただ、同じことがまた起きてはいないかと思ってね」

「いまのところないようですよ。それに、壊れていたらあいているはずだから、どのみち入れますしね」

「ああ、たしかに。最近はよく釣れるかい」

「普通ですかね」

ふたりの男は少し世間話をしてから通話を終えた。

「嘘つきめ」スティレルが険しい声で言い、ヴィスティングを見た。「山小屋の屋根の修理に行っていたと言ったはずだ。わたしも車のところで聞きました。もう一軒山小屋を所有しているのでなければ、真っ赤な嘘だったことになる」

「山小屋は一軒だけだ」ヴィスティングは答えた。「だが、なんだって嘘を?」

ハンメルが振り返った。「これがナディア・クローグの事件に関係しているとは思えませんがね、ついでにカタリーナ事件にも。やつは捜査が再開されたことを知らないんだから」

「だが、こちらに言えないことをしていたのはたしかだ」ヴィスティングは言った。

ハンメルは画面に向きなおった。残りの通話は二件だけだ。次はポシュグルンのキシュテン・ソールムからの着信で、マッティン・ハウゲンが応答する声ではじまった。

「こんにちは、マッティン」発信者の声がする。「キシュテンおばさんよ」

「やあ」

「元気にしてる?」

「ああ」

世間話のあと、キシュテン・ソールムは用件を告げた。

「もうじきライダルおじさんの誕生日でしょ。七十五歳の。うちでお祝いをしようと思っているの」

「今度の週末に?」声に興味を引かれたような響きが混じる。

「今度のじゃないの。二十六日の土曜日の五時からよ」

マッティンの興味はとたんに失われた。

「ぜひ来てちょうだい」

マッティンが招待に感謝し、出席を約束したあと通話は終了した。

最後の通話はサンネフィヨル在住の男性への発信だった。マッティンが名前を告げる。

「〈フィン〉に載っていた模型キットのことで電話したんですが」ノルウェーの案内広告サイトのことだ。

「まだ売れていませんよ」

「ええ」相手が答える。

「まだ売れていませんか」

「二件ほど問い合わせはありましたが、まだ売れていません」

　やりとりの結果、マッティン・ハウゲンは四軸トラクターのスカニアT142と、ピータービルト359コンベンショナル・トラクターの模型キットを購入すると決めた。その日の夜に受けとりに行く約束も交わされた。

「以前からの趣味ですか、模型作りは」スティレルが訊いた。

「たいしたコレクションになっている。おそらく、作業員用の宿舎で寝泊まりしていたときにはじめたものだろう。寝るまえの暇つぶしに」

　スティレルは肩をすくめただけだった。「インターネットの閲覧履歴を」

　ハンメルが別のシステムに切り替えた。マッティンはいくつものニュースサイトを訪れ、さらに〈フィン〉を何時間にもわたり閲覧していた。模型だけでなく、車やバイクにも興味を示している。

「トロンデラーグの高速道路が気になっているようです」ハンメルがマッティンの閲覧したサイトのスクリーンショットを表示させた。道路の崩落を報じた《アドレッサヴィーセン》紙の最近の記事で、道路局の責任者らしき人物のインタビューが掲載されている。

スティレルはリストの下部にある閲覧履歴に目を留めた。ＵＲＬの文字列からサイトの内容が確認できる――死が人体に与える影響。

ハンメルが開いたページは死体現象に関するポピュラーサイエンス記事だった。死後数時間で顕れる死斑や死後硬直にはじまり、腐敗や白骨化までが説明されている。

スティレルは悪態をつき、拳を開いてはまた握りしめた。「火を見るより明らかだ」そう言ってまた悪態をつく。

ヴィスティングのほうは、物事をもう少し多角的に見ることに慣れている。「必ずしもそうとは言えない」

「そうとは言えない？」スティレルが語気を荒らげる。「この男は死体の腐敗について調べていたんだ！」リストのさらに下方を指差す。同様の内容の閲覧履歴が並んでいる。

「じつは、金曜に訪ねたときにその話になったんだ。カタリーナがいまどんな姿になっているのか、これだけ時間が経過しても残っているものがあるのかと訊かれた」

「気になってしかたがないんだ。自分がカタリーナを埋めたから。いまでも発見される恐れがあるか不安になったんだ」

「忘れてませんか、やつにはアリバイがある」ハンメルが言った。

「ナディア・クローグ事件にはない」スティレルはそう切り返し、ヴィスティングに向きなおった。「どういう流れでその話に?」

ヴィスティングは記憶をたどった。「ソールランで先日発見された死体を確認したかと訊かれたんだ。岸に女性の死体が打ち寄せられてね。そのあと、カタリーナがいま発見されたとしたらどんな状態かと尋ねられた」

「なるほど」もういい、とスティレルが手振りで示す。「ただ、その話が出たのは魚釣りの約束をするまえですか、それともあとですか」

「あとだ」ヴィスティングは問いの意図を察した。「ナディア・クローグがあの山小屋のそばに埋められていると?」

「人間の脳内ではつねに連鎖反応が起きている。ある考えが別の考えへとつながっていく。マッティン・ハウゲンはあなたが山小屋でミミズを掘るところを想像して、警戒しているはずだ」

「とりあえず、行動を把握するのに、電話の傍受だけじゃなく追跡装置も仕掛けたほうがいいでしょう」ハンメルが言った。「カタリーナの遺体が残っているのを心配してるなら、たしかめる方法はひとつ、掘り返すしかない」

26

リーネの家の外に車がとまった。コンパクトな黒のアウディだ。ダニエル・レアンゲルが運転席から首を伸ばし、フロントガラスの外を覗いた。リーネはキッチンの窓から手を振り、家がここで間違いないこと、すぐに出られることを伝えた。

「いま寝たところなの」リーネはベビーフードの瓶をトーマスに見せて言った。

アマリエのベビーシッターはトーマスに任せることにした。本当は友達のソフィーに頼むつもりだった。ずっと家にいるし、アマリエより二カ月ほど年長の娘がいるからだ。あいにく別れたパートナーとの協議のため、今日はオスロの弁護士を訪ねている。

「なら、いつごろまで寝てる？」

「目が覚めるまでね」リーネはにっと笑った。「一時間か、一時間半ってとこかな」

トーマスに育児経験はゼロだが、前日におむつ替えと食事の世話は教えておいた。ヘリコプターの操縦ができるのだから、二、三時間ほど姪(めい)の面倒を見るのだって問題ないはずだ。

「なにかあったら電話して」リーネは言って戸口を出た。

「事件のあらましはつかめた？」リーネが助手席におさまるとダニエルが訊いた。

「ええ、いくつか引っかかってる点があって、ひとつがこれから訪ねる女の人のことなんだけど、例のパーティーを開いた……」

ダニエルがさえぎった。「待った」ポッドキャスト用の録音装置を指差す。「レコーダーをオンにしてから話そう」

「頭に浮かんだことをなにからなにまで公開するのはお断りよ」リーネは釘を刺した。

「もちろん編集するさ」ダニエルは言い、幹線道路に出た。「できるだけ臨場感を出したいだけだ」

事件の詳細と各自の見解について話す代わりに、ふたりは各記事のテーマと内容を相談した。

インタビューは三件が予定されている。ひとり目はリヴ・ホーヴェ、ナディア・クローグの同級生で、ナディアが姿を消すまえに出ていたパーティーを開いた女性だ。そのあとは赤十字の地元支部の責任者で、捜索活動に加わった男性に話を聞くことになっている。三件目の約束はキッティル・ニーストラン、身代金受け渡し現場で監視にあたった警官隊のひとりだ。

「警察の人とは今日は都合がつかなかった。今週中にきみから連絡をとってもらうことになるけど、代わりにザ・グレー・パンサーズのひとりと約束を取りつけられたよ」

「ザ・グレー・パンサーズ？」リーネは訊き返し、脅迫状の差出人名を思いだした。

「その代表者だ。ヴィダル・アルンツェン。いまはシーエンに住んでる。たいしてまわり道にはならない」

その名前も捜査資料に記されていた。脅迫状の差出人が〝ザ・グレー・パンサーズ〟あるいは〝ザ・グレー〟と名乗っていたことは公表されていない。捜査に行きづまり、藁(わら)をもつかむ思いの警察は、老人の権利拡大を目指すその団体との関連を調べるため代表者に聴き取りを行っていた。

「連載第二回のタイトルはそれでいこうと思ってる。脅迫状の内容を公開する回の」

ダニエルが続ける。「〝ザ・グレー・パンサーズ〟ってね」

「その人、いま何歳？　だって、当時の代表者なんでしょ」

「九十三歳だけど、記憶はたしかだよ。警察が家に来たのはそれ一度きりだそうだ」

「封筒の表書きのことも書かないとね。犯人がクローグ氏の会社の所番地を電話帳から切り抜いたことを」

「開封した秘書と連絡をとろうとしたけど、もう亡くなってた。電話ボックスも撤去されてる」

「電話帳に指紋が残っていた人たちは誰か見つからない？　三人いたのよね。資料に名前があった」

「いい考えだ」

「取材に応じてくれたらだけど。なにせ、理由があって指紋が警察のファイルに記録されてたわけだし」

「だめなら郵便配達員にあたってみる手もある。そっちも名前はわかる。封筒の指紋からその人のものを除くために指紋採取されてるから」

ナビの最後の指示に従い、ダニエルは典型的な七〇年代の住宅街に車を乗り入れた。広い庭付きの一軒家が並び、どの家もスタイルや造りが似通っているが、それぞれ独自の増築が施されている。

ダニエルは路上に並んだゴミ箱の前に車を停止させた。エンジンはかけたまま、

「あそこだ」と言って三十メートル先にある家を指差した。背の高いビャクシンの生垣に覆い隠されるように建っている。

「早く着きすぎたみたい」リーネは腕時計を見て言った。

「これから準備がある」

ダニエルはレコーダーを取りあげ、リーネにマイクを渡した。「いまいる場所とこ

れからの予定を話して」

　事件の扱い方についてはじっくりと検討を重ね、語るべきことも考えてきてある。リーネはバッグから手帳と捜査資料のコピー数枚を取りだして膝に置いた。

「サウンドチェックをする」ダニエルが言い、一から五まで数えるようにと続けた。

　機器の準備が整い、開始の合図があった。

「ポシュグルンのストリスクレヴ、グリンメル通りからお伝えします」配信される自分の声を想像しながらリーネははじめた。「ここにいるダニエル・レアンゲルとわたし、リーネ・ヴィスティングのふたりが、このポッドキャストをお送りします。いまいるのは、ナディア・クローグが最後に目撃された場所です」

　劇的な効果を狙い、少し間を空ける。

「現在、そのリヴ・ホーヴェの家を三十メートル離れた車中から見ています。二十六年前も彼女はこの家に住んでいました。当時は家族のなかで最年少でしたが、いまはこの家を相続し、夫と子供たちとともに暮らしています。一九八七年九月十八日金曜日、家にひとりだった彼女は友達を呼んでパーティーを開きました。そのひとりが親友のナディア・クローグでした。あの晩実際にあったことを聞くために今日はここへ来ています」リーネはマイクを下ろした。

「その調子だ。リスナーのためにまわりの様子も説明したほうがいいかな。それも重要な要素だから。なにしろ、事件現場周辺なんだし」

リーネはもう一度マイクを構えた。「家は住宅街の外れ、森の近くに建っています。木々の葉は落ち、一キロと離れていないアイダンゲルフィヨルドの青い水面を眺めおろすことができます。ナディアはあの夜、十一時半ごろにパーティーを抜けました。家に帰ると言っていたそうです。最も自然なルートをとったなら、いまわれわれの車があるこの通りを通ったはずです。それから広い道に出て、ハイスタにある自宅までの五キロの道のりを歩いて帰ろうとしたか、バスを待ったか、あるいはヒッチハイクを試みたと考えられます。しかし、彼女になにがあったのかは謎のままです。それを解き明かすことが今回の狙いです」

ダニエルは満足げにうなずき、車を家に近づけた。「マイクはオンのままで」

背の高い果樹の枝が生垣の向こうから通りへと張りだしている。ネットにぶら下げられたバードケーキをついばんでいた二羽の鳥が、車のドアが閉じる音に驚いて飛び去った。

森の向こうを走る高速18号線から車の行き交う音がかすかに聞こえている。周囲の説明としてそのこともポッドキャストのコメントに含めるべきだっただろうか。リーネはふとそう思ったが、重要ではないと判断した。

インタビューを申しこんだダニエルが呼び鈴を鳴らした。リーネは呼び鈴の音と対面の瞬間を捉えようと、右手のマイクを注意深く掲げた。

リヴ・ホーヴェは色白で、ほっそりとした長身と短い黒髪の持ち主だった。インタビューに備えて居間には大きなテーブルが設置されていた。録音の件はダニエルが電話で伝えてあったものの、レコーダーを見たリヴ・ホーヴェは予想どおり警戒の色を浮かべた。

「ごく一部を使うだけですから。新聞のインタビュー記事と同じようなものです、重要な部分を切りとるので」ダニエルはそう言って相手のブラウスにマイクを装着し、サウンドチェックを行ってからリーネにインタビューを任せた。

「ナディア・クローグはどんな子でしたか」リーネははじめた。

リヴ・ホーヴェは、どこから話すべきか迷うように目で天井を仰いだ。

「ナディアはナディアです。いつも陽気で好奇心旺盛で、でも慎重だったとは言えないかしら。おしゃべりで、思いついたことや感じたことをそのまま口にするようなところがありました。ときには余計なことまで言ってしまったり――誰かのセーターの趣味が悪いとか。正直すぎるほど正直でしたね」

コメントや質問で話をさえぎらないよう、リーネは黙ってうなずいた。

「それに、頭もよかったわ。学校の成績も。商法の勉強をして父親の会社で働きたいって言ってましたね」

捜査資料の記述とも一致する。さらにナディアが甘やかされ、嫉妬深く、軽薄だったという話が続いたが、リーネは第一回の記事ではそれに触れないことにした。最終回のまとめの場面まで取っておいたほうがいい。

「それにもちろん、とびきり美人だったわね。でもそれはもうご存じね。写真はごらんになったでしょ」

リーネはうなずいた。「ナディアがいなくなった晩のことを聞かせていただけますか」

向かいの椅子にすわったリヴ・ホーヴェは、肘掛けに両のてのひらをこすりつけた。

「両親が夏場の別荘に行っていて」と話をはじめる。「友達を呼んでもいいと言われていたの。招待したのは十人から十二人くらいだったけれど、もっと大勢やってきた。二十人以上はいたかしら」

資料によれば客は三十二人のはずだ。警察はそのすべてに聴き取りを行っている。

「ほとんどが同級生だったけれど、年上の男の子たちも何人かいました。ローベルトも」

ローベルトとは、ナディアの恋人のローベルト・グランだ。ナディアよりも一歳年上で、車と運転免許を持っていた。

「本当のところ、とくに変わったことはなかったの。普通のパーティーと同じで、おしゃべりして、踊って、お酒を飲んだだけで。ただ、ナディアとローベルトのあいだにひと悶着あって」

「どんな？」

リヴ・ホーヴェが軽く肩をすくめる。「ナディアが泣きそうな顔でわたしのところへ来たんだけれど、なにを言っているのかよくわからなくて。酔っていて支離滅裂だったから。でも、ローベルトとエーヴァのことだったみたい。ふたりは中学時代に恋人同士だったんですけど、バスルームで身を寄せあっていたとかで」

リヴ・ホーヴェは廊下にあるバスルームを振り返った。

「なにかあったわけではないの。少なくとも、ふたりはあとでそう弁明していました。でもナディアは怒って帰ってしまったの。そのあとのことはよく知りません。お客は大勢いたし、音楽もがんがん流していて、賑やかだったので。ナディアを引きとめるか、あとを追うかするべきだったんでしょうけど、誰かが絵の額を割ってしまって。オーラヴだったかしら。ぶつかったせいで壁から落ちたんです。ガラスも枠も粉々になって、そっちに気を取られてしまったの」

リヴ・ホーヴェは話しながら両手を肘掛けから離し、自分をかばうように膝に置いた。「それ以上のことはわかりません。翌日ナディアのお母さんから娘はいるかと電話があって、それから大騒ぎになりました。警察が来たり、いろいろと」

「ローベルトとはその後話しましたか」リーネは訊いた。

リヴ・ホーヴェは首を振った。「ナディアが飛びだしていったあとに、追いかけたほうがいいわとは言ったけれど、その後はまったく話していません。顔を合わせることもほとんどなかったし、いまは顔も覚えていないくらいで」

「彼はあの晩、ナディアを追いかけましたか」

「わたしは見ていないの。すぐに追いかけなかったのはたしかだけれど、そうじゃないと言う人たちもいるし」

リーネは事件の夜の雰囲気についてさらに二、三質問を続け、誰にでも経験のある十代のパーティーのイメージをリスナーに伝えようとした。

「ナディアになにがあったと思いますか」

「最初は事故に遭ったんだと言われていたの。森を歩いていて脚を折ったかなにかだろうって。でもなんの痕跡も見つからなかった。だからわたしは、ヒッチハイクをしたか、声をかけられたかして、誰かの車に乗ったんだろうと思ったんです」リヴ・ホーヴェは自分の言葉を反芻するように少し間を空けた。「なんにしろ、警察がローベルトを逮捕したのは間違いだと最初から思っていました。彼がナディアを追いかけて殺したとは思えなかった。それから脅迫状が届いたでしょ。つまり、誰かが家の外で彼女を誘拐しようと待ちかまえていたのよ」

リーネは否定も肯定もせずにおいた。

「ナディアと写った写真はありますか」少し待ってからそう訊いた。「クラス写真とか」

マイクを手にしたまま客用寝室に案内された。リヴ・ホーヴェは戸棚の前にしゃがんでアルバムを取りだした。「ほら、これです」何枚かページを繰ってからそう言った。

それは中学校の卒業写真だった。リヴ・ホーヴェが二列目の少女を指差す。ナディアが失踪する二年前に写されたものだが、すぐにそれとわかった。

「お借りしても？」

リヴ・ホーヴェはうなずき、アルバムから写真を抜いた。「まだ二、三枚あったと思うけど」とさらにページをめくる。「ローベルトといっしょのものも」

「あなたの写真を撮らせていただいてもかまいません？」リーネはそう言ってバッグをあさった。

リヴ・ホーヴェが顔を上げる。「わたしの？」

「ええ、そうやって、アルバムを眺めているところを」

すでにカメラを構えていたが、拒絶はされなかった。

結果的にナディア・クローグの写真を五枚入手してその家をあとにした。そのうちの一枚は恋人と写ったもので、ふたりともなにかを見て笑っているような表情を浮かべていた。ナディアは大きく口をあけて顎を突きだしている。ローベルトのほうも口もとには笑みを浮かべているが、光の加減か目つきはひどく暗く、陰鬱にさえ見えた。

「赤十字の人に会うまえに食事をしておく？」車に戻るとダニエルが提案した。

急に空腹を覚えたリーネは賛成した。ポシュグルン市街に入り、ストール通りでランチ営業中のレストランを見つけた。リーネはシーフードのサラダ、ダニエルはハンバーガーを注文した。

「さっきの話でエーヴァとローベルトがバスルームにいたって部分はカットしなきゃな」ダニエルが言った。「エーヴァに連絡をとったんだけど、インタビューに応じるのも名前を出されるのも嫌だと言ってた」

「でもなんらかの形で盛りこまないと。名前は伏せて調書の一部を読みあげるとか。バスルームではなにもなかったと供述してるし。話をしていただけで」

「ローベルト・グランもそう言ってる」

料理がテーブルに運ばれてきた。

「ほかにもコメントしてくれる人を探さないと」サラダを詰めこみながらリーネは言った。「捜査資料には出てこないけど、当時の地元の反応について客観的な視点から語ってくれそうな人を」

ダニエルはうなずいた。「牧師とか町長とか、そっち方面がいいな」バーガーを咀嚼しながらそう言う。「当時の地元の政治家でいまもよく知られた人間とか。うん、それがいい。でなきゃ、セレブの誰かとか。ホテル王のペッテル・ストールダーレンは？　このへんの出身で、事件のことも覚えているんじゃないかな」

「セレブを巻きこむのはやめたほうがいいと思う。それより、当時事件を担当していた地元の記者なんかどう？」

さまざまな角度や可能性を検討した結果、初回の特集は事実を時系列に沿って概説することで意見が一致した。ただし、いまはまだ見えていない部分が多すぎる。

ナディア失踪直後の出来事を詳しく聞けそうなのが、赤十字のレアルフ・トゥヴェーテンだった。トゥヴェーテンは地方支部の事務所でふたりを迎えた。一九八七年の捜索の記録がすでに用意され、捜索範囲が色分けされた地図も数枚添えられていた。

「ナディアの両親のことはよく知っていましてね」とレアルフ・トゥヴェーテンは語りはじめた。「ヨアキムとハンナの夫婦のことは。もちろんヨアキムの名は誰でも知っていましたが、わたしは級友だったんですよ。すばらしい男だった。謙虚でね。家が金持ちでも、気取ったり威張ったりしたところがまるでなかった」

「ナディアが行方不明だと知ったのはいつでしょう？」失踪した少女に話を戻そうと

リーネは訊いた。

「土曜日の二時ごろに警察から連絡があったんです。すでに警察犬による捜索が行われていたんだが、もっと組織的な捜索活動が必要とのことで。それで、緊急連絡網を使ってボランティアを集めたんです。三十分後には捜索本部を立ちあげていました」

そこで記録に目を落とし、続ける。「付近一帯を徹底的に探しました——公園の赤スグリの茂みや遊具のミニハウスから、小屋やガレージまで。酒に酔った者がそういうところにもぐりこむのはよくあることなので。寒くもなければ悪天候でもなかったが、あの子は酒を飲んでいたから、気分が悪くなったとも考えられた。どこかで横になり、自分の吐いたもので窒息したかもしれないとね。その可能性はたしかにあった」

リーネはダニエルが手にしたレコーダーに目をやった。LEDのインジケーターがレアルフ・トゥヴェーテンの太い声に合わせて上下している。かすかに震えるその響きが耳に心地よい。

「さらに態勢を整え、今度はパーティーのあった家の裏の森に捜索を広げました」地図の一枚が広げられ、指差される。「あのあたりは丘陵地で坂がきつく、岩も多い。転んで頭を打ち、気を失ったとも考えられたんです」

リーネはカメラを取りだして卓上の写真を撮った。色分けされた地図はインパクトのある絵になる。

トゥヴェーテンが筒状に巻かれた大判の地図を取りだした。「パーティーの場所はここです」と指を差す。「クローグ家の住まいはこちら。ナディアはそこへ帰る途中だったと考えられました。可能性のあるルートは三つ。高速18号線の旧道沿いをハイスタの家まで歩くというのがまずひとつ。あるいはバスに乗ったか。ふたつ目は、当時まだ建設中だった18号線の新道ですが、そちらは真っ暗で人けもない。最短ルートは住宅街のなかを突っ切ってルンデダールへ出る方法で、それでも森のなかの小道を歩く必要がある」

三通りのルートが地図に赤く記されている。

「三本すべてのルート沿いをくまなく捜索しました。車にはねられて溝に倒れていることも考慮に入れたものの、やはり発見できなかった。事故があった形跡もね」

ダニエルが口を挟んだ。「なにがあったと思います？」

レアルフ・トゥヴェーテンは椅子の背に身を預けた。「これまで数えきれないほど多くの捜索に参加してきましてね。山や森、海、町なかでも。たいていの場合は見つかる。生きていないことが多いものの、発見はされるものなんです。事故に遭った場合でも、自殺した場合でも、それこそ殺された場合でも、最終的には発見される。捜索隊によってでなければ、猟師やハイカーによって。だから、あの子の場合は誰かに車で連れ去られたんだと思っています」

「誘拐犯にですね」リーネは口を開いた。

「不可解なのは、その後のことです。ナディアがどうなったのか、犯人はなぜ身代金を回収しなかったのか」

　レアルフ・トゥヴェーテンへのインタビューは予想よりも長引いた。車に戻るや、リーネはトーマスに電話をして様子を訊いた。

「問題ないよ」トーマスが安心させるように言った。「ｉＰａｄの使い方を教えているところさ」

「ｉＰａｄの？」

「アプリもいくつか買ってあげたよ。いまは膝の上で画面をタップして笑ってる。すっかり夢中で、熱心にやってるよ。頭の体操によさそうだ」

　アマリエにはｉＰａｄはおろか、テレビでさえつい先日まで見せたことがなかった。子供に画面を見せるのは人工的な刺激に晒すことになり、親が息抜きをするための口実でしかないようにリーネは感じていた。

「でも、食事は？」

「ちゃんと食べたし、おむつも替えたから、なにも心配ないよ」アマリエがトーマスの注意を引こうと、なにやら声をあげた。

二時間ほどで戻るから待っててね、とリーネはふたりに告げた。

そのあいだにダニエルはヴィダル・アルンツェンの住所をナビに入力していた。

「お次はザ・グレー・パンサーズだ」そう言って画面の表示に従い、車を発進させた。

「その人、ひとりで暮らしてるの？」

「いや、集団で」

「集団で？」リーネはとまどった。

「共同集合住宅とか言うらしい」ダニエルは笑みを見せた。「団体の代表だったとき、彼自身が手がけたものらしい。同年配の人たちを集めて、老人のための住居を建てたんだ」

リーネは捜査資料に目を通した。ヴィダル・アルンツェンは最近引退するまで建築家として活躍していた。事件当時、ある日突然ふたりの私服刑事の訪問を受け、十七歳の少女の誘拐に関与してはいないかと問いただされたという。リーネはその内容を簡潔にメモにまとめ、あとでポッドキャストのナレーションに含めようと考えた。アルンツェンとの対面の導入部分にぴったりだ。

車はヘンリーク・イプセンが少年時代を過ごした家への標示を過ぎ、私道に入って大型の木造家屋の前でとまった。裏手に川が流れるのどかな場所だ。大木から散った濡れ落ち葉が前庭をほぼ覆いつくしている。

　車を降りたとき、リーネの足が水たまりに突っこんだ。すぐに飛びすさったものの、冷たい水が靴のなかで音を立てた。

「ヴィダル・アルンツェンは当時オスロに住んでいた。ここは実家の農場だったんだろう」ダニエルが言った。

　入り口の奥はフロントのような場所だったが、職員は見あたらず、呼び鈴が置かれていた。ヴィダル・アルンツェンは車が着くのが見えたのか、呼び鈴を鳴らしたとたんに現れた。長身痩軀で、ごわごわの顎ひげを生やし、小さなフォルダーを小脇に抱えている。はじめに館内を簡単に案内され、施設の説明を受けた。その様子から見て頭も耳も一切問題はなさそうだ。

「あらゆる面において最新の設備が整っとるんだ。ここは広い庭付きの一軒家を持てあます高齢者に、健康と幸せを提供する場所でね。記事にそう書いてくださいよ。こういった住環境が高齢者の自立に貢献しているのは統計的にも明らかなんだ、政治家たちにも知ってもらいたいもんだよ」

　談話室に案内され、長テーブルの端の席を勧められた。

「あの子のことでなにか情報でも？」ダニエルにマイクを装着されながら、ヴィダル・アルンツェンが訊いた。

「当時は明らかに警察が再捜査をはじめたこと以外にはなにも」ダニエルが答える。「当時は明らかにならなかったことが、新たに発見されるかもしれません」

「これだけ時が過ぎてはな」アルンツェンはつぶやくように言い、首を振った。「当時でさえろくな手がかりはつかめなかったんだろうから。わたしのところにまで来たということは」

「警察の用件はなんでしたか」ダニエルのサウンドチェックが終わると、リーネは尋ねた。

「どこまでお話ししていいものやら。事情聴取で話した内容は捜査上の秘密にあたるとかで、警察から口外を禁じられていてね」

「大昔の話ですから。警察からはすべての捜査資料のコピーをもらっているので、お話しいただいても問題はないはずです」

「それなら、ザ・グレー・パンサーズのこともご存じかな」

「その件でお訪ねしたんです」

「そう、当時はちょうど年金生活者たちが集まって、高齢者の権利向上のための団体を設立したところでね。正式名は高齢者協会だが、ザ・グレー・パンサーズが通称だった。ナディア・クローグの誘拐犯が自称したのと同じ名前だったわけさ」

「警察にはなにを訊かれましたか」

「うちの団体のことが新聞に載っていたから話を聞きに来たそうだが、そもそも〝灰色の豹（グレー・パンサー）〟というのはよくある表現だからね。まだまだ元気で意欲もある老人を指す言葉として。うちが誘拐と無関係なのは警察も承知の上だったんだろうよ」

リーネはちらっとダニエルを見た。話がざっくりしすぎていて使いものにならない。内容に乏しすぎる。

「警察が来たときの様子を聞かせていただけます？」別の角度からのアプローチを狙い、そう訊いてみる。

「いま言ったこと以外にはなにも」相手は肩をすくめた。「ふたり連れの刑事だったな。やってきてヴィダル・アルンツェンかと確認し、身分証を見せた。むろん、ナディア・クローグのことは新聞で読んで知っていた。知らない者のほうが珍しかったろうね。だが、あんな疑いをかけられるとは夢にも思わんかった。まったく、たまげたよ」

「話の内容を口止めされたのはなぜです？」

「ザ・グレー・パンサーズのせいだろうね。マスコミ連中に高齢者団体絡みではと騒がれるのを避けるためだろうよ」

少しのあいだリーネはその説明の意味をつかみかねた。差出人名はたまたま高齢者協会に関する記事から切り抜かれた意味のないものだと考えていたためだ。やがて、脅迫状の文面が切り抜きを貼りあわせて作られたことを相手は知らないようだと気づいた。だから差出人名にリーネよりも深い意味を見いだし、そういった解釈に至ったのだろう。

「誘拐犯からの脅迫状はごらんになりましたか」

ヴィダル・アルンツェンは首を振った。「文面も知らされず、ただ〝ザ・グレー・パンサーズ〟と署名されていたとだけ」

「お見せします」リーネはすべての資料を保存したノートパソコンを取りだした。

興味を引かれたようにアルンツェンが身を乗りだす。しばらくして起動が完了した。報告書の一通を表示させる。脅迫状に用いられた新聞は一九八七年八月二十七日木曜日付の《VG》紙であり、〝ザ・グレー・パンサーズ〟の文字は第十一面の記事から切り抜かれたものであるとそこに記されている。

リーネは該当する画像ファイルを見つけ、一通目の脅迫状を画面に表示させて向かいにすわったアルンツェンのほうにパソコンを向けた。もたもたと老眼鏡をかけたアルンツェンは、小さく口を動かしながらそれを読んだ。

「犯人は〝ザ・グレー・パンサーズ〟の文字をあなたのインタビュー記事から切り抜いたんです」

アルンツェンは考えこんだ。「それで警察はあの新聞をあんなに気にしとったわけか」と眼鏡を外す。

「どの新聞です？」

「取ってあった新聞さ。警察が来たとき、それがテーブルに出とったんだ。インタビュー記事の面を開いて。前日に地元議員のアスパーケルが来ていたから、見せたところでね」

リーネはパソコンを閉じた。

「もちろん文字を切り抜いてなどいなかった。つまり、何週間もまえの古い新聞を取っておいた人間がほかにもいるということだな」

リーネはその言葉を頭で吟味した。その点には気づいていなかったし、捜査資料にも書かれていない。ナディアの家族が脅迫状を受けとったのは九月二十二日、使われた新聞は八月二十七日付のもの。誰かがなんらかの理由でそれを保管していたのだ。

ダニエルがインタビューを切りあげた。レコーダーを切り、配信を聴く方法を説明しようとしたが、アルンツェンには理解しがたいようだ。

リーネは協力に感謝し、紙面にも掲載されますと伝えた。

外の雨はまだ降りやまず、風も強さを増していた。

27

横殴りの雨音が室内に響いていた。単調なビートだ。

ヴィスティングは覆いかぶさるように机に向かっていた。マッティン・ハウゲンの山小屋の位置を記した地図を広げ、暗号に使われた数字と各地点の標高が一致しないかを調べているのだ。該当する標高を持つ山がどうにかふたつ見つかったが、それだけでは無意味に等しい。そこに答えはなさそうだ。

アドリアン・スティレルが用件を伝えに現れた。「明日は技師を呼んで、あの男の車に発信機を仕掛けます」マッティン・ハウゲンの車のことだ。「携帯電話で追跡するより確実で正確なので。設置完了後、所在が確認できしだい、家宅捜索に入ります」

「留守宅に？」

「あの男はなにか隠している。あなたが揺さぶりをかけるまえに、向こうのことを把握しておくことが必要です」スティレルはそう説明しながら腰を下ろした。「少しでも疑われていることに気づけば、証拠を処分しようとするはずだ。それは避けたい」

「家に保管されていて、処分される恐れのあるものとは、たとえば？」

「コンピューターに保存されているものを確認できればと」

「だが難しいだろう。防犯カメラが設置されている」

両眉を吊りあげたスティレルに、ヴィスティングは二台のカメラのことを告げた。

「ますます気になります。警報装置は？」

「それはない」

「よかった。カメラが必要なのは、隠したいものがあるということだ」

返事はしなかったが、ヴィスティングも同意見だった。マッティン・ハウゲンが警戒しているのがリトアニア人の出稼ぎ労働者ではないのは明らかだ。

スティレルはだしぬけに立ちあがり、窓辺へ行った。「宿はあそこに取りました」ややあってそう言い、サンネンに建った新しいホテルを指差した。「ファリス・バードに」そこで話題を変えた。「カタリーナの家族に連絡はとりましたか」ヴィスティングに背を向けたままそう尋ねる。

「オーストリアの？」

「ええ」

「失踪から二、三年して妹と連絡をとった。カタリーナの失踪宣告の件で」

　スティレルが振り返る。「ふたりは似ていますか」

「カタリーナは写真でしか見たことがないんだ。父親が違うんだが、面影はあった。なぜ？」

「ロンドンの会社に、ナディア・クローグがいまも生きていた場合の顔立ちを予想した画像を作成するよう依頼しました。いわゆるバイオメトリクス技術を駆使したものです」

　ヴィスティングはうなずいた。その技術については知っているものの、利用したことはない。

「木曜日の《ノルウェー犯罪最前線》で使うつもりです。実際に似ているかどうかは疑問ですが。どんな画像解析プログラムを使おうと、最終的には推測にすぎない。カタリーナならばまだ効果的なのですが。より詳細な情報に基づくことが可能なので」

「画像はもう見たのかい」

「明日受けとる予定です」

　ヴィスティングは背もたれに身を預けた。「ナディアが生きている可能性があると？」

「いいえ」即答だった。「番組用に用意しただけです、注目を集めるために。《VG》には脅迫状を、テレビには顔画像データを」

スティレルが部屋の出口へ向かった。「カタリーナの場合はナディアと事情が違う。有能な女性だったようですし、以前にも家族のもとを去り、新たな国で新たな生活をはじめた過去がある。同じことをしたのかもしれない。一度目より、知識や能力を備えた状態で」

28

アマリエをしっかり寝かしつけたあと、リーネには就寝前の数時間が残された。いつもは読書か家系図作りをして過ごすのだが、今日はソファにすわって膝にのせたノートパソコンで執筆にいそしんでいた。ときどき手を休めて子供部屋に耳を澄ましてみるが、聞こえるのは単調な雨音だけだ。

原稿には捜査資料の内容と一九八七年当時の新聞記事、そしてダニエルと行ったインタビューのメモの中身を盛りこんだ。ダニエルからは音声ファイルが届いているが、本人はいまオスロでポッドキャストの編集作業をしているところだ。

執筆は順調に進んでいた。初回の記事の目的は事実関係を簡潔明瞭に示すことだが、この先数週間にわたり連載を読みたいと思わせるようなインパクトも必要だ。いま足りないのは、より大局的な視点だった。そのために《ポシュグルン・ダーグブラ》紙で当時事件を担当し、いまも現役の記者と会う約束を取りつけてある。問題はその相手から、リーネの記事が掲載されるまえに自分も事件について書きたいと求められたことだった。望ましくはないが、地方紙の《ポシュグルン・ダーグブラ》はさほど強力なライバル紙ではないし、こちらのように捜査資料を手にしているわけでもない。

リーネは原稿にざっと目を通した。ところどころ断片的なままで肉づけが必要な箇所が残っている。現時点では、自分は警察の道具でしかなく、手持ちの情報は事前に用意されたものだけだ。記事の読者やポッドキャストのリスナーを惹きつけるには、なにかそれ以上のもの、興味をかき立てる目玉を考える必要がある。たとえば警察の見逃しや誤りを見つけるとか。糸口を見つけて調査してみるとか。経験上、記事が掲載されれば手がかりが出てくることがあるのは知っている。一般人にとっては警察よりも新聞のほうが知っていることを話しやすい場合もあるからだ。それでも、ただ待つのはもどかしく、じれったい思いだった。

29

ヴィスティングは残り物のピザを電子レンジに入れた。金曜日の夜から冷蔵庫に入れたままだが、傷んではいないようだ。

「ピザでもどうだい」居間にいるトーマスに声をかけた。

「リーネの家で食事はすませたんだ」トーマスがキッチンへ入ってくる。

ヴィスティングがピザを取りだして腰かけると、トーマスも向かいにすわった。

「なんのためにやってるの」トーマスが訊いた。

ヴィスティングはピザにフォークを入れた。レンジにかけたせいで柔らかくなっている。「なんのことだ?」ひと切れ切りとる。

「悲惨な事件ばかり扱うことさ。殺人とか」

ヴィスティングはピザを口に運びながら考えこんだ。同じ問いを投げかけられることはこれまでにもあった。職務のせいで眠れぬ夜を過ごすことはないかと訊かれたこともある。事件が重くのしかかり、ろくに眠れない夜はたしかにあるが、それは仕事に充てるためだった。見落としはないかと資料の隅々にまで目を通すためだ。

「この仕事が好きなんだろうな。自分が正義の実現に貢献していると実感したいんだ。人の命を奪った者は捕らえられ、罪を償わされる。誰かがそう示さなきゃならない。誰もその務めを果たさないと、弱肉強食の世界になってしまう」

トーマスは黙ったまま耳を傾けている。

「それに、刺激的な仕事でもある。世のなかをよくするため、なにかを変えるために警察官になったと言えば聞こえはいいが、結局のところ、重大事件そのものに引きつけられているんだろうな」

「それって……」トーマスがふさわしい言葉を探す。「……冷徹だとも言えない？」

「交通警官になることだってできた」ヴィスティングは微笑んだ。「だが、それじゃだめだったんだ。答えを見つけたかった。なぜ人は人を殺すのかという問いの。結婚式や洗礼式を執り行うだけでは飽きたらず、病院で死を待つ患者に尽くす牧師と少し似ているかもしれないな。あるいは、小児がん病棟で働くのを選ぶ医師とか。つらく厳しい仕事だが、だからこそ意義を感じられるということなんだろう」

「二カ月ほどまえに、知りあった子がいるんだ。真剣な付き合いになりかけてた」

ヴィスティングは食べる手を止めた。恋人がいたとは初耳だ。

「最初のうち、彼女はぼくの仕事をよくわかっていなかった。話して聞かせたら、なんでそんな仕事に耐えられるのか理解できないと言われた。彼女からすればぼくは軍の人間で、残酷な戦争に好き好んで関わっているとしか思えないみたいで。なんのために働いているか説明しようとしたけど、うまくいかなかった」

ヴィスティングはかける言葉が見つからなかった。

「世界の平和と安全を守るためだって言おうとしたんだ。だけど、父さんと同じで、ぼくもこの仕事が好きなんだと思う。日々の任務も、大きなものに貢献できるって点でも。ほかのことをやるなんて想像もつかないよ――民間航空機の操縦とか」

「お互い、そういう性分なんだろ。リーネもな」

トーマスが腰を上げた。

「明日帰るのかい」

「いや。リーネが大きな仕事を抱えてるだろ。今週いっぱい残ってアマリエの面倒を見るよ」

30

ホテルは海岸から水面へ張りだすように建てられていた。部屋には湾を見下ろす小さなバルコニーが備えられている。スティレルはそこに立ち、つんとする海藻と潮の香りを胸に吸った。海岸沿いを黒い大型犬を連れた男が歩き、街灯がその姿を浮かびあがらせている。足もとの防波堤には寒々しい白波が打ち寄せ、飛沫(しぶき)をあげている。男と犬が黄色い街灯の輪の向こうへ消えるまで、スティレルはその姿を眺めていた。バルコニーの床に置いた六缶パックのビールは残り三缶になっている。外の冷気のおかげでぬるくなってはいない。さらにひと缶を手に持ち、コンピューターの前へ運んだ。これで眠気が訪れてくれればいいが。普段から寝つきは悪いが、ホテルではなおさら眠れない。

入手したばかりのナディア・クローグの顔画像を画面に表示させる。データは午後九時前に着信した。ロンドンは八時前ではあるが、それでも誰かが残業して一日早く仕上げたということだ。

ビールの蓋をあけ、椅子にかけた。顔画像の出来に関しては重視していなかった。どこかのコンピューターおたくに頼んで実家の部屋のマシンで作らせたなら、似たようなものをはるかに安く調達できただろう。

缶の中身をグラスに注ぎ、画面に目を戻す。

もしも生きていればナディアはこんな容貌らしいと考えながら、グラスに口をつけた。だがこれを公表したところで、手がかりが得られるとは考えていない。顔画像は事件に注目を集めるための小道具にすぎない。

書き物机の上の壁掛け鏡に目を転じた。瞼が腫れぼったく、白目は充血している。初めて不眠を経験したのは、両親と南アフリカ共和国に暮らしていたときだった。原因は自明だった——ユーリエ・アンのせいだ。だが、理由がわかったところで症状が治まりはしなかった。

当初は寝床に入って一、二時間ほど輾転反側する程度だったが、しだいに症状は重く深刻になりはじめた。あれこれ薬を試したものの、二時間ばかり眠れるだけで疲れは取れなかった。やがて半年が過ぎるころ症状はあっさり消え、普通に眠れるようになった。以来、定期的に不眠症に悩まされてきた。ここ半年はひと晩眠れたことがない。

スティレルはナディア・クローグの顔画像を閉じ、木曜日の番組の件で連絡をとりあっている報道局長に送信した。それから、いまだ人となりをつかめずにいるマッティン・ハウゲンに思考を集中させた。過去の捜査資料には実像を示すものはほぼ皆無だった。ひとり暮らしで社交性に乏しい、目立たない存在のようだ。付き合いのある相手は職場の同僚と年配の親類のみらしい。いずれ通信傍受や家宅捜索によって明らかにされる点もあるだろうが、目下のところハウゲンからはこんな印象を受けていた——なにかに重くのしかかられ、がんじがらめにされ、思うまま生きられずにいる男。

スティレルはもうひとつロビールを飲んだ。そういう類いの人間をこれまでも目にしてきた。海の底よりも暗い秘密を抱えた者たちを。その秘密を暴くことがスティレルの望みだった。

31

「なにか見つかったか」ヴィスティングは通信傍受室のドアを閉じて訊いた。

「ポルノが」ハンメルが答え、画面を示した。「なにかの会員に登録しているらしい。ゆうべ閲覧していています。有料コンテンツなのでこちらで見るのは無理ですが、ログインページだけで一目瞭然です」

「エクストリームXXX」ヴィスティングは読みあげた。拘束やSMといった文字がページ上に躍っている。

「どう考えたものですかね」ハンメルが言った。

「なにか意味はあるはずだ」アドリアン・スティレルが答え、瞼を揉んだ。疲れて苛立った様子だ。

「通話は？」

「ゼロ」

「メールはどうだ」

「スパムメールだけです」

「ほかには？」

「旅行に出るつもりかもしれません。海外の高級リゾートのサイトを見ていますが、予約はまだなにも」

スティレルが時計に目をやった。「テンスベルグの道路局へ技師たちが向かっています。ハウゲンの車に発信機を仕掛けに。完了しだい、画面で所在を確認できるようになります」

「危険では？」ヴィスティングは訊いた。「白昼堂々、人目のある職場の駐車場で仕掛けるのか」

「彼のピックアップがとめられた場所しだいですが、職場の駐車場にあるあいだが最大のチャンスです。自宅ではガレージに入れられてしまう。どのみち、一瞬で完了します。人目を引いたり、なにをしたか気づかれたりする恐れはまずない」

ヴィスティングはうなずいた。「それで、設置が完了したら？」

「捜索の法的許可は得ています。技師たちがハウゲンのハードディスクを読みとる機器を持ってここへ来ます」

「家にはどうやって入る？」

「それも手配ずみです。問題ありません」

「ならいいが」ヴィスティングはそう言って自室に戻った。

被疑者の留守宅を密かに捜索するといったことは、日常的に行われるものではない。家宅捜索には令状が必要とされ、本人立会いのもと、あるいは勾留後に行われる規則となっている。このような形の捜索は、ヴィスティングにも過去に二度しか経験がなかった。

十二時六分、アドリアン・スティレルがヴィスティングの部屋の入り口に顔を見せた。

「準備完了。すぐ出発します」

えらく急だと思いつつヴィスティングは席を立ち、スティレルに続いて警察署のガレージに向かった。リトアニアのナンバープレートのついた小汚い配達用ヴァンがとめられている。側面には金槌と鋸のロゴが入ったマグネットシートが貼られている。

「独創的だな」

それだけ言い、運転席にいるクリポスの技師と思しき男に会釈を送った。後ろの荷室にはニルス・ハンメルがすでに乗りこんでいる。ヴィスティングもそこへ加わり、もうひとりの技師にも挨拶した。アドリアン・スティレルが飛び乗ってスライドドアを閉じると、車はガレージを出て走りだした。

「首尾は？」ヴィスティングは訊いた。マッティン・ハウゲンのピックアップ・トラックに仕掛けた発信機の件だ。

「上々です」技師は答え、地図が表示されたタブレット端末を掲げてみせた。中央にある赤い点は、駐車場らしき広いスペースの端あたりを示している。

「通信傍受室でも追跡できるように、あとでセットアップに行きます」技師が言った。

ヴァン後部のスモークガラスが灰色の空をひときわ暗く禍々しく見せている。

クライヴェル通りの急坂をのぼるためギアが落とされると、全員の上体が前にのめった。アドリアン・スティレルは電話をかけ、短くやりとりを交わして通話を終えた。

右手が口もとに近づけられる。

「完了した」手首の小型マイクに向けてそう言った。

運転手が耳に装着した極小のイヤホンを調節し、居室と荷室を仕切る窓ごしに親指を突き立てた。

「電気の供給を切りました。防犯カメラは作動しない」

私道に乗り入れると、はねあげられた砂利がホイールアーチに当たって音を立てた。ヴァンが傾き、ヴィスティングは片手を天井について身体を支えた。

ヴァンが広い前庭に横向きにとめられた。ヴィスティングは家が見える側に移動した。電気が切られた家は、先週訪れた際よりもひときわ寂しげに見える。

荷室の一同は待機し、運転席の技師が車を降りて玄関に近づいた。呼び鈴を押して一歩退く。

「シュウリノシゴト、ナイデスカ」スティレルが片言の英語で軽口を叩いた。

室内から応答はない。技師は戸口に身を寄せ、上着のポケットからコップのように見えるものを取りだした。シリンダー錠にそれがかぶせられ、一分とたたずドアが開いた。

「ピックアップに動きは？」ヴィスティングはもうひとりの技師に向かって訊いた。

タブレット端末が確認される。「ゼロです」

スティレルがスライドドアを開き、めいめいに手袋とゴム製のオーバーシューズを手渡した。ドアを解錠した技師が内部を調べてまわるあいだ、残りは玄関ホールで待った。

「異常なし」無人が確認された。

ヴィスティングはほかの者を先に行かせた。廊下の床をきしませながら奥へ入る。

「コンピューターは二台です」各部屋を確認した技師が言った。「客用寝室にデスクトップ、居間にはノートパソコンが」

後者が手で示された。テレビの前のコーヒーテーブルの上だ。もうひとりの技師が床にすわってスーツケースを開いた。ノートパソコンと外付けのハードディスク、バッテリーパック、ケーブル類が取りだされる。

「どのくらいかかる?」ヴィスティングは訊いた。

「場合によります。まずはリンクアップが必要で、あとは保存されているデータ量しだいですね。一時間かそこらはかかるはずです」

「一時間か」ヴィスティングはオウム返しに言い、窓の外を見やった。雨はあがっているが、木々の枝からは絶え間なく水が滴っている。

居間の一角がホームオフィスとして使われている。送り状や書類の束が机に積まれ、年代ごとに分類されたリングバインダーが壁の戸棚に並べられている。スティレルがそれに目を通しはじめ、ハンメルは寝室に消えた。

ヴィスティングはキッチンに向かい、窓際に置かれたチェストに近づいた。正面にはマッティンがいつもすわる椅子が据えられ、振り返るだけでチェストに手が届くようにされている。

チェストの上のラジオの脇には、方々のスーパーマーケットのチラシと、男性向けライフスタイル誌《ヴィ・メン》が置かれている。マッティンは財布と鍵を抽斗の最上段にしまっていたはずだ。そこをあけてなかを覗いた。片側に古い携帯電話と充電器、ボールペンが数本、小型ホッチキス、接着剤、ハサミ、未使用のメモ帳が収められている。

「なにかある！」ニルス・ハンメルが別室で声を張りあげた。

居間へ戻ると、ハンメルが古い新聞を手に寝室から現れた。すぐになにかわかった。ナディア・クローグの母親が娘との別れを語った記事が掲載された《VG》紙だ。

「こんなものがあるのは不自然じゃ？」ハンメルが言った。

スティレルがうなずく。「写真を撮って記録を」

「抽斗の底にしまってありました」

「元どおりに戻してください」

ハンメルはうなずき、寝室に戻った。ヴィスティングもチェストの確認を再開した。

二段目の抽斗からは手紙の束が見つかった。持ちあげると、その下にパスポートが現れた。手紙の束をテーブルに置いてパスポートを手に取る。マッティン・ハウゲン名義のもので、十月十日に発行されたばかりだ。つい五日前、カタリーナの失踪日と重なっている。

パスポートの申請手続きは迅速化されている。おそらく先週はじめに申請し、金曜日か週明けの昨日に郵送されたものだろう。外国旅行の予定など聞いていない。

ヴィスティングはパスポートを抽斗の底に戻し、手紙の束をぱらぱらとめくった。税務署や保険会社、銀行からの通知書だ。並び順を乱さないよう、注意を払いながら目を通していく。

最後の一枚は、宛名も住所もない白い封筒だった。

ヴィスティングはほかの手紙を脇に置き、なにも書かれていない封筒を開いて便箋を取りだした。最後まで引きださないうちから、アドレナリンが身の内を駆けめぐりはじめる。中身を目にしたとたん胸を金槌で強打されたように息が詰まり、めまいがした。

「スティレル」あえぐようにそう言ったが、声が小さすぎた。一歩退いて椅子の背で身体を支え、もう一度呼んだ。「スティレル！」

スティレルが姿を見せると、ヴィスティングは便箋を差しだした。

〝あのことを知っている〞

短いそのメッセージは、ナディア・クローグの誘拐犯からの脅迫状と同じく、新聞を切り抜いて貼りあわせたものだった。類似性は一目瞭然だ。マッティン・ハウゲンとナディア・クローグのつながりを知っている者がいるのだ。

「抽斗にあった」ヴィスティングは告げ、チェストを示した。スティレルは封筒も見たいと言った。

「表書きはない」

スティレルは窓辺の光に封筒をかざした。「小さい穴があいている」

ヴィスティングは手にした紙を覗きこみ、同じようにピンで突いたような穴を見つけた。玄関のドアに押しピンで留められていたのだろう、とふたりは結論づけた。

「それほど古くは見えない」スティレルが言った。

「断言はできないが」そう返したものの、ヴィスティングも同意見だった。「防犯カメラの件もこの手紙のせいかもしれない。これを受けとったあとに設置したんだろう」

ハンメルも居間に現れた。手紙を見て悪態をつく。

ヴィスティングは考えをまとめようとつとめた。手紙の主は、マッティン・ハウゲンがやったことを知る者がいると伝えようとしたのだ。

「これで決まりだ」スティレルがヴィスティングに目を据えて言った。「やましいことがないなら、この手紙のことをあなたに告げたはずだ、違いますか。思いあたる節がないなら」

ヴィスティングはうなずいた。

「厄介なことがひとつ」ハンメルが言った。

「なんだ?」

「差出人は明らかにマッティン・ハウゲンのしたことを知っています。手紙に指紋や生物学的痕跡が残っていれば身元を割りだせるでしょうが、そのためにはこれを持ちださなきゃならない。だが、そうするとここに入ったことをハウゲンに悟られる」

ヴィスティングはハンメルに手紙を預け、ポケットから証拠品袋を出して広げながら「持ち帰ろう」と告げた。「ハウゲンが当分のあいだ手紙を取りだそうとしないほうに賭けるとしよう。もしも気づかれたら、自分がなくしたと思ってくれるよう祈るしかない」そう言って、封筒用の証拠品袋も取りだした。

「それにしても解せない」ハンメルが言う。「脅迫状に新聞の切り抜きが使われたことは公表されていないはずです。ということはつまり、警察と誘拐犯、それからこの手紙の差出人しか知らないことになる」

「ナディアの家族も知っている」スティレルが指摘した。「二十数年のあいだに口外したことがあったかもしれない。それに先週《VG》にも伝えた」

「しかし、新しく指紋が出たせいでハウゲンが被疑者になったことは知らないはずでは？」ハンメルが食い下がる。

　スティレルは肩をすくめた。「結論に飛びつくのはまだ早い。この手紙が無関係な可能性もあります。差出人の示唆しているのが別のことだという可能性も。それこそハウゲン自身が作成したとも考えられる。新たになにか企んでいるのかもしれない」

　どれも違うとヴィスティングは思った。「先週、何者かの姿を見た。カタリーナが失踪した日と同じ十月十日、夜遅くにここへ来てみたんだ。相手は物陰に隠れていたようだが、こちらが気づいたと知って森へ逃げこんだ」

「そのとき、戸口に封筒は？」

　ヴィスティングは首をひねり、玄関へ戻った。戸口を出てドアに向きなおる。中央に小さな磨りガラスが嵌められ、その下の板に押しピンかなにかで手紙を留めたような小さな穴がある。

「十日には封筒はなかった」ヴィスティングは断言した。

「なるほど」スティレルは言い、証拠品袋二枚を受けとった。「技師に預けてラボへ届けさせます。なにか手がかりが見つかるかもしれない」

　ヴィスティングはキッチンに戻り、残りの手紙の束を抽斗にしまってから三段目をあけた。雑誌とクリスマスカードの束が収められている。カードをぱらぱらとめくった。ポシュグルンに住むおばやおじから来たもので、毎年同じような文面が記されている。楽しいクリスマスと新年をという時候の挨拶に、短いメッセージが添えられたものだ。彼らからの誕生日カードも二、三挟まっている。マッティン・ハウゲンの交友関係の狭さを示す、もの言わぬ証人たちだ。

束の下のほうへいくほど紙がこわばり、黄ばんでいる。最後のあたりに、ほかのものとは形の違う、正方形に近い封筒が見つかった。カードを取りだしてみると、そこにリーネとトーマスの写真が現れ、はっとした。堅信式に贈られた祝い金の礼状だ。十五年もまえのものだが、一年にいくらも増えないカードの束の底に大事に保管されていたのだ。

そうやって他人の家の抽斗をあさることが、許されざる冒瀆に思えた。リーネとトーマスは堅信式に家族や友人たちから贈り物をもらった。マッティン・ハウゲンもそのひとりだったのだ。

ヴィスティングはカードの束を元に戻し、抽斗を閉じた。

さらに三十分、ほかの抽斗や戸棚を調べてまわり、窓台の青い水差しや冷蔵庫の上のボウルのなかまで念入りに覗いた。居間にいる技師はノートパソコンのほうの作業を終え、客用寝室に入ってデスクトップのデータをコピーしている。

キッチンカウンターの上の食器棚には、短いメッセージ入りの陶器のマグカップが六個並んでいる。ヴィスティングは爪先立ちになり、ひとつを手に取った。〝最高のときをコーヒーとともに〟。カップに積もった油まみれの埃(ほこり)の塊がシンクに舞い落ちた。痕跡を残すまいと、それを尻ポケットに押しこんだ。

マグのなかには外国の硬貨がひと握りほど入っていた。それを元の場所に戻し、ふたつ目のマグを棚から下ろす。〝長い人生、コーヒーで幸せに〟。カップの底に入った鍵を二本の指でつまみあげた。べたついた金属が使い捨ての手袋にへばりつく。長年そこに放置され、コンロの油煙がこびりついたのだろう。刻印の類いはないが、形と大きさから見てドアか大型の南京錠(なんきんじょう)の鍵らしい。

それも元に戻し、次のマグを覗いた。こちらは空で、残りの三つも同様だった。

「動きだした！」

客用寝室で声があがった。

一同はタブレット端末を手にした技師のまわりに集まった。赤い点が高速18号線沿いを南下している。

「接続が切れていました。動きだしたのは十七分前です」

ヴィスティングは時計を確認した。マッティン・ハウゲンの終業時刻までまだ二時間あるはずだが、画面上の赤い点はこちらへ向かっている。

「なら、ものの十分で着くってことだ」ハンメルが言う。

デスクトップのデータ移行作業はまだ続いている。

「あとどれくらいだ?」スティレルが訊いた。

「十分ですね」もうひとりの技師が答える。

「わかった。発信機のデータは正確か? 現在地を把握できていると断言できるか」

タブレットを手にした技師がうなずく。

「では、車が高速18号線を降りた時点で作業を止めてくれ」スティレルは振り返ってヴィスティングとハンメルに言った。「到着時の状態に復旧し、置き忘れがないか確認してください——手袋も、証拠品袋も、なにひとつ残さないように。それがすみしだいヴァンへ引きあげます」

ヴィスティングはキッチンに戻り、各所を確認した。すべて元のままだ。外のヴァンへ向かい、ハンメルとともに乗りこんだ。スティレルはまだ戸口にいる。時計を確認すると四分が経過していた。カタツムリの歩みのように一分が過ぎ、さらに一分が過ぎた。七分後、技師のひとりが戸口に現れた。前庭を突っ切り、運転席に乗りこんでエンジンをかけ、道具を手にドアの施錠に戻る。そこへようやくスーツケースとコンピューターを抱えたもうひとりの技師も現れた。

そのとき、家の外壁のそばで黒っぽい影が動いた。「猫だ!」ヴィスティングはうめいた。

階段をのぼった猫は閉じかけたドアの隙間から室内へすべりこんだ。ヴィスティングはヴァンを飛びだし、玄関へダッシュした。

運転手役の技師に追われた猫が濡れた足跡を点々と残している。それをたどって居間へ入る。「おーい、出ておいで」姿が見あたらないのでそう呼びかけた。しゃがみこんでテーブルの下を覗くと、ソファの裏に一対の目が見えた。近づくと、猫は飛びだしてきてキッチンへ逃げこんだ。

ヴィスティングは技師とあとを追った。猫は椅子の脚のまわりを一周してから、テーブルの下の真ん中あたりにもぐりこんだ。

おびき寄せようと呼びかけたものの、知らんぷりだ。しのび足で近づく技師をするりとかわし、また居間へと飛びだした。

さんざん追いかけまわしたあと、ようやくヴィスティングが猫を捕らえ、激しく抵抗されながら外へ連れだした。技師がかがみこみ、上着の袖で床の足跡を拭う。それから玄関ドアを閉じ、道具を用いて施錠した。ヴィスティングは猫を放してから荷室へ飛び乗り、スライドドアを閉じた。スティレルは助手席にすわり、技師も運転席に乗りこんでヴァンを出した。

「現在位置は？」スティレルが訊いた。

「まだ高速18号線です」タブレットを手にした技師が答えた。「高速を降りずに直進しています」

「ということは、帰宅するつもりじゃないのか」

技師が首を振る。「テレマルクへ向かっています」

車ががたつきながら表の通りへ出たとき、ヴィスティングはスタイナル・ヴァスヴィクの家に目をやった。人の気配は見あたらない。

「必要なものはすべて入手できたか」スティレルが訊いた。

技師がうなずいてスーツケースを示した。「ハードディスク二台分のデータを。午後にコピーして見てもらえるようにします」

ヴィスティングはハウゲンのピックアップを追跡中のタブレットを受けとった。赤い点はヴェストフォル県とテレマルク県の県境をすでに越えていた。

32

リーネは速度計に目を落とした。考えに耽っているとつい速度を緩めがちになる。

いまもそうだった。速度計の針は時速九十キロあたりを指している。アクセルを踏みこんだものの、大型のピックアップ・トラックが横から追い越していった。

インタビューの約束が二件入っている——ひとりは《ポシュグルン・ダーグブラ》紙記者のガイル・インゲ・ハンセン、もうひとりが警察官のキッティル・ニーストランで、こちらは四時から勤務だと告げられている。

制限速度いっぱいで走行しているにもかかわらず、さらにもう一台に追い越された。一定の速度を保って走り、高速18号線を降りてポシュグルン市街を目指した。新聞社の陰気な灰色の社屋は鉄道通り（ヤルンバーネ）にあり、ナビの助けなしでも鉄道駅の向かいに見つかった。来客用駐車場は満車だったが、すぐ近くの細い通りにスペースがひとつ空いていた。二時間は無料で駐車できる。

三十分ほど早く着いたので、レコーダーを取りだして導入部を録音することにした。

「これからわれわれが訪ねようとしているのは《ポシュグルン・ダーグブラ》紙——地元では略して《PD》紙——の編集部です」とリーネは話しはじめた。ダニエルはいないが、〝われわれ〟という代名詞がふさわしい気がした。自分とリスナーが〝われわれ〟だ。

「《PD》はポシュグルンとバンブレ地域を対象とした小さな地方紙です。週五日発行、発行部数は三千部あまり。ガイル・インゲ・ハンセンはここで四十年以上にわたり記者を務め、大小問わずさまざまな事件を担当してきました。とくに力を注いだのがナディア・クローグ誘拐事件です」

リーネはレコーダーをオフにし、バッグにしまった。ガイル・インゲ・ハンセンを探しだせたのは幸運だった。電話で連絡をとった際にも熱心に話を聞いてくれた。ハンセンが最後にナディアの記事を書いたのは一年前、事件発生からちょうど二十五年にあたる日のことだという。事件に新たな注目が集まることをハンセンは歓迎し、《VG》紙があらためて特集を組むにいたった理由を知りたがった。リーネは再捜査の開始を告げずにおいた。それを公表するのは金曜日だ。代わりにポッドキャストの件を強調してごまかした。

約束の時刻までまだ二十分ある。時間つぶしに、ナディアの恋人のローベルト・グランの供述調書に目を通した。アドリアン・スティレルを通じて連絡をとり、土曜日にローベルトに対面することになっている。どんな話が聞けるかと待ちどおしかった。ナディアが消えた夜の行動についてローベルトは二度も供述の内容を変えていて、嫌疑をかけられたのは妥当に思えた。なにをどう尋ねるか、慎重に吟味する必要がある。

二時五分前、車を降りて新聞社の社屋に向かうと、正面玄関にコーヒーのマグカップと煙草を手にした男性が待っていた。ガイル・インゲ・ハンセンの写真はインターネットで確認してあったので、すぐに本人だとわかった。

相手のほうも同じように検索したらしい。笑顔になって最後に煙草をひと吸いし、灰皿で火を揉み消した。

リーネはレコーダーをふたたびオンにして相手に近づいた。握手をすると自分の手が小さく感じられた。

「《PD》へようこそ」ベテラン記者は言った。「上へ行こう」

リーネを案内して二階へ上がり、小さなキッチンの前に来ると、ハンセンはカップにコーヒーのお代わりを注いだ。リーネは水をもらい、狭苦しい編集部へ足を踏み入れた。

リーネに客用椅子を勧めてからハンセンも向かいにすわり、テーブルを片づけた。

「ナディア・クローグ誘拐事件のことだったね」ハンセンは考えをまとめようとするように話しだした。「四十二年記者をやってきて、インタビューを受けるのは初めてだよ」

リーネは微笑んだ。通常は記者が記者に対してインタビューをしても、ニュースとしての価値はほとんどない。

「最初に事件を知ったときのことを覚えていますか」

「当初は誘拐じゃなく、行方不明者の扱いだったんだ――ティーンエイジャーがパーティーから戻らないという、よくある類いの。捜索がはじまった時点でわれわれも注目した。警察や赤十字やボランティアの姿を見て、世間の関心も高まりだしたからね」

ハンセンの目がレコーダーに向けられる。それが気になり、考えを口にするのを逡巡しているようだ。

「警察が動きだしたのは早かった」結局話すことにしたらしい。「通報したのがヨアキム・クローグだったこともあるだろうが、ナディアが恋人や親友の家に泊まらなかったことがすぐに判明したせいもある。それどころか、パーティーを途中で抜けていたんだ。なにか起きたのは明白だった」

ベテラン記者はまた言葉を切った。「恋人の男が逮捕されたのは劇的な展開だった。最初は虚偽の供述をした疑いで拘束され、続いて殺人の容疑が加えられたんだ。わたしにとっては初めての大事件でね。勾留質問の様子をよく覚えているよ。あんなに大勢の報道陣を見たのも初めてだった。だが連れてこられたローベルト・グランは、周囲をまるで気にしていないようだった。冷ややかな薄ら笑いを浮かべていてね。黒い目で前を見据えたまま」

携帯電話が鳴った。ハンセンはポケットからそれを取りだし、画面を確認して着信を切った。

「そこから事態は急展開した。ナディアの失踪からほぼ二週間後、警察が記者会見を開いたんだ。恋人が自供したか遺体が発見されたかのどちらかだろうと思った。あるいはその両方か。だがまるで違っていた。署長は口を開くなり、一週間前にナディア・クローグの誘拐犯を名乗る者から接触があり、身代金を要求されたと告げた。まさに青天の霹靂だったね。会見室は爆発でも起きたあとみたいに静まり返った。一瞬後にはシャッターの嵐さ」

ハンセンはコーヒーを口に運び、音を立てて飲んだ。「そのあとは知ってのとおりだ。恋人は釈放。ナディアは見つからずじまいだ」

「地元民の意見はどうでしたか」

「みんなわけがわからずにいたんじゃないかな。最初はむろん怯えていた。若い娘が行方不明になったんだから。恋人が逮捕されたときはショックを受けたものの、幾分安堵もしたはずだ。誘拐の件が報じられると、誰もが混乱したと思う。ナディアの父のヨアキム・クローグは評価の分かれる存在だった。いまもそうだが。事件の原因がヨアキムだと考える者も多かったんだ。事業のリストラの最中で、事件発生時は製材所を閉鎖したばかりだった。誘拐は元従業員の復讐だと考える向きもあった。長年働いてきた者たちが百人近くも解雇されたんだ。父親や祖父の代からの従業員もいた。だが復讐が目的だったなら、犯人の思惑は外れたと言うべきかもしれない。誘拐で同情が集まり、娘の事件以後リストラの件でヨアキム・クローグを非難する者はいなくなったから。政治家もすっかり大人しくなった。ヨアキム・クローグがその状況を商売に利用しているとの批判もあるにはあった。ナディアの身代金など、巨万の富に比べればはした金ではないかという声も。それでも、嘆き悲しむ父親に対し、表立って抗議や反対の声をあげようとする者はいなかったんだ」

ガイル・インゲ・ハンセンは取材時の様子を語りはじめた。アイダンゲルフィヨルドでダイバーによる捜索が行われた現場にも足を運び、ナディアの遺体が埋められているという〝霊能者〟の主張に基づいて森が掘り返された際にも駆けつけたという。よその町や国でナディアを見たという人々も現れた。謎は混迷を深める一方だった。

インタビューの最後に、記事に使えそうな証言や話を聞けそうな人々の名前を入手した。

リーネは録音が成功したことをたしかめてから、レコーダーの電源を切った。ハンセンがリーネを見送ろうと腰を上げる。

「自分としては、恋人が怪しいと思う」

「なぜです?」

「勘、かな。あの男にはなにかあった。なにか妙なところが」

「でも、脅迫状の件は？　彼の勾留中に届けられたわけでしょう」

「脅迫状くらい誰にでも送れたさ」

「誰にでも？　ローベルト・グランには無理でしょ？」

「だが、やつを助けようとした誰かがやったとしたら話は簡単だ。実際、ローベルト・グランの釈放後、誘拐犯からの連絡は途絶えたわけだしね」

「封筒には写真が同封されていましたよね」リーネは反論した。「ナディアと弟の。失踪時にナディアが財布に入れていたものです」

ハンセンは肩をすくめ、笑顔を見せた。「たしかにね。誰にでも送れたというわけじゃない。送ったのは共犯者だ。ナディアの身になにがあり、どこにいるかを知っていた人物だろうな」

リーネはレコーダーを切ったことを悔やんだが、だからこそハンセンは事件に対する私見を述べる気になったのだろう。

ハンセンは煙草を一本抜き、口の端にくわえてリーネを階下へ案内した。

「でも、誰が協力なんてしたと思います？」屋外に出るとリーネは訊いた。

「それはわからない」ハンセンは認め、煙草に火をつけた。「わかっているのは、ローベルトがいまも母親と実家で暮らしているということだ」

最後に聞いたその言葉が、車に戻る途中も耳のなかで響きつづけていた。

おかげでナディアの恋人に会うまえに、新しい切り口が見つかった。

その考えは車に戻ったとたんに吹っ飛んだ。フロントガラスに黄色い違反切符が貼られている。悪態が口からこぼれた。また罰金だ。

一週間で二度の罰金。リーネは運転席にどさっと腰を下ろし、苛立ちと落胆と悔しさをこめて黄色い切符を助手席に叩きつけた。エンジンをかけて腹立ちまぎれにアクセルを踏み、駐車スペースからバックで車を出した。

キッティル・ニーストランとの待ち合わせ場所へ向かう途中、トーマスに電話をかけた。アマリエは機嫌よくやっているという。来年からは保育園に入れることになっているから、仕事のたびにアマリエを誰かに預ける必要もなくなる。

また早めに着いた。キッティル・ニーストランは四時から勤務で、待ち合わせの時間は四時半だ。日中はほぼ晴れていたが、また雨が降りだした。

ワイパーで雨粒を拭うためにエンジンをかけたまま、リーネはレコーダーをオンにした。

「わたしはいま、ポシュグルンのオーラヴスバルゲ・キャンプ場にいます。オフシーズンのためキャンプ場は休業中で、シャワー棟と入り口近くの黄色い売店の屋根にわずかに明かりが見えるだけです。二十六年前、ゴミ袋に入れられた三百万クローネがこの売店の裏に置かれました。詳細はまもなくキッティル・ニーストラン巡査部長に伺います」

話し終えるのと同時に、パトカーがその場に現れた。約束の時間より十分近く早い。

車はリーネの車に並んでとめられ、窓ガラスが下げられた。

「あんたが約束の人？」運転席の男が訊いた。その銅鑼声が風貌によく似合っている──短く刈った硬い髪、高い頬骨、力強い顎。「こっちに移るといい」

リーネは礼を言い、レコーダーを持ってパトカーへ移った。やりとりを録音すること、その一部をポッドキャストに使う可能性があることは事前に告げてある。

リーネは質問をはじめた。「事件との関わりを教えてください」

「当時は麻薬捜査班の所属で、監視任務専門班の一員だった。ある日の午後、班長室に集められた。木曜日だ。簡単に状況説明を受けた。ナディア・クローグが誘拐され、家族のもとに脅迫状が届いたとのことだった。指定された身代金の受け渡し場所はここで、金は黒いゴミ袋に入れて売店の裏に置かれることになっていた。われわれはヨアキム・クローグより先にここで待機するよう指示された」

「その後の計画は？」

「ヨアキム・クローグは娘の身代金を自分で運ぶと主張した。われわれの役目は身代金の監視だった。介入は厳禁、見張るだけだ。通りかかったキャンプ客が好奇心で袋をあさったりしないかぎり」

警察無線に通信が入った。キッティル・ニーストランは音量を下げた。

「キャンプ場の従業員にはなにも知らせていなかった。経営者には麻薬事件絡みの監視任務だと説明した。当時はこのすぐそばを高速18号線が通っていたから、交通量もまだ多く、なにかと事件も起きたんだ。予定では身代金を犯人に回収させ、追跡することになっていた。オスロからの応援も加え、監視チームは三班に分けられた。二班が十二時間交代で監視にあたり、一班が休憩をとるという形だ。総勢十八名が車とバイクで待機し、ガイテルリッゲン空港には飛行機も用意されていた。わたしは配管業者の車両にカムフラージュしたヴァンに乗って、このあたりにいた」

「それで、なにがありました？」

「なにも」巡査部長はため息をついた。「問題は、犯人が脅迫状に受け渡し時刻を指定していなかったことなんだ。身代金の置き場所が書いてあっただけで。結局金は回収されず、犯人からの連絡も途絶えた。その週末いっぱいで人員を減らし、翌週末前には監視任務が切りあげられた。身代金とともに署に引きあげたんだ」

大型トラックが通過し、リーネは騒音がやむまで待った。「その前後に似たような事件を経験したことはありますか」

「ないね」

「なにが起きたか、仮説を立ててみることはあります？」

「ああ、山ほど。だが、どれも真相には結びつかずじまいさ」

33

通信傍受室のコンピューターに位置情報画面が表示されている。マッティン・ハウゲンのピックアップを示す赤い点は、ポシュグルン市街の少し手前で停止している。高速18号線を降りて二、三百メートルの位置だ。

ハンメルが画像を地図から航空写真に切り替えた。車がとまっているのは工業地帯だ。広大な採石場がひときわ目を引く。すでに雑草に覆われ、上空から見下ろすと、大地に刻まれた傷痕のように見える。

「店舗の外にとまっています」ハンメルが所番地を確認した。「〈モンテール建材店〉。そんなところでなにを？」

「ナディア・クローグはそこから数キロのところで姿を消した」スティレルが指摘し、画面を指差した。「この採石場も捜索されています」

「誰かと通話は？」ヴィスティングはハンメルに訊いた。

「いや、でもGPSのデータによれば、携帯はピックアップと同じ場所にあります」

「車を追うべきだった」スティレルが言う。「そうすれば、なにをしているか確認できた」

「シャベルでも買ったとか?」とハンメル。

その瞬間、赤い点が動きだした。三人はポシュグルン方面へ向かう車を黙って見守った。車は市街地を抜け、ヴェストシーデン方面への橋を渡ってから西へ折れた。

「山小屋へ行く気だ」ヴィスティングは言った。

ハンメルが椅子をまわし、ヴィスティングに向きなおった。「こいつは怪しい。長いあいだご無沙汰だったくせに、いきなり仕事を早退してまで出かけるなんて」

ヴィスティングは返事をせず、空いた椅子にすわった。

赤い点はヒーレビグダの森林地帯を進み、十分ほどして本道を外れ、停止した。

「柵があるんだ」

ハンメルが航空画像をズームすると、森のなかをうねるようにのびる細い道が確認できた。赤い点は速度を落として進み、十分後にまた停止した。

「そこが山小屋だ」ヴィスティングは細長い湖のほとりに建つ小屋を示した。「道は途中で切れていて、最後は徒歩になる」

「座標は?」スティレルが訊く。

ハンメルが小屋の画像をクリックし、緯度と経度を表示させた。

「ヘリコプター・サービスに電話します」スティレルは携帯電話に登録された番号にかけた。「現在、殺人事件の捜査対象者をGPSで追跡中です。上空を飛んで被疑者の様子を確認してもらえますか」

可能だと応答があったらしく、スティレルが座標を告げた。

「撮影も可能ですか」そう尋ね、相手の返答をメモに取って通話を切った。

「どうです？」ハンメルが訊いた。

「シーエンのアグデルでの業務を終えたところで、クリスティアンサン空港に給油に戻る途中に通れるそうです。四十五分後に上空を通過します」

「生の映像も見られるんですか」

スティレルはメモを一枚破り、ハンメルに渡した。「ここにログインを」

ハンメルがヘリコプターからの映像をストリーミング受信するためのウィンドウを開く。三人はなにも映っていない画面を見つめた。

「やつがふたりを手にかけたんでしょう」ハンメルはそう言ってポケットから嗅ぎ煙草の箱を出した。「ナディアとカタリーナの両方を。ふたつの失踪事件の接点はマッティン・ハウゲンだけだ」

ヴィスティングも幾度となく同じ思考を経てきたが、同じ結論には達していない。カタリーナが消えたとき、マッティン・ハウゲンは別の地方に、片道八時間の距離を隔てた場所にいたのだ。

ふたつの事件の関連や犯行動機についてめいめい意見を述べあったものの、ヴィスティングにはどの仮説も荒唐無稽に思えた。

ヘリコプターからの映像が突然画面に映しだされた。少し乱れが生じたあと、上空から見下ろす角度で撮影された森が現れた。雨のせいで灰色の膜に覆われたように画面がぼやけ、地上の様子ははっきり見てとれない。

ヘリコプターから電話が入り、スティレルは通話をスピーカーに切り替えた。

「二分ほどで対象の上空を通過します」パイロットが告げた。背後ではコックピットの騒音が絶え間なく響いている。「南南東から高度六百メートルで接近し、五百メートルまで降下しますが、気づかれるのを避けるにはそれが限界です。それでよろしいですか」

「ええ。カメラをズームすることは？」

「対象が確認できしだいカメラをロックオンし、それからズームインします」

少しのあいだ回線にノイズが交じったあと、パイロットの声が戻った。

「あと六十秒」

画像が上方へ回転し、ヘリコプターの前方が映しだされる。

「四十秒」

カメラがふたたび地上に向けられ、画面の右端に細長い湖が現れた。

「見えますか」パイロットが訊いた。スティレルが見えると答える。

小さくひらけた場所に建つ小屋が現れると、カメラがそちらへ据えられ、ズームインされた。視界はやはり雨で灰色にぼやけている。

「屋根に動くものが」パイロットが告げた。

「やつだ！」ハンメルが画面を指差して叫んだ。

映像が大写しになる。小屋の壁に梯子が立てかけられ、誰かが屋根の上に立っている。修理を中断して片手を目の上にかざし、ヘリコプターを見上げているようだ。

その姿が徐々に小さくなり、やがて男も小屋もトウヒの森に呑みこまれた。

「もう一度上を飛びますか」パイロットが尋ねた。

ヴィスティングは首を振った。スティレルがパイロットに礼を言い、電話を切った。

ハンメルが映像を早戻しし、屋根の上の男が映った状態で静止させた。

「収穫なしか」

「それは見方による」スティレルが言った。

ヴィスティングも同意した。「屋根は先週修理したと聞いていた。それが嘘だと証明されたわけだ」そう言って静止画像を指差した。「こうやって辻褄合わせをしているんだ。週末に山小屋へ行ったとき襤褸（ぼろ）が出ないように」

34

リーネは地下に用意した仕事部屋を滅多に使わない。ソファに寝そべってノートパソコンを膝に置き、テーブルや床にメモを広げて作業するほうが都合がいいからだ。そこに陣取っていれば、ベビーモニターを使わなくてもアマリエが目を覚ましたのがわかる。

トーマスが安楽椅子にかけてテレビのドキュメンタリー番組を見ているが、その音は気にならなかった。ドアをあけ放った寝室にいるアマリエもぐっすり眠っている。

ポッドキャストと連載記事の準備は予想よりもスムーズに進んでいた。明日はオスロでクリポスのアドリアン・スティレルにインタビューしたあと、上司に進捗状況を報告する。残りの一日は仕上げ作業に充てる予定だ。

目の前の画面にはナディアの恋人ローベルト・グランの資料が表示されている。アドリアン・スティレルからメールで送られたもので、連絡先と来歴が記されている。本当は機密事項なのだろうが、正確な情報をもらえるのは手間が省けてありがたい。

ガイル・インゲ・ハンセンから聞かされたとおり、ローベルト・グランは母親と実家暮らしだった。住所はスロッツブル通り、ポシュグルン中心部から目と鼻の先だ。ただし、ずっとそこに住んでいたわけではなく、過去には同棲していた女性がふたりいて、子供もふたりもうけている。彼らの名前、生年月日、住所も記載されている。直近の転居記録によれば、ふたり目の女性と三年前に別れたのち実家に戻ったらしい。両親はナディア・クローグ誘拐事件の二年後に離婚し、父親は再婚している。父親の名前と住所も明記されている。母親のほうは独身のままだ。

ローベルト・グランはナディアの一歳年上だった。ナディアが高校に入学したとき、一年上級のローベルトとの交際がはじまった。現在は四十四歳、建材店の物流管理者として働いている。年収も記載されている。

警察がローベルトを最初に事情聴取したのは九月十九日土曜日の午後一時四十五分、ナディアがパーティーを抜けてから約十四時間後だった。酔っていて記憶が曖昧だが、別の娘と話をしたせいでナディアが怒り、気づけばいなくなっていたと供述している。二回目の事情聴取は午後八時に行われ、廊下でナディアと言い争っていたという目撃証言がローベルトに突きつけられた。口論の途中でナディアが彼に背を向け、壁のコート掛けの上着を引っつかんで飛びだしていったという内容だ。数分とたたずローベルトがそのあとを追ったと証言する者もいた。追いかけてはいないとローベルトは否定し、酒のせいでなにも覚えていないと訴えている。しかし、ほとんど酔っていなかったという証言も複数寄せられていた。尋問のすえローベルトは虚偽の供述をした疑いで逮捕され、目撃者の立場から容疑者へと変わった。月曜日の朝、勾留質問のため裁判所に連行されている。その際ふたたび供述を変え、ナディアを追ったのはたしかだが、結局見つけられず、パーティーには戻らずに帰宅したと主張していた。

トーマスが隣の椅子から立ちあがり、空のグラスを手にキッチンへ入った。「なにか飲む?」そう訊かれたが、リーネは首を振って断った。

アドリアン・スティレルのメールには最近撮影された顔写真が添付されていた。〝掲載不可〟と但し書きがされているため、ローベルト・グランとの待ち合わせで相手の顔を識別するためのものだろう。写真の表情は不機嫌で深刻そうだが、それでもハンサムな顔立ちだ。目にはたしかに気になるところがある。黒い瞳はなにかを隠しているように見える。

最初はパスポート写真だろうかと思ったが、縦横の比率が違っている。しばらくして気づいた——おそらくは警察の顔写真ファイルに保存されたもので、下端の隅に記載されたファイル番号が切りとられているのだ。

35

ホテルの部屋のバルコニーに近づいたスティレルは、ドアをあけて新鮮な空気を入れた。ノートパソコンにつないだ外付けハードディスクのせいか室内が息苦しく感じられる。

ドアのところに立ったまま、さわやかな潮風を顔に浴びた。

ハードディスク内のふたつのフォルダーには、いずれもマッティン・ハウゲンのコンピューターのミラーイメージが保存されている。頻繁に使われているのは居間のノートパソコンのほうだが、私的なファイルは含まれていない。二台の防犯カメラに接続されたデスクトップのほうがはるかに興味深かった。ハウゲンは先週の月曜日にカメラを設置し、動体検知モードで録画を行っていた。たまに猫に反応してカメラが作動した箇所もあったが、スティレルはそれを選り分け、ハウゲンが外出してから戻った日までの人の出入りを短い映像にまとめた。木曜日にはヴィリアム・ヴィスティングの姿が録画されていた。合計三度現れ、家の表と裏いずれのカメラにも収められている。その次の記録はマッティン・ハウゲンの帰宅時のものだ。画面上部の右端に表示された時計は金曜日の午前三時四十七分を示している。同日の昼、スティレル自身とヴィスティングが訪ねた際の様子も記録されている。

スティレルはバルコニーのドアを細くあけたまま机に戻った。ハウゲンの車に仕掛けた発信機を示す赤い点にはその後も動きが見られた。日暮れまで山小屋に位置していたが、やがて細い私道をゆっくりと引き返し、ラルヴィク方面へ戻りはじめた。ここ三十分はポシュグルン郊外のヴァレルミレーネに停止している。地図によれば軽食堂のある場所だ。ハウゲンはそこで食事をとり、帰宅するつもりだろう。

防犯カメラのおかげで時系列が明確になった。マッティン・ハウゲンは水曜日の十一時二十三分に家を出、四十時間後の金曜日未明に帰宅した。家を空けるまえに新しいパスポートを申請し、防犯カメラを購入している。そのすべてが匿名の手紙に関係していることは容易に推測できた。〝あのことを知っている〟。あの手紙がハウゲンを怯えさせたのは明白だ。スティレルはその結論に満足した。怯えた人間は理性を失う。

疲労を覚え、両目を押さえた。ゆうべは睡眠三時間、今夜も瞼の重さは感じるものの、それより長くは眠れそうにない。疲労と眠気は別物だと気づいてからずいぶんになる。

机の前にすわったまま、タブレット端末の赤い点の動きを見守った。二十分ほどして、車はクライヴェル通りのハウゲン宅の外にとまった。スティレルは携帯電話を出し、マッティン・ハウゲンの帰宅を告げるメールをヴィスティングに送信した。

36

携帯電話がふたたび振動し、ヴィスティングはそれを手に取った。今回もアドリアン・スティレルからのメールで、一通目よりも文面はやや長かった。ハウゲンのコンピューターのミラーイメージを調べた結果、防犯カメラの映像からハウゲンが四十時間家を空けていたことが判明したという。

ヴィスティングは〝ＯＫ〟と短く返信し、居間の椅子から腰を上げてキッチンへ向かった。じっとしていられず、トーマスがカウンターの上に出しっぱなしにしたパン切り台とナイフを片づけた。

マッティン・ハウゲンは人に言えない理由で家を空け、上司にもヴィスティングにも嘘をついた。

発信機によって所在は完全に把握しているが、先週行った場所を知ることはできない。いや、方法はひとつある。

ヴィスティングはポケットから電話を出し、スティレルにメールを送った。〝先週の移動履歴を〟

これだけでスティレルは理解するはずだ。携帯電話の移動履歴を確認すれば、空白の四十時間のあいだにマッティン・ハウゲンが誰と会い、どこにいたかが割りだせる。

即座に返信があった。〝確認中〟

〝あのことを知っている〟――わずか十文字がマッティンを行動に駆りたてたのはほぼ間違いない。ナディア・クローグ誘拐事件の脅迫状を思わせる匿名の手紙を受けとり、いても立ってもいられなくなったのだ。

だが、手紙の主は何者で、なにを知っているのか。

ヴィスティングは居間に戻った。警察署から〝インゲル・リーセ・ネス〟と記されたリングバインダーを持ち帰ってある。マッティン・ハウゲンを最もよく知る人間は彼女ということになるだろう。マッティンがカタリーナと出会う以前に、何年かのあいだ生活をともにしていたのだから。ただし、インゲル・リーセ・ネスの証言を参考にする場合、精神状態を考慮に入れる必要がある。

インゲル・リーセ・ネスの行動のうち、カタリーナとマッティンに最大の打撃をもたらしたのは郵便物を盗んだことだった。そのためにローンの返済が滞り、債務不履行による差し押さえの危機に陥ったのだ。ヴィスティングはインゲル・リーセ・ネス宅のチェストから発見されたカタリーナの持ち物のリストを手に取った。そこに挙げられた保険会社からの通知書の日付は一九八七年九月二十一日となっている。ナディアが失踪した翌週の月曜日だ。つまりインゲル・リーセ・ネスは、ナディアが誘拐犯に囚われている期間もハウゲン家の郵便箱をあさっていたことになる。

尋問の結果、インゲル・リーセ・ネスは嫌がらせをした事実を認め、警察はそれをマッティン・ハウゲンに対する怒りと苛立ちによるものだと考えた。〝あいつがどんな男か知らないくせに〟と調書には記録されている。〝あいつがなにをやったかも。わたしがなにを知っているかも〟。当時その供述は自己弁護と責任転嫁を意図したものとみなされた。だがここへ来て、本当になにか知っていた可能性を考慮する必要がでてきたようだ。

37

未解決事件班はオスロ東部に位置するクリポス本部の六階にある。アドリアン・スティレルの自室はいまだに殺風景なままだった。リングバインダーが並んだ書棚が二、三に、事務机と椅子、その上にコンピューターがひとつあるきりだ。

そこにすわって過ごす時間も長くはなかった。CCGでの職務上、未解決事件が発生した場所の所轄警察署へ赴く機会が多いためだ。リーネ・ヴィスティングとの約束がなければ、今日もここへ来てはいなかった。ラルヴィクで会ったほうが当然双方にとって楽で便利ではあるが、自分が現地に滞在していることをリーネには伏せておきたかった。

十一時五分前、受付からリーネの到着を告げる電話が入り、スティレルは一階に下りた。リーネはバッグを肩にかけ、レコーダーを手にしていた。電源がオンにされているとは知りながら、スティレルはそれには触れず、歓迎の言葉をかけた。

身分証をカードリーダーに通し、暗証番号を入力するあいだ、リーネはその音を捉えるためにレコーダーを掲げていた。ドアがふたりの背後で閉じると録音は停止された。

「進み具合は？」エレベーターを待ちながらスティレルは訊いた。

「順調です。ほぼ予定どおり。あなたには、ナディア・クローグ事件の再捜査を決めた理由を伺うつもりです」

エレベーターの扉が開き、なかへ乗りこんだ。すぐそばに立つリーネから甘い香水がかすかに香った。夏を思わせるにおいだ。

オフィスへ向かう途中に小さなキッチンで水差しとグラスを二個調達した。コーヒーを勧めたが、リーネは断った。ふたりはスティレルの個室へ入って腰を下ろした。リーネはさっそく手帳を取りだし、スティレルが水をグラスに注ぐより早く録音を再開した。

「ナディア・クローグ誘拐事件の再捜査をはじめたのはなぜでしょう」

前々から予期していた問いではあるが、本当の理由を明かすのは避けたかった。脅迫状からマッティン・ハウゲンの指紋が検出されたことは、ここぞというときの切り札にしたい。

「ナディア・クローグ誘拐事件が異例なものだからです。ノルウェーの犯罪史上類を見ない事件であり、警察や、家族や、地域社会全体にとって、膿（うみ）が溜（た）まった腫れ物のような存在となっています」

こんなものはその場しのぎのごまかしであり、政治家顔負けの欺瞞であり、地元の警察署長から長々と聞かされる類いの戯言だ。当然、リーネ・ヴィスティングが納得するはずもない。

「異例というのは？」と食い下がる。

「このような誘拐事件は稀なものです。滅多に起きるものではない。ほかの国か、ほかの大陸にしか、似たような例は見つからない」

「だから未解決のままなんですか」リーネが突っこむ。「この国の警察の手には負えないと？」

ここは慎重な返答が必要だ。過去に行われた捜査に対してどのような見解を持っていようと、ＣＣＧが当時の同僚たちの仕事を批判することはクリポス局長から厳禁されている。

「当時、ナディア・クローグ事件の捜査は最優先で行われました。一流の捜査員が事件を担当しています。失踪事件すべてに言えることですが、検証すべき犯行現場がないことが捜査を難しくした要因です」

やりとりはさらに続いた。ＣＣＧの創設と組織構成について、技術と機材の目覚ましい進歩と難事件解決に果たす役割について。

「ただし、科学的証拠やDNAは重要ではありますが、多くの場合解決のきっかけとなるのは新たな情報提供です。心当たりのある人は、ぜひお話を聞かせていただければと思っています」

うまい具合に話を締めくくることができた。スティレルは満足し、レコーダーを止めるよう手で合図した。

「心当たりのある人とは？」リーネが録音を続けたまま訊く。

スティレルは返事をしなかった。リーネは試すように数秒の間を置き、やがて録音を切ってレコーダーをバッグにしまった。答えをもらえるなら文字どおりオフレコにするというアピールだ。

「もっとなにかつかんでいるんでしょ」返事を待ちかねてリーネが続けた。「心当たりのある人が口を開くのを待っているだけなんて、捜査方針としてお粗末では？」

「口を開くように〝仕向ける〟と言うべきかな」スティレルはそう訂正し、うっすら笑った。

「ローベルト・グランにはまた聴き取りをします？　ナディアの恋人の」

「すでにすませた」

「こっちは土曜日にインタビューする予定です」

「ああ、手配したから知っている」

「たしかに。彼について事前に知っておくべきことがあるかと思って」

「たとえば？」

「そうね、犯罪歴は？」

スティレルはうなずいた。

「罪状は？」

「軽いものとは言えない」ためらったのち、答えた。「暴行罪で有罪になった」

「相手は？」

「元パートナーだ。現在も接近禁止命令が出ている」

リーネの頭が猛然と回転をはじめたのがわかった。次々に浮かんでくる問いを整理し、最初に訊くべきことを選んでいる。

「そうなると、事件の見え方が変わってきません？　パートナーに暴力を振るったわけでしょ。そんなことをする人間なら、いちばんの容疑者になるのでは？」

もっともな指摘だが、そちらには注目していない。追っているのは別の線だ。

「危険に足を踏み入れていることを心しておいてもらいたい。犯人は野放しのままだ。取材を続ければ、そのうち相手と対面する可能性が高い。インタビューを中止することを選んだとしても責めはしない」

リーネは首を横に振った。「そんなのお断り。ただ、事前にできるだけ情報をつかんでおきたいんです」椅子を引いて腰を上げたが、立ち去ろうとはしない。「彼が容疑者なんですか。再捜査の対象はローベルト・グラン？」

スティレルはすぐには否定せず、自分の真意を相手がつかみかねるよう、しばらく間を空けた。

「いまはある線を追っている。うまくいけば、来週にはある程度明かせるはずだ。次回の記事に間にあうように。いまはまだ言えない」

新たな情報を得る約束を取りつけ、リーネはようやく納得した顔を見せた。

38

ヴィスティングのオフィスの窓からは、インゲル・リーセ・ネスの自宅が見えていた。線路脇のヒルケ通りにある一棟四戸建のアパートメントの一室で、直線距離にして六百メートルと離れていない。

会いに行くには理由が必要だ。匿名の手紙の主である可能性は十分にあるが、なにか知っているにせよ警察に話す気はないだろう。スムーズにことを運ぶため、口実を考える必要がある。それはじきに見つかった。

犯罪記録によれば、インゲル・リーセ・ネスは近ごろ詐欺罪の有罪判決を受けている。長い失業生活のあと店員の職に就いたが、職業安定所に労働時間を過少申告し、失業手当を半年間に十万クローネ近く過大に受給したのだ。九十日間の禁固刑が確定し、収監待ちのリストに入っている状況だという。

ヴィスティングは受話器を取って矯正局の番号にかけ、知り合いのケースワーカーにつないでもらった。

「お願いがありましてね」

「なんでしょう」

「有罪確定者のインゲル・リーセ・ネスのことなんですが。収監待ちの順番を繰りあげていただきたいんです」

「可能だと思います」ケースワーカーの答えのあと、静かになった回線の向こうでキーボードが叩かれる音がした。

「三週間後、サンネフィヨルに空きが出ますね。それでいかがです？」

「完璧です。できれば、収監通知をこちらへいただいて、手渡しで届けたいのですが」

「通常は郵送することになっていますが」

「署のほうへ送っていただければ、こちらから届けて、指定の日時にかならず出頭させるようにします」

インゲル・リーセ・ネスは私服刑事が収監通知を配達に来たとしても、不審には思わないだろう。

「こちらはかまいませんよ」ケースワーカーは答えた。「収監者の手引きも同封します。今日投函すれば、明後日届くはずです」

ヴィスティングは礼を言い、宛先を告げた。

39

セキュリティシステムはリーネを拒まなかった。緑のランプが点灯し、電子音が鳴って、あっさり社内へ入れた。

ナディア・クローグ誘拐事件を報じることは、担当者以外には伏せられていた。記事が印刷されるまでは、社内でもひと握りの者にしか知らされないことになっている。とはいえ人の口に戸は立てられず、すでに誰もが噂を聞きつけ、しきりに詳細を知りたがった。

リーネは質問の嵐を丁重にいなし、ダニエルの待つ上階の作業部屋に急いだ。自分よりも早くからこの企画に関わっているとはいえ、ダニエルの手際のよさには感心せずにいられなかった。準備はほぼ整っている。あとはポッドキャストの最後の編集作業と第一回の記事の仕上げを残すのみだ。金曜日の朝には《VG》の紙面とiPad版の《VG+》に掲載し、少し遅れてニュースサイトにも載せることになる。ポッドキャストは午後二時に公開予定なので、残り四十八時間だ。それがすめば第二回の準備に入る。

ナディア・クローグ誘拐事件のすべてがウェブページ上に集約されている。古い資料や写真や新聞の切り抜きがコラージュされた、ビジュアル的にも目を引くものになっている。

リーネは捜査資料のコピーの束をめくって言った。「この誘拐って、なんだか嘘っぽくない？」

「どこが？」

「誘拐犯があっさり諦めすぎよ。二通も脅迫状を送ってきて、身代金の置き場も指定してきたのに、回収しないなんて。諦めがよすぎない？」

「怖気づいたとか？」

「かもしれないけど、なんだか本気じゃないみたい」

「どのへんが？」

「昔の誘拐事件を調べてみたの。おもにアメリカの、フランク・シナトラの息子とかチャールズ・リンドバーグの息子の事件だけど、フランスとドイツの事件もいくつか見つかった。共通しているのは、脅迫状には細かい指示と警察に連絡するなという警告が書かれていること。でも、ナディアを連れ去った人物の指示はたったの一文――〝金を黒いゴミ袋に入れてオーラヴスバルゲ・キャンプ場の売店裏に置け〟」

「写真が同封されてただろ」ダニエルが指摘する。

そのコピーも目の前に置いてある。ナディアと弟がスピード写真のブースで撮ったもので、顔を寄せあったふたりが写っている。狭い場所で寄りそっているのがおかしいのか、ふたりとも噴きだしてしまっている。ナディアがいつもハンドバッグに入れて持ち歩いていたものだ。

「そんなの、たいした証拠にならない」

「警察が恋人を釈放するには十分だったけどね」

「身代金の要求は目くらましかもしれない。ローベルトを釈放させるための」

ダニエルが手を上げてさえぎった。「そこまで！　脅迫状の件は次回にお預けだ。いまはスタジオに行って、これを仕上げないと」

ふたりはスタジオに入り、ダニエルが制御コンソールの前にすわった。リーネはマイクの前に腰を下ろし、机に原稿を広げた。

「ナディアが消えた夜のことはどう表現すべきかな」

ダニエルが目を上げる。「どういうこと？」

「〝ナディアが消えた夜〟、それとも〝ナディアが誘拐された夜〟？　〝拉致された〟か〝行方不明になった〟？」

ダニエルは少し考えて言った。「ナディアが消えた夜だ。正確な表現だし、口に出して言いやすい」

マイクを通して顔の見えないリスナーに語りかけるのは、想像よりもたやすかった。原稿を見ながらも自由に話すようにすると、適度にリラックスした自然な声が出た。話しているあいだ、リーネの頭にはナディアと弟の写真のことが引っかかっていた。最後に原稿から目を上げ、目の前のマイクに据えた。

「このポッドキャストではある大きな疑問を扱う予定です。その重要性には気づいたばかりなので、これまでに取材した方々には確認できていません。ですが、警察の事情聴取ではその件について質問が行われています。たとえばリヴ・ホーヴェに対して。一九八七年九月十八日、生きたナディアを最後に見た人のひとりです。質問の内容は、ナディアは手になにか持っていたかというものです。姿を消したとき、なにかを手にしていたか。より詳しく言えば、グリンメル通りで開かれていたパーティーを抜けたとき、ハンドバッグを持っていたかということです。

捜査員たちは型どおりの質問として訊いたはずです。失踪時のナディアの服装などと同様、パーティー出席者全員に確認すべき点のひとつとして。ハンドバッグについての証言内容は人によってまちまちです。その質問がなぜ重要なのか、次回の〈ナディア・クローグの謎〉でお伝えします」

40

くたびれきったリーネはふかぶかとソファに身を沈めた。長い一日だったので、トーマスがいてくれるのがありがたかった。帰宅したときにはすでにアマリエを寝かしつけ、リーネのためにベーコンとブリーチーズを加えたチキンサンドを用意してくれていた。

「わたしたち、テレビに出てるシェフと親戚だって知ってた？」リーネはサンドイッチにかぶりついた。

「誰と？」リモコンを手にしたトーマスが目を輝かせた。「ジェイミー・オリヴァーとか？」

「違う。ノルウェー人よ。ヘルストロム」

トーマスが興味をなくしたような顔をする。

「血がつながってるわけじゃないんだけど。わたしたちのひいひいお祖母さんの妹が、彼のひいお祖父さんの弟と結婚したのよ」

トーマスはしばらく首をひねっていたが、やがて肩をすくめ、テレビに注意を向けた。

リーネはサンドイッチを半分食べ、残りにラップをかけて冷蔵庫に入れようとした。冷蔵庫のドアにスピード写真のシートが貼られている。トーマスとアマリエが三通りのポーズで写っている。一枚目のアマリエは機嫌よく笑っていて、ほぼまっすぐカメラを見ているが、三枚目では見るからにむずかりだしている。

「写真を撮ったの？」リーネは居間に向かって声をかけた。

「ああ」トーマスが楽しげに答える。「いちばんよく撮れたやつはもらったよ」

冷蔵庫をあけて、皿を入れる。「どこの写真ブース？」

「ショッピングセンターの。ブースじゃなくて、写真を撮ってくれる子供用の列車に乗ったんだ」

リーネはソファに戻った。「ありがと」と兄に目を向けた。「あの子をかわいがってくれて」

トーマスは軽くうなずいただけで、テレビから目を離そうとしない。父親に似て、感謝をうまく受けとれないのだ。

リーネは記事の修正にかかろうとノートパソコンを取りだした。編集長から細かな点を二、三指摘されただけなので、すぐにすむはずだ。だが文書ファイルを開く代わりに家系図プログラムを呼びだし、〝スティレル〟を検索した。

自分の家系にスティレル姓が三件見つかった。高祖父の祖父の代でつながっている。その妹が一八六二年にミューセンでアンネシュ・スティレルと結婚し、オーレとラーシュというふたりの息子をもうけている。情報の出典は教区の登録簿のデータベースだ。時間があるときにじっくり調べてみよう、とリーネは考えた。

「これ、リーネが追ってる事件じゃないか」テレビの前にすわったトーマスが訊いた。「いまのなに？」

画面を見ると、ナディア・クローグの名前と顔写真が一瞬目に入って消えた。

「明日の《ノルウェー犯罪最前線》の予告だよ。ナディア・クローグ誘拐事件の特集だって」

リーネはがばっと身を起こし、パソコンをコーヒーテーブルに置いた。「そんな、

「ありえない！」

トーマスが驚いた顔で見る。リーネは携帯電話を取りだし、フロストの番号にかけた。

いつもの不愛想な声で応答がある。

「ナディア・クローグ誘拐事件はうちの特ダネですよね」

「もちろん、そうだ」

「TV2が予告を流してます。明日の晩の《ノルウェー犯罪最前線》で特集するって」

編集長が回線の向こうで悪態をついた。「アドリアン・スティレルのやつ」そう言って、また罵る。「うちとTV2を張りあわせて、都合よく利用する気だ。そんな取り決めはしていない」

「取り決めって？」

しばらく間があったあと、また悪態が聞こえた。「脅迫状に関してはうちの特ダネだ。だが報道自体は独占じゃない。それでも、第一報は当然うちだと思っていたんだ」

今度はリーネが悪態をつく番だった。「どうするんです。掲載を早めます？　明日の紙面に載せますか。記事なら一時間で準備できます」

「だめだ」フロストが却下する。「明日は別の特集がある。予定どおりでいくが、ナディア・クローグ誘拐事件の捜査が再開されたことをニュース記事で報じよう。金曜に特集とポッドキャストで特ダネを発表すると告知するんだ。TV2の予告をこっちの宣伝に利用してやろう。四十五分で記事を用意できるか」

「ええ、できます。彼に念を押しますか」

「誰に？」

「スティレルです。これ以上、してやられないように。それともわたしが話します？」

「こちらから話すよ。きみたちに気まずくなられちゃ困る」

リーネは通話を終えた。寝室でアマリエがむずかっているのに気づき、トーマスが腰を上げた。「見てくるよ」

目で感謝を伝え、リーネはパソコンを引き寄せた。

41

アドリアン・スティレルは、ラルヴィク警察のヴィリアム・ヴィスティング、ニルス・ハンメル、クリスティーネ・ティーイスの三名を小会議室に集めた。ドアは閉じられ、外に赤いランプが点灯している。

ハンメルが窓辺に行ってブラインドを下ろしにかかる。「明日の天気は？」

ヴィスティングが腰を下ろした。「また雨だろうな。なぜ？」

「釣りに行くんでは？」

「予報では悪くなさそうです」クリスティーネ・ティーイスが言った。「週末はずっと薄曇りで雨は降らないって。晴れ間も見えそうよ」

アドリアン・スティレルはテーブルの端にすわり、一同が着席するのを待った。最後にハンメルが席に着く。

「いよいよ今日からが本番です」スティレルは話しだした。「今夜、TV2がナディア・クローグ誘拐事件を《ノルウェー犯罪最前線》の特集で報道します。生放送で。わたしも出演します」そこでヴィスティングを見た。「そのタイミングでハウゲンの自宅に行くことは可能ですか。あの男の反応を知りたい」

「それは不自然じゃないか」ヴィスティングが切り返す。「きっと怪しまれる」

スティレルは予定表を取りだした。「タイムスケジュールはこうです」それを読みあげはじめる。「二十時十五分、ハウゲンにメールを送り、残業で遅くなったが、帰る途中に山小屋行きのことで寄ってもいいかと確認する」

　ヴィスティングがうなずく。

「二十一時四十分、番組開始。その数分前にマッティン・ハウゲンの家に到着」

「やつが番組を見ていなかったら？」ハンメルが口を挟む。

　スティレルはかまわず先を続けた。「番組開始十六分後、二十一時五十六分からナディア・クローグ特集が開始。直後にハンメルが〝TV2を見ろ〟とメールを送る」身をかがめてブリーフケースから携帯電話を取りだし、テーブルごしに押しやる。「〝リーネ〟の名で携帯に番号を登録してください。娘が見るよう勧めてきたのだと思わせるために。そうと知ればハウゲンもチャンネルを変えるはずだ」

「電話はこれを」ハンメルに告げてから、ヴィスティングに視線を向けた。

　スティレルはハンメルに目をやり、すぐにヴィスティングに戻した。「ハウゲンにはリーネが《VG》でナディア・クローグの事件を担当していると話してください。その事件は覚えていると話して、ハウゲンにも記憶があるかと尋ねるんです」

　ヴィスティングが躊躇しているのがわかる。ボールペンをつかみ、計画から距離を置こうとするように椅子を後ろへずらした。

「隠しマイクを装着してもらいます」スティレルは続けた。「極小の録音装置なので、週末のあいだも邪魔にはならないはずです。音声作動式で録音可能時間は四十八時間。バッテリーの持続時間はその倍なので、一度着ければあとは放置でかまいません」

ヴィスティングは見るからに緊張し、ペンをもてあそんでいる。

「明日にはさらにひと押しします。今夜ハウゲンと会うとき、かならずあなたの車を使うよう話をつけてください。話の内容を傍受するため、発信機とともに盗聴器も仕掛けます。出発後はガソリンスタンドに寄り、《VG》を一部買うこと。山小屋まで半分あたりまで来たところで、〝リーネ〟からポッドキャストのリンクがついたメールが届くので、車内でそれを聴いてください。三十四分あるので、着くまでには聴き終わらない。二時間後に〝リーネ〟から感想を尋ねるメールが届く。それをきっかけに残りを聴き、ハウゲンに意見を求めるという流れです」

ニルス・ハンメルが最初に口を開いた。「それで自白を引きだせると?」

「誘拐事件を話題にすることができる。捜査の半分は心理戦です。ときには証拠より、被疑者を網にかけて逃げ場を奪うほうが有効な場合もある」

黙ったままのヴィスティングにスティレルは予定表を差しだした。

「計画が細かすぎる。その分、失敗の可能性も高まる」ヴィスティングが言った。

「そう構えずに。ハウゲンを揺さぶって、不安で落ち着かなくさせればいいんです。限界まで追いつめられれば、いずれ口を割るときが来る。暗く大きな秘密を抱えつづけるより、自白したほうが楽だと悟らせるんです」

42

通信傍受室のコンピューター画面には重大な動きが生じていた。一同が会議室にいるあいだに七件もの発信が記録されたのだ。発信先は七件とも異なっている。

ハンメルが椅子を机の前に転がしてきてすわり、一件目の通話を再生した。相手はサンネフィヨル在住の男性だ。

マッティン・ハウゲンが名前を告げた。

「〈フィン〉で出品中のエアガンのことですが」と用件を切りだす。

ヴィスティングはコンピューターの通信履歴を示す画面に目をやった。

「まだ仕事中のはずだ」スティレルが言った。「職場のコンピューターを使ったんでしょう」

四時から六時のあいだに売り手の家へエアガンを見に行く約束が交わされ、通話は終了した。

「エアガンでなにをする気だ」スティレルが怪しむ。

ハンメルは〈フィン〉にログインし、マッティン・ハウゲンがかけた電話番号で検索を試みたが、なにも得られなかった。売り手の名前でも結果はゼロ。サンネフィヨルとエアガンで検索したところ、今度は四件ヒットした。一件ずつ広告を表示させると、三件目で先ほどの売り手の名前が現れた。写真では本物の拳銃のように見える。広告の説明によればスイスのSIGシリーズのコピーで、十二グラムのCO2カートリッジを使用するものらしい。

ヴィスティングには思うところがあったが、あとのふたりと同様、口には出さなかった。

ハンメルが次の通話を再生すると、似たようなやりとりが交わされていた。マッティン・ハウゲンはまたエアガンを見に行く約束をしている。続く三件の通話を確認したところ、いずれもエアガン購入の件だった。

「びくついてますね」ハンメルが言う。「本物の銃を買う免許はなく、違法な銃の入手法も知らない。次善の策を選んだってわけだ。誰かを脅して怖がらせるための」

画面の地図上で赤い点が動きだした。ピックアップが突然移動をはじめたのだ。

「走りだしました」

赤い点はテンスベルグ方面に向から幹線道路に入った。

「自宅とは方向が違う」ヴィスティングは言った。

「エアガンを買いに行くんでしょう」スティレルが答えた。

ハンメルがもう一件通話を再生した。今度もエアガンに関するもので、最後の一件も同様だった。明日まで留守にしているひとりを除き、ハウゲンは四時から六時のあいだに六名の家を訪ねる約束を交わしていた。

赤い点が停止した。ハンメルが所番地を確認したが、町の中心部だということ以外わからない。

「どの売り手の家でもないですね」とメモを見ながら言う。

ヴィスティングは時計に目をやった。「まだ時間も早い」

それから十分ばかり赤い点を見つめていたが、なにも起こらなかった。コンピューターの背後に並んだキャビネットから電子音が低く響いている。狭い部屋に熱気がこもり、息苦しさを増している。

「尾行をつけるべきだった」スティレルがうめいた。

ヴィスティングはふかぶかと息を吐き、ドアに向かった。「なにか起こったら知らせてくれ」

階下の自室へ入り、椅子の背を指で叩きながら、しばし考えを巡らせた。懸念はあるものの、山小屋行きへの期待も生じていた。

43

午後六時半、外はまだ雨だった。ヴィスティングは四時間ほどのあいだに組織改革の影響に関する報告書を仕上げ、職員食堂の冷蔵庫にあった残り物で食事をすませた。報告書の内容は予想以上に詳細にも包括的にもならなかった。

アドリアン・スティレルが現れた。シャツも上着も着替え、ネクタイを締めている。目はまだ充血しているが、気が張っているのか疲れは感じさせない。

「そろそろTV2へ向かいます」

ヴィスティングは幸運を祈ると告げた。

「今日はその服で帰りますか」スティレルはヴィスティングのシャツを指差した。

「なぜだ?」

スティレルは返事をせずに机に近づき、小さな段ボール箱を置いた。

「ボイスレコーダーを着けたことは?」

「大昔、カセットレコーダーの時代に。内ポケットしかしまう場所がなくてね」

「これは最新式です」スティレルが開いた箱には三点の品が入っていた。小さな接着剤のチューブと、筒状に巻かれたマジックテープ、そしてレコーダー本体らしき極小の黒いチップだ。

「操作はスイッチを入れるだけです」スティレルは小さなボタンを押してスイッチの切り替え方を示した。「小さくて目立ちませんが、それでも見えない場所に装着したほうがいい」

スティレルは卓上のペン立てからハサミを取り、マジックテープを短く切りとって、ヴィスティングを立たせた。「繊維用の接着剤です」そう説明しながら箱からチューブを出し、マジックテープの裏側に数滴絞りだす。「身体をまっすぐに」そう言って、マジックテープをヴィスティングの胸ポケットの内側に貼りつけた。

「マジックテープなんかで？」ヴィスティングは胡散臭げに訊いた。

「NASAでも使用されています」とスティレルが請けあう。「押さえて！」

ヴィスティングは胸ポケットに手を押しつけ、マジックテープ片を固定した。

「マッティン・ハウゲンの行き先は銀行でした」接着剤が乾くのを待ちながらスティレルが言った。「四時間前にテンスベルグ中心部のDNB銀行に行き、かなりの金額を引きだしています」

四時間前に赤い点が停止したのはその周辺だろう。

「銀行口座も監視中です」スティレルが続ける。「不自然な金の出入りがあれば通知が来る」

「いくら引きだした？」

「二万五千クローネ」手を離してもいい、とスティレルが身ぶりで示す。「予約なしに引きだせる上限の金額です」

「使途はなんと？」

スティレルはレコーダーを箱から出した。裏側にはマジックテープに着脱するための起毛繊維が貼られている。「車を買う予定だと」そう言ってレコーダーを差しだす。

ヴィスティングはそれをシャツの胸ポケットの内側に固定した。

「山小屋では同じ服で通してください」

「服がこすれて雑音が入らないか」

「いや、ほとんど。いずれにせよ消せます」

ニルス・ハンメルが現れ、ドアを閉めた。

「見えますか」スティレルがヴィスティングに目配せを寄こす。

「なにがです？」ハンメルが訊いた。

「マイクが」

ハンメルはヴィスティングをしげしげと眺めたあと、首を振った。ヴィスティングはシャツのポケットからレコーダーを剝がし、ハンメルに見せた。

「ケーブルもLEDも必要なしです」スティレルが言う。

ハンメルは小さなチップを指先でつまみ、ためつすがめつしてから返してよこした。

「マッティン・ハウゲンはワルサーCP88のエアガンを購入しました」ハウゲンは五軒の家をまわったという。「残りの約束はメールでキャンセルされました。気に入ったものが見つかったんでしょう」

「代金は？」ヴィスティングは訊いた。

「千七百クローネ。広告に掲載されていたとおりの値で買ったなら」

ハンメルは広告をプリントアウトしたものをヴィスティングに渡した。青いプラスティックのケースに収められたエアガンは本物の拳銃そっくりに見える。銃口を突きつけられたら、見破れる者はいないだろう。装弾数は八発、スチール製ペレット五百発が同梱されている。撃たれれば痛いのは間違いないが、自衛用としては、ダメージを与えるより脅す目的で使うものだろう。

「行かなくては」スティレルが部屋の出口に向かいながら言った。「ナディア・クローグ誘拐事件は前半に放送されます。コマーシャルのあいだに抜けて午前零時前に戻る予定です。もう一度集まれますか」

話すべきことがあれば電話ですませ、集まるのは明日にしようと言いかけて、ヴィスティングは思いなおした。そして了解のしるしにうなずいた。

44

午後八時十分、ヴィスティングは通信傍受室に入った。ニルス・ハンメルが雑誌を読んでいる。どの画面にも動きはない。

「ハウゲンは家に？」

「車は少なくとも家にありますね」

「人がいる気配は？」

「一時間前に、ニュースサイトがいくつか閲覧されています」

ヴィスティングは携帯電話を取りだしてメールの文面を作成した。〝残業で遅くなった。九時半ごろ寄っても？〟

「スティレルのタイムスケジュールとやらに従うか」そう言って腰を下ろし、二十時十五分まで待つことにした。

スティレルの陰口はまずいというように、ハンメルが胸ポケットのレコーダーを目で示す。

三分後、ヴィスティングは〝送信〟を押した。すぐさま中央の画面にメールの文面と受信時間、経由基地局が表示される。それ以外のややこしいデータは理解不能だ。

三十秒後、マッティン・ハウゲンの返信を含むテキストデータが現れた。〝いいとも〟

同時にヴィスティングの携帯電話が振動した。

「第一段階完了」ハンメルがにっと笑った。

＊

二十一時三十八分、ヴィスティングはハウゲン家の私道に乗り入れた。ヘッドライトが家を照らすと、マッティン・ハウゲンの顔がキッチンの窓に現れた。そこで到着を待っていたようだ。

ヴィスティングは胸ポケットのレコーダーを確認してから車を降り、玄関へ向かった。解錠音が聞こえ、勢いよくドアが開いた。

「入ってくれ！」マッティンが招き入れる。

猫がマッティンの脚のあいだから見上げている。

「少し明日の相談をしておこうと思ってね」ヴィスティングはドアを閉じた。

マッティンのあとからキッチンに入った。居間から外国の番組らしき音が聞こえる。

「何時に出発する?」ヴィスティングは訊いた。「日没前には着きたいな」

「なら、午後四時には出たほうがいい」マッティンは言って、食器棚からカップをふたつ取りだした。「途中で買い物もあるしな」

「四時で大丈夫だ。仕事は少し早く切りあげるよ」

マッティンがテーブルにカップを置いた。「おれもそうする」そう言ってポットのコーヒーを注ぐ。

「こっちの車で行こうと思うんだが。ピックアップだと鞄を荷台に積むことになる」

マッティンは首を振ってポットをコーヒーマシンに戻した。「ピックアップでないとだめだ。雨のせいで道が荒れてる。あんたの車じゃ無理だ」

ヴィスティングはとっさに反対しそびれた。

*

アマリエは仰向きになってすやすやと眠っている。小さな唇はかすかに乾き、わずかなその隙間から静かで規則正しい寝息が漏れている。

いつまでもこうして見守っていたいとリーネは思った。やがてそっとドアを閉め、居間のテレビの前に戻った。

「音量を上げて」《ノルウェー犯罪最前線》がはじまると、トーマスに言った。

司会者が視聴者に向けて冒頭の挨拶をはじめる。その司会者のことは知っている。幅広いコネクションと情報源を持ち、事件を的確に把握する能力を備えた、やり手の犯罪ジャーナリストだ。

その日の番組内容が紹介された。取りあげるテーマが挙げられていく——命を蝕む新種の合成麻薬、連続スナックバー強盗事件、高齢女性宅を狙った押し込み強盗事件、電気店荒らしが専門の広域窃盗団。

「さらに、ノルウェー犯罪史に残る誘拐事件の謎にも迫ります」司会者は続けた。「一九八七年、十七歳のナディア・クローグが何者かに誘拐され、三百万クローネの身代金が要求されました。身代金は指定の場所に置かれたものの回収されず、ナディアの行方は杳として知れないままです。ところが、新たな捜査と鑑識技術の進歩により、事件解明の可能性が出てきました」

リーネは椅子の背にもたれた。ドラマティックで巧みな語りだが、通りいっぺんの内容だ。

「いつものようにスタジオには専門家の方々にお越しいただいています」司会者はテ

ーブル脇に立つ男性ふたりと女性ひとりを紹介した。この番組は何度か見たことがあるため、彼らの肩書きは知っている。退職刑事と元検事と弁護士だ。司会者が続ける。「それではまず、先週の事件を振り返ることにしましょう」そう言って、番組に寄せられた情報を紹介する制服警官のほうへ移動した。

リーネは立ちあがり、キッチンへ飲み物を取りに行った。

ヴィスティングは携帯電話の着信音を最大に設定し、カップを空にしないようちびちびとコーヒーを飲みながらハンメルのメールを待った。

「天気予報をチェックしたよ」なにか言わなければと口を開いた。「少し回復するようだ」

「やっとか」マッティン・ハウゲンが答えた。「このところ、ひどい天気続きだったな」

猫がハウゲンの足もとにすわった。ヴィスティングが相槌を打とうとしたとき、ポケットの携帯電話が震え、着信音が鳴った。取りだしてメールに目を通す。「うん？」マッティンの注意を引くため、眉をひそめてみせた。

だがマッティンは気を利かせて目を逸らし、コーヒーポットを取りに行った。

「リーネからだ」コーヒーのお代わりをもらいながら、ヴィスティングは告げた。

「〝TV2を見て〟と言ってる」

できればそうしたいんだがという顔で居間に目をやった。

マッティンは黙ったままコーヒーポットを置いて居間へ向かい、ヴィスティングも続いた。マッティンがリモコンを手に取り、チャンネルをTV2に合わせた。

*

スティレルはスタジオで立ち位置の指示を受けていた。床には右足を置くべき場所に小さなテープが貼られている。

事前に用意されたナディア・クローグの紹介映像が流され、地図で位置関係が示された。一九八七年九月へと時間が巻きもどされる。当時の記事と写真が次々に映しだされ、レポーターが事件の概要を説明する。

ディレクターが大袈裟(おおげさ)な手振りでカウントダウンをはじめ、司会者に録画映像終了のタイミングを告げた。

司会者はカメラを見据えて話しはじめた。「本日スタジオにお越しいただいたのは、クリポスに新設された未解決事件班のアドリアン・スティレル警部です」そう言ってスティレルに目を向ける。「ではまず、スティレル警部、なぜこの古い誘拐事件の捜査が再開されたのかをお聞かせください」

スティレルは相手と目を合わせた。「解決の可能性がある事件だからです」つとめて落ち着いた声で話しだす。「既存の捜査資料や証拠品のなかに解決の糸口があると考えています」

そこで間を置き、〝専門家〟と呼ばれるゲストたちに目を向けた。百パーセントの確信があることを彼らと視聴者に印象づけるためだ。はったりではない。マッティン・ハウゲンの指紋は長年のあいだ証拠品とともにあったのだ。来週その件を明かせば専門家たちも納得せざるを得ないだろう。

「どのような捜査が行われるのでしょう」司会者が次の質問に移る。

「技術面と戦術面とに分けられます。収集された証拠品はすべて新たな技術と手法を用いて再検証されます」

「DNA鑑定とか?」司会者が口を挟む。

「それも含まれます。最新技術を用い、新たな分析を行うということです」

司会者が指を一本立てて残り時間を示す。「では、戦術面のほうは?」

「捜査資料はすべてデジタル化しました。最新式のコンピュータープログラムを駆使し、あらゆる手がかりを洗いだして組みあわせ、新たな観点から事件の全体像を捉えようと試みています」

「これまでになにか発見は？」リハーサルでは出なかった質問だ。司会者のアドリブだが、スティレルは動じなかった。

「まだ着手したばかりですから」

司会者が手のなかのカードを確認する。「新たに情報は出そうですか」事前に用意された質問に戻った。

「今日ここへ来たのはそのためです。古い事件に新しい光を当てれば、かならずなんらかの進展があります。なにかを知っている人がいるはずです」カメラを見据え、ヴィスティングとともに見ているはずのマッティン・ハウゲンに直接訴えかけたいところだが、最後のひとことを繰り返すに留めた。「なにかを知っている人がいるはずです。二十六年前には言いだせなかったとしても、状況に変化があったかもしれない。時間の経過によって打ち明けやすくなっている可能性もあります」

「たとえば？」

「誰かと人目をしのぶ関係にあり、そのせいで口をつぐんでいた場合、いまでは関係自体が終わっているかもしれません」

「つまり、時間の経過は不利とはかぎらないということですね」

「かならずしも不利ではありません。戦術面での捜査についても同じことが言えます。

時間の経過が助けになることもある。当時の捜査がいかに徹底的になされたとしても、新たな目で証拠を再検証すれば、新たな疑問点が見つかる可能性があります」

司会者は質問カードを一枚繰り、話題を変えようとするように足を踏み換えた。

「ナディア・クローグが生きている可能性についてはどうでしょう」

「その点についてもしっかり検討する予定です。そのために専門家の助けを借り、現在のナディア・クローグの容貌を想定した顔画像を作成しました」


ヴィスティングは居間のテレビの前に立っていた。斜め前にいるマッティン・ハウゲンは黙って画面を見つめている。

「リーネはこの事件の記事を書いてるんだ」ヴィスティングはそう説明し、キッチンから持ってきたコーヒーのカップに口をつけた。「しばらくまえから準備していた。連載の特集記事になるらしい。第一回は明日掲載予定でね。TV2にスクープを攫われて、さぞかし悔しいはずだ」

マッティンは手を伸ばし、身を支えようとするように近くの椅子の背をつかんだ。

「ポッドキャストも作ったそうだ」

ふたりは黙ったまましばらく番組を見た。「この事件を覚えているかい」やがてヴィスティングは訊いた。

「ああ、ぼんやりとね」マッティンが答え、ヴィスティングを見た。「事件の担当だったのか？」

ヴィスティングは首を振った。画面のなかではアドリアン・スティレルの話が続いている。

マッティンは青ざめている。ほかにも読みとれることはないかとヴィスティングは相手の様子を探った。手は椅子の背をつかんだままで、口の端がごくかすかに震えている。

「この手の番組は好きじゃなくてね」ヴィスティングがそう言うと、マッティンは同意するようにうなずいた。

いまの言葉は本心とは言えない。よく見るわけではないが、この番組は気に入っている。視聴者が警察の仕事を理解するきっかけになるし、事件解決の一助となることもある。マッティン・ハウゲンと同じ側にいることを示すために言ったまでだ。週末をともにする上でそれが重要になる。

「面白半分の当て推量ばかりだ」そう言ってまたコーヒーを飲んだ。

マッティンは椅子の背から手を放し、腕を組んだ。息が荒くなっている。

「娯楽番組だよ。こういうことを娯楽にすべきじゃない」

マッティンが振りむいたとき、その目になにか見てとれた気がした。身の内でなにかがもがき、のたうっているような目だ。だがそれはすぐに消えた。

「じゃあ、明日は四時に迎えに行くよ」マッティンは言った。

リーネはアドリアン・スティレルの話を一言一句聞き漏らすまいと、テレビの前の椅子から身を乗りだした。濃いメイクは疲れた印象を隠すためだろうが、いくらも隠せてはいない。

これまでのところ、リーネの記事に書かれていない事実は出てきていない。というより、事件の概要をざっと紹介しただけだ。《VG》の読者のほうがはるかに多くを知ることになる。

「ナディア・クローグが生きている可能性についてはどうでしょう」司会者が尋ねた。

スティレルはうなずいた。事前に打ちあわせずみの質問のようだ。

「その点についてもしっかり検討する予定です。そのために専門家の助けを借り、現在のナディア・クローグの容貌を想定した顔画像を作成しました」

リーネは抗議の声を漏らした。アドリアン・スティレルからはなにも聞かされていない。

司会者がカメラのほうへ向きなおった。「これは当番組の特ダネです。警察が作成した現在のナディア・クローグの似顔絵をごらんに入れます」顔画像が画面いっぱいに映しだされる。

リーネは両手で顔を覆ってうめいた。画面が左右に分かれる。左は若いころのナディア・クローグの写真、右が現在の想像図だ。

「この似顔絵はどのように作成されたのでしょう」司会者が訊く。

アドリアン・スティレルが説明をはじめたが、もはや耳には入らなかった。リーネの記事が印刷されるまでの数時間で、ナディアの〝過去〟と〝現在〟の画像が主要ニュースサイトすべてに掲載されるはずだ。リーネの記事のインパクトはゼロになる。

マッティン・ハウゲンはテレビをつけたままキッチンに戻った。テレビでは犯罪専門家が事件について意見を交わしている。

番組のことなど忘れたようにマッティンが訊いた。「もう少し早く出たほうがいいか」

「四時でいいよ」そう答えながら、ヴィスティングもキッチンに移った。

携帯電話が鳴り、画面に〝リーネ〟と表示された。重要な用件にちがいない。ここでハンメルが電話してくる段取りにはなっていない。

ハンメルの銅鑼声を聞かれないよう、マッティンから離れて戸口へ向かった。

電話に出るとリーネの声がしたので驚いた。「いま家にいる？」

「これから帰る」そう言いながらキッチンのカウンターに向かい、空のカップを置いた。「マッティン・ハウゲンの家に寄ったんだ。なぜ?」

「テレビ見てたかと思って。ナディア・クローグ誘拐事件の」

「ここで見てた。がっかりしたか」

「特ダネのはずだと思ってたの。それなら大勢の読者やリスナーに注目される。これじゃ台無しよ」

「逆には考えられないか。興味を持った読者が詳しく知りたがるかもしれない」

「かもね。とにかく、あのクリポスのスティレルって人、とんだ食わせ者よ。このこと知ってて、おくびにも出さなかったんだから。うちの独占記事だと信じこませたの。なにか企んでるに決まってる」

「上司たちはなんて言ってる?」ヴィスティングは話を逸らした。

「フロストに電話してみたけど、つかまらない。またかけてみるけど。あとでうちに寄ってくれる?」

「わかった」

マッティン・ハウゲンは椅子にかけて待っている。

「リーネだ」ヴィスティングはそう言って、電話をポケットに戻した。

「らしいね」マッティンは笑みを浮かべた。

ヴィスティングは立ったまま続けた。「相当頭に来てるらしい。新聞記者の定めだな、スクープ争いというのは。今回は完全に出し抜かれた格好だ」

「それはそうと、元気にしてるのかい」

「まあね。いまはフリーランスで仕事をしている。厳しい業界だし、報酬も減る一方らしい」

「長いこと会ってないな」

ヴィスティングはチェストの抽斗に目をやった。リーネが堅信式のお礼に送ったカードがそこに入っている。そのうちアマリエにも会いに来てくれと言いそうになったが、それを呑みこんだ。

「トーマスが一週間ほど戻ってきてるんだ」代わりにそう言った。「リーネの取材中にアマリエの子守をしてくれている」

戸口に向かうと、マッティンも見送りに出てきた。「ふたりによろしく伝えてくれ」

「そうするよ」そう答えたものの、そんな機会は来そうにない。

車に向かって歩きだすと戸口に立ったマッティンから声がかかった。「じゃあ明日、四時ちょうどに行くよ」

45

リーネの家の外の街灯が切れている。朝には自治体に連絡しなければ。

そう考えながらヴィスティングは庭の柵沿いに車をとめた。胸ポケットからレコーダーを取りだし、スイッチを切ってセンターコンソールにしまった。車を降りて戸口に行くと鍵があいていたので、呼び鈴は鳴らさずドアをあけた。トーマスがまだいる。脱いだ靴が床に置かれている。ヴィスティングも靴を脱ぎ、ホールに続くドアの枠を軽く叩いてからなかに入った。

トーマスはリモコンを手に持ち、リーネのほうはノートパソコンを膝に置いてすわっている。ヴィスティングを見たリーネが手招きした。

「誰かと話せたか」

「うん、話せた。騒ぐほどのことじゃなかったけど」

トーマスが目で天井を仰いだ。「ついさっきまで大騒ぎだったくせに」

「一杯食わされたのが癪(しゃく)なだけ。手の内は見せておいてもらわなきゃ」

「警察の人間は手の内を明かしたりしない」ヴィスティングはそう言って腰を下ろした。「記者も同じだろう」

「その人、うちの親戚らしいよ。リーネがミューセンに住んでたスティレルって姓の先祖を見つけたんだ」

「まだ隠してることがあったら、こっちも反撃してやる」

「どうやって？」

「容疑者がいるって書いてやる」

ヴィスティングはテレビのほうへ目を逸らした。

「いるのか？」トーマスが身を乗りだす。

「最初に会ったときにそう言ったし、インタビューの際にも認めた」

「誰なんだ？」トーマスが訊く。

「それは聞いてないけど、最初にうちに教えるって」

テレビではふたりの医師が難病について語っている。ヴィスティングは話に聞き入っているふりをした。

トーマスが顔を向けた。「本当に容疑者がいるのかな。ただのはったりとか？」

ヴィスティングは腰を上げた。アドリアン・スティレルに気を使ってやる義理はない。「本人がそう言ったんなら、いるんだろう」そう答えてドアに向かう。「だが、記事に書くのはやめておいたほうがいいかもな」

「もう帰るの？」リーネが訊く。

トーマスも立ちあがった。「ぼくも帰るよ」

「家に帰るんじゃないんだ。署に戻らなきゃならない」

「なにかあった？」リーネがすかさず食いつく。

ヴィスティングはその顔を見ながらうまい返事を探した。「もしあったら、最初に教える」そう言ってにやっとした。


ヴィスティングが警察署の駐車場に車をとめたとき、ニルス・ハンメルが通用口に現れた。そこでドアをあけて待ち、ヴィスティングをなかへ通した。

「スティレルをどう思います？」ハンメルが訊いた。

「やり手だな。かなり強引だ」

「数年前に交通機動隊でスティレルと同僚だった男に訊いたんですが、同じようなことを言ってました。やり手で、結果は出すが、手段を選ばないところがあると」

ふたりはエレベーターを待った。「たとえば？」

ハンメルはエレベーターのドアが閉じるのを待った。「高速18号線で速度違反の取り締まりをやっていたときの話なんですがね、カメラを搭載した覆面パトカーで。スティレルはパトカーだと気づかれないように、後部に仮免許の赤いＬマークをつけたんだとか。運転練習中の車なら気軽に追い越すだろうからと」

「なかなか独創的だ」

「規則違反ですがね。ほかにも、走行中の車を煽ってわざと競りあわせたとか。内部調査が入るまえに異動願を出したそうです」

エレベーターのドアがあき、真っ暗な犯罪捜査部の廊下が現れた。スティレルの部屋からだけ長方形の明かりが漏れている。廊下の足音を聞いてスティレルが入り口から顔を出した。ネクタイは外されている。

「番組は見ましたか」

「すべてスケジュールどおりだ」

「ハウゲンの反応は？」

「はっきりとは言えないが、落ち着かなげだった」

「どんなふうに？」

「虚をつかれたような感じというか。突っ立ったまま番組を見ていて、少しして気を取りなおしたようだった」

「なら、はっきりしていると言えるのでは？　とにかく、通信傍受室へ」

ヴィスティングはうなずき、歩きだした。「かならずしもそうとは言えない。客観的に見て、自然な反応だとも言える。番組を見てカタリーナの件を思いだしたのかもしれない」

スティレルはミントタブレットの袋を取りだした。「心にもないことを」うっすらと笑いながら袋を差しだす。「録音は?」

ヴィスティングはミントを受けとり、シャツのポケットからレコーダーのチップを取りだして渡した。

ハンメルもミントを勧められたが首を振り、自分の嗅ぎ煙草入れを取りだした。

「寄せられた情報は?」

「山ほど」スティレルが答える。「ゴールデンタイムに似顔絵を公開しただけあって、怒濤のように押し寄せています。あらゆるところで目撃情報が出ている」

「有力なものは?」ハンメルが続けて訊く。

スティレルは首を振った。「役立ちそうなものはなにも」

ヴィスティングは番組を見たリーネの反応を告げようかと考えたが、思いなおした。スティレルの独創性には感心しているが、娘を操るような真似は気に入らなかった。

ハンメルが通行証を通し、暗証番号を入力して、ふたりのためにドアを押さえた。コンピューターのファン音と耳障りな電子音が狭苦しい空間に満ち満ちている。ヴィスティングとスティレルは、ハンメルが席について画面を起動させるのを立ったまま待った。

「携帯電話からは通話もメールもなし。ですが、ネットは使っています」

ここ二、三時間のインターネットの閲覧履歴が画面に映しだされた。URLが次々に表示される。検索ワードは明らかだ――〝ナディア・クローグ〟

スティレルが勝ち誇ったように拳を椅子の背に叩きつけた。「よし、いいぞ！」

46

ホテルの部屋は闇に包まれていた。窓辺にすわったアドリアン・スティレルは、録音されたヴィスティングとハウゲンのやりとりをイヤホンで聞いていた。貨物船が湾内に入り、船首をそびえ立たせながらゆっくりとコンテナ埠頭を目指している。

ふたりの対話を確認するのはこれで二度目だった。ヴィスティングのシャツがマイクをこするためノイズの除去が必要だが、ところどころ明瞭に聞きとれる箇所もある。ヴィスティングの娘のことを話している部分だ。マッティン・ハウゲンがリーネは元気にしているかと訊いている。社交辞令ではなく、心から気にかけているようだ。ヴィスティングはフリーランスの厳しさについて話している。そのことをなにかに利用できるかもしれない。リーネは力を注いでいた誘拐事件を他社にすっぱ抜かれ、意気消沈している。ヴィスティングが娘の失敗の件でハウゲンの同情を買うことができれば、つけ入る隙が生じるかもしれない。

午前一時をまわっている。着替えてホテルのジムに行き、一時間ほどランニングマシーンで走ってから風呂に入ろうかと考えた。そうすれば眠れるかもしれない。

立ちあがってコンピューターに目をやった。睡眠障害についての記事は無数に読んできたが、書かれた内容はまちまちだった。不眠症は症状のひとつだとする記事もあれば、病気として扱うものもあった。こうすべきだというアドバイスは山ほどあるが、実際は研究者でさえ不眠症の本質を把握できていないのではないかとスティレルは考えていた。

素人判断はやめて専門家の助けを借りるべきなのだろうが、それは難しかった。医者の質問攻めに耐えられないのだ。要するに自分で対処するしかない。なんとかやれているはずだ。少なくとも、悪夢にうなされることはなくなった。

バスルームに入って明かりをつけ、鏡を覗きこんだ。見知らぬ他人のような顔がこちらを見返す。冴えない表情だ。こんな人生のはずではなかった——スティレルは眉間に皺を寄せ、そんな思いに沈んだ。

47

ホテルの部屋にかすかな青い光が灯り、目をあけたまま横になっていたスティレルはわれに返った。首をひねってベッドサイドテーブルを確認した。携帯電話の着信音は鳴っていないが、画面にメッセージが表示されている。ベッドをきしませて向きを変え、電話に手を伸ばした。マッティン・ハウゲンのピックアップに仕掛けた発信機からの通知だ。車が動きだしたのだ。

スティレルは勢いよく身を起こした。キーボードを二、三叩いてプログラムを開く。数秒後には小さな地図上に位置が表示された。赤い点はクライヴェル通りを外れたところだ。

やがて車は高速18号線に乗り、西へ向かった。

四分後、スティレルは車を駆っていた。マッティン・ハウゲンは十四・七キロ前方をポシュグルン方向へ走行中だ。ナディア・クローグの遺体がある場所へ向かっているとも考えられるが、たんに業務上の呼び出しの可能性もある。

いや、後者ではない。

スティレルはダッシュボードの時計を確認してからヴィスティングに電話した。午前二時をまわっている。

ヴィスティングはすぐに応答した。

「ハウゲンが車で走行中です」スティレルは前置きなしに告げた。「ポシュグルン方面へ」

「そっちはいまどこだ？」

「ハウゲンの十数キロ後方です」

「応援は必要か？」

「やつの行動しだいかと」

「こちらは署に向かう。傍受した通信を確認してハウゲンの行き先を探る」

「助かります。通話中は位置を確認できないので」

「わかった。なにかつかめたら連絡する」

通話が切れ、画面に地図が戻った。ハウゲンとの距離は十三・八キロに縮んでいる。

深夜のため行き交う車はほとんどない。たまにトラックが現れる程度のため、速度を上げた。ハウゲンとの距離は縮んだが、しばらくは追いつけそうにない。

バックミラーを覗き、車線を変えて連結トラックを追い越した。距離が十一・三キロに縮んだところでハウゲンの車はポシュグルンへの出口を通過し、そのまま西へ進んだ。スティレルはアクセルを踏みこんだ。路面は濡れているが、雨はあがっていて視界は良好だ。力強いエンジン音が響きつづけている。車載コンピューターの表示によれば航続可能距離は三百二十六キロ。それほど長距離を走ることはないはずだ。

　ダッシュボードの時計とハウゲンの車との距離を代わる代わる確認する。どちらも現在時速を保てば十二分以内に追いつくはずだ。

　いきなり赤い点が高速道路を外れた。車間距離が急に縮まりはじめたのは、ハウゲンの車が制限速度の低い道に入ったせいだろう。

　このあたりには土地鑑がない。スティレルは助手席の携帯電話を取り、少し速度を緩めて、片手でハンドルを握ったまま地図を確認した。どうやらハイスタという町に向かっているようだ。そう、ナディア・クローグの家がある町だ。

　六分後、スティレルも同じ出口で高速道路を降りた。赤い点は住宅街らしき場所でとまっている。画面の地図が消え、ヴィスティングからの着信が入った。

「一件発信記録があった。ハンナ・クローグ宛てだ」

　スティレルは驚いたが、黙って続きを待った。

「電話はつながってすぐに切られている。ハンナが応答した瞬間に」

「クローグ夫妻はハイスタ在住でしたね」

「ハウゲンはネットで夫妻の電話番号と住所を調べている」

「いまそこにいます」

「そっちはどのくらいで着く？」

「三、四分で」

「応援はどうする？」

「やつの出方しだいです。どう思いますか」

電話の向こうで沈黙が流れる。

「夫妻に伝えたいことがあるのかもしれない」スティレルのほうから切りだした。

「こんな夜中に？」

「重大な告白をする気なら、ありうるはずです」進路の確認に地図を見る必要がある。

「こちらへ来てください！」

スティレルは電話を切って地図を確認した。赤い点は静止したままだ。その場所への近道が見つかった。三分後、三百メートルの距離を残して車をとめ、エンジンを切った。地図で見るかぎり、ハウゲンとこちらを隔てているのは小さな林だけだ。地図の縮尺を調節し、林を突っ切る点線を見つけた。踏み分け道だ。

スティレルは車を降り、あたりを確認してその道を進んだ。林のなかは漆黒の闇だが、やがて行く先に民家の明かりが見えてきた。

ハウゲンのピックアップが通りから少し外れたところにとめられていた。ボンネットが向けられた先には、広大な敷地を備えた豪邸が建っている。舗装された中庭、錬鉄の柵と門扉。屋敷は二階建てで、いくつもの出窓と切妻屋根と見晴らし窓が見えている。明かりは消え、人の姿はない。気配すらない。

スティレルの立っている場所から車内は確認できない。木々に身を隠しながら、通り沿いに近づく必要がある。

少し移動すると、運転席に人影が見えた。街灯の明かりにマッティン・ハウゲンの顔がかすかに浮かびあがっている。身じろぎもせずにクローグ家を見つめている。時刻は二時四十一分、そこに九分すわっていることになる。

スティレルはしばらくのあいだ暗がりで様子を見守った。五分後、林の奥に入ってヴィスティングに電話した。

「やつはクローグ家の前にとめた車のなかです」

「わかった」

車をとめる場所と、踏み分け道の見つけ方を伝えた。

「十分後に着く」

スティレルは携帯電話をマナーモードに設定してポケットにしまった。それから足をしのばせて通りへ戻った。ハウゲンは車内にすわったままだ。距離は四十メートル。

少し離れた別の民家に明かりがついた。ハウゲンが身じろぎしたので、眠りこんではいないとわかった。

二分後、明かりが消え、その直後に背後でヴィスティングの足音が聞こえた。

「車内にすわったままです」スティレルは小声で告げ、時計を確認した。「三十分になる」

ヴィスティングが小さな双眼鏡を取りだし、無言のまま目にあてがった。

スティレルは木の幹にもたれた。

そのまま二十分が経過した。スティレルはまた時計を見た。「じきに一時間だ」

そのときドアが開き、ハウゲンが車を降りた。そこに立ったまま屋敷のほうを眺めやる。

「なかに入ったらどうします」スティレルは声を潜めて訊いた。

ヴィスティングは答えない。

ハウゲンは通りを横切り、門の前にある街灯の下に立った。やがて踵を返し、ピックアップに戻ってエンジンをかけた。スティレルとヴィスティングは車が見えなくなるまで身を潜めていた。

急いで林を抜けて車に戻り、ハウゲンが高速18号線に乗って自宅方面に戻るのを確認した。

「やつは追いつめられている。ナディアにしたことを両親に打ち明けたがっているんでしょう」

ヴィスティングは黙ったままだが、同意見らしい。

「あとひと押しです」スティレルは続けた。「押すのはあなただ」

48

「すわってただけ?」ハンメルが訊いた。

ヴィスティングは会議室のテーブルに椅子を寄せ、コーヒーカップごしに疲れた顔をハンメルに向けた。「一時間近くもな」

「なら、今夜はこてんと寝られるでしょうよ」とハンメルがからかう。

アドリアン・スティレルはカウンターの前に立ち、袋から白い粉をすくって水のグラスに入れている。「やつはいまどこに?」ハンメルにそう訊き、目で通信傍受室を示した。

「職場です」

「ところで、彼のピックアップで行くことになった」ヴィスティングは告げた。「山小屋までの私道がかなり荒れているらしい。四時にうちに迎えに来ることになっている」

スティレルはグラスをフォークでかき混ぜてから、白濁した水を不味そうに飲みほした。「了解。土曜日の分としてレコーダーをもうひとつ渡します。録音時間もバッテリー持続時間もひとつで十分なはずですが、予備も必要なので」

すわって三人の会話を聞いていたクリスティーネ・ティーイスが訊いた。「護身具のようなものが必要では?」ちらりとヴィスティングのほうを確認する。「ふたりきりで過ごすのなら」

「ふたりきりになったことなら何度もあるよ」ヴィスティングは言った。

「でも、自白を引きだす任務なんてなかったでしょ」

「警察のヘリが三十分で急行します。携帯電話の充電だけは切らさないでください。いざというときメールで救援を呼べるように」スティレルが部屋の入り口に置いたブリーフケースの上にかがみこんだ。「これを」とコニャックの瓶を差しだす。「差し入れです」

ヴィスティングはそれを受けとった。ヘネシーだ。

「ハウゲンはコニャックを飲むのかしら」クリスティーネ・ティーイスが訊いた。

「ヘネシーはお気に入りのはずだ」ハンメルが言う。「家に半分空いた瓶があったから」

「味見せずにはいられないはずです。限定版で、四千クローネ近くしたので。人からもらったとか、適当に言って渡してください」

「帰りはいつです？」ハンメルが訊く。

ヴィスティングは肩をすくめた。「はっきりとは決めていない。日曜の四時ごろかな」

「四十八時間」スティレルが言った。「四十八時間あればかなりのことをやれる」

49

アマリエはベビーサークルに腹這いになり、ガラガラに夢中になっていた。ときおり勢いよく振ってみては、またしげしげと眺めている。

リーネはソファにすわり、ニュースサイトに掲載された第一回の連載記事に目を通していた。アクセス数を稼ぐため、デジタル加工されたナディア・クローグの似顔絵が使われている。リーネの記事は修正されてはいないが、ナディア・クローグの現在の姿に関する囲み記事が設けられ、似顔絵もそこに組みこまれている。提供元として警察とTV2が表記されている。

TV2の報道がリーネを苛立たせていた。リーネに記事を書かせたのと同じように、すべてはスティレルのお膳立てにちがいない。来週もきっとTV2は事件を取りあげ、リーネの記事がその宣伝に利用されることになる。読者の興味をテレビに横取りされるのだ。

連絡先リストからスティレルの番号を探して電話した。番組に有力な情報が寄せられたか訊くためだ。

呼び出し音は鳴ったが、応答がない。

しかたなくメールを送り、番組の件に触れて進展はあったかと尋ねた。今後はTV2の動きに注意しなくてはならない。そしてこちらは、ナディア・クローグ失踪の謎に迫る独自の手がかりをつかむ必要がある。

50

警察署への郵便物は九時半に配達される。ヴィスティングはコピー室に向かい、自分用の棚から中身を取りだした。いつものように捜査中の事件の関連書類や雑多な回覧、手紙類が交じっている。矯正局からの大ぶりな封筒が見つかった。ほかのものを脇に置き、それを開封した。インゲル・リーセ・ネスへの収監通知だ。持ちこみ可能な私物や面会規則、通話可能時間帯、学習や娯楽の機会、刑務所内で利用可能なプログラム等について細かく説明された冊子も同封されている。

ヴィスティングはその封筒を持って車に向かった。天気予報は当たったようだ。雨はあがり、風に吹き払われた雲の切れ間から青空さえ覗いている。

ちょっとした思いつきでマッティン・ハウゲンの元妻を訪ねることに決めたものの、いざとなるとばかげた考えのように思われた。なにを知りたいかも定かではないため、出た所勝負でやるしかない。そもそもこの事件全体がそうだと言える。確証がろくにないまま、押すべきボタンを手探りで探すようなものだ。

呼び鈴の上に表札が掲げられている――インゲル・リーセ・ネス。ほかの名前はない。

呼び鈴を押したが音は鳴らなかった。しばらく待ってもう一度押したが、ベルが故障中だと判断し、拳でドアを叩いた。

なかで声が張りあげられた。〝入って〟と言われたのか判然とせず、そのまま待った。まもなくインゲル・リーセ・ネスが玄関に現れた。マッティン・ハウゲンより八歳年上だが、年の差はさらに広がったように思われる。最後に見たときと違って白髪に変わり、身体中の空気が抜けてしまったように見える。顔には皺が刻まれ、目の下はたるんでいる。

「警察の者ですが」

「あんたの顔は覚えてる」

「なかへ入っても？」

「なんの用？」

「書類を届けに来ましてね。収監通知を」

インゲル・リーセ・ネスは盛大なため息をつき、ヴィスティングをなかに入れた。

ふたりはキッチンに向かい、腰を下ろした。ヴィスティングは出頭する場所と日時を告げ、収監通知から切りとった紙片に署名を求めた。

「編み棒は持っていっていい?」冊子をめくりながらインゲル・リーセ・ネスが訊いた。

「リストになければだめでしょうね」

「アウトドアジャケット三着」と読みあげる。「なんで刑務所でそんなものがいるのよ」

ヴィスティングは肩をすくめ、署名の入った紙片をファイルに収めた。

「それに礼拝用のマットも。礼拝用マットは持っていけるのに、編み棒はだめだなんて」

本題にどう触れるべきか迷いながら、ヴィスティングは腰を上げた。「最近マッティン・ハウゲンと会うことは?」

インゲル・リーセ・ネスはその質問に驚いた顔をした。マッティンのこと以外、共通の話題はいくらもないのだが。

「どうしてわたしが?」冊子を置いてそう訊いた。「全部終わったことよ。とっくの昔に」

「カタリーナは見つからずじまいです」

「だからなんなの」そう言って皺だらけの首に触れる。

ヴィスティングは相手の表情を探ったが、読みとれたのは、古い事件の話を持ちだされた困惑だけだった。

「捜査が再開されることになりましてね。事件全体を再検証して、関係者にもう一度話を伺っているところです」

インゲル・リーセ・ネスは返事をしない。

「なにか知っている人間がいるはずです」ヴィスティングは続けた。

その言葉に反応を示しはしないかと相手を注視したが、やはりなにも読みとれない。

「わたしに訊かれてもね」

「当時、彼の本性を警察は知らないと言っていましたね」

「彼って？」

「マッティン・ハウゲン。取調べの際、彼がどんな男かを知らないくせにと供述していたはずです」

インゲル・リーセ・ネスは立ちあがり、邪魔な客を追いだそうとするように戸口に向かった。「言ったかもしれないね」

ヴィスティングもあとに続いた。「彼はどんな男なんです、本当のマッティンは」

「知らない。たいした意味があったわけじゃない。大昔の話でしょ、あいつのことなんて忘れた。興味もないしね」

ヴィスティングはもうひと押しした。「でも、当時はよく知っていたはずだ」

「あいつとは終わったの。長い時間がかかったし、ずいぶんとつけも払わされたけど、マッティン・ハウゲンとはもうなんでもない」

ヴィスティングはそこで見切りをつけ、礼を言った。来てはみたものの、無駄足だったようだ。

51

リュックサックは緑のナイロン製で、三十年もまえに買ったものだった。当時はずいぶん高価に感じたものだとヴィスティングは昔を振り返った。トーマスとリーネが幼かったころは、日曜になると一家でハイキングに出かけ、森や山や海岸の遊歩道を歩いたものだった。いまは物置にぶら下げてあり、五、六年前にマッティン・ハウゲンと山小屋へ行ったときから使っていない。同じ場所にしまってある寝袋と釣り道具もまとめて持ちだした。

マッティン・ハウゲンの山小屋は粗末な造りで、水道も電気も通っていない。水は小川で汲み、食べ物は鋳鉄の薪ストーブの上で温める。なにかと不便ではあるが、だからこそくつろげる。時間を忘れ、頭を占めているものすべてからしばし離れることができる。だが今回の滞在はわけが違う。重大な責任を伴うものになる。

週末のあいだはほぼ同じ服で過ごすつもりだが、分厚い靴下を二足と下着を二枚、厚手のセーターを一枚、ジョギングパンツを一枚、予備のTシャツを二枚用意した。洗濯をしたければ、やかんの湯を張ったボウルを使うしかない。

ハイキング用のズボンに穿き替え、ベルトにナイフを装着し、長袖のランニングシャツを着て、さらに両胸にポケットのあるチェックのウールシャツを用意した。それを着るまえにレコーダーを取りだし、食卓の椅子にすわってポケットの内側にマジックテープを貼った。少し考えてから、上着の両袖口の内側にも貼りつけた。

トーマスが二階の寝室から下りてきた。「いつ出発？」

「四時に迎えが来る。おまえはどうするんだ」

「土曜日の午後に出発する。明日リーネがナディア・クローグの恋人だった男に話を聞きに行くらしいんだ。アマリエはぼくが見てるよ」

「おまえがいてくれてよかったよ。おれにとっても、リーネにとっても」

それには返事をせず、トーマスは続けた。「リーネはいまちょっと苛ついてる。また違反切符を切られたんだ」

「一枚目のやつはそこだ」ヴィスティングは請求書置き場にしているキッチンの棚を

指差した。

「もう払っただろうけど」トーマスは棚へ近づき、黄色い切符を手に取った。「いちおうリーネに渡しとく」

トーマスが戸口を出ると、ヴィスティングはバスルームの洗面用具入れを持ちだした。それをリュックサックに詰めるまえに、旅行用の髭剃り(ひげそ)とシャンプーの小瓶を取りだした。持っていくものは最小限に留めようと考えたところで、マッチが必要だと思いついた。マッチ箱をふたつ出してリュックサックのサイドポケットにしまった。最後にアドリアン・スティレルから渡されたコニャックの瓶を、割れないようにセーターと寝袋のあいだにもぐりこませた。

少しのあいだ、ヴィスティングは荷造りのすんだリュックサックを眺めていた。なにかが頭のなかで引っかかっている。カタリーナ・ハウゲンに関することだが、捉えようとすると逃げてしまう。古い歌の一節のように、そこまで出かかっているのに思いだせない。その日の自分の行動を一から振り返り、いったん中断された思考の流れをもう一度軌道に乗せて、気になっているものの正体をつかもうとした。

やがて思考がつながりはじめ、それが明らかになった。突如として閃いたわけではなく、ゆるゆると見えはじめたのだ。それは、失踪直前のカタリーナが考えていたことについてだった。

クロゼットにしまった古い捜査資料を見ようと寝室に向けて何歩か歩き、そこにはもうないと気がついた。代わりに携帯電話を出し、ニルス・ハンメルの番号にかけた。

「頼みたいことがある」と前置きなしに切りだす。「スティレルの部屋に行って、カタリーナ事件の捜査資料から04・11番のフォルダーを見つけ、六枚目と七枚目をスキャンして送ってほしいんだ」

「04・11番ですね」ハンメルが確認する。

主要な資料の番号は頭に入っている。「写真のフォルダーなんだ」そう言って時計を確認した。四時十五分前だ。「すぐに欲しい」

それから矯正局に電話したが、誰も出なかった。職員は帰宅したあとなのだろう。しかたなく番号案内にかけ、サンネフィヨルの女子刑務所につないでもらった。名前と身分を告げてから、急を要する件だと伝えた。「罪状確定後、収監待ちの者に渡す冊子ですが、そちらにお持ちですか」

「手もとにはないですが、なんのことかはわかります」

「持ちこみが可能な私物のリストが載っているページをコピーしてもらえませんか」

電話の向こうの女性はとまどいながらも、コピーを送ると約束した。

ハンメルから画像が届いた。それを確認するまえにもう一度番号案内に電話し、今度はクライヴェル通りのスタイナル・ヴァスヴィクの家を指定した。

呼び出し音が何度か鳴ったあと、スタイナル・ヴァスヴィクが応答した。

ヴィスティングは腰を下ろし、平静な声を出そうとつとめた。「カタリーナの失踪から二十四年になります」空いている手でペンをつかむ。「ちょうど古い資料に目を通しているところなんですが」

「なるほど」

「ひとつお訊きしたいことが出てきましてね」

「なるほど」ヴァスヴィクが繰り返す。

「報告書には、カタリーナが行方不明になる二日前、あなたが本を数冊借りたと書かれています」

「借りたんじゃない。もらったんだ。まだ持ってる。なにか問題でも？」

「カタリーナは本の入った袋を持参して、あなたはそこから五冊選んだとされています」ヴィスティングは記憶をたぐりながら言った。

「たしかに」

「なぜ五冊だったんです？」

「それだけしか認められていなかったから。刑務所に持ちこめるのはそれだけだった。本は五冊までだ」

「カタリーナとはそのことを話しましたか」

「どういう意味だ？」

ヴィスティングは時刻を確認した。四時五分前。じきにマッティン・ハウゲンが来る。必要な答えをすべて得るには、単刀直入に訊かなければ。「刑務所へ持ちこみが可能なもののリストは受けとりましたか」

「ああ」

「カタリーナはそのリストを見ましたか」

「カタリーナが来たとき荷造りの最中だったんでね」

「リストを見たと？」

「ああ」

ヴィスティングの電話が振動した。「どうも。伺いたかったことは以上です」

電話を切り、ハンメルのメールを開いた。フォルダーの六枚目の写真はベッドの上に開いて置かれたカタリーナ・ハウゲンのスーツケースを写したものだ。画面をピンチアウトし、写真の一部を拡大する。衣類が丁寧に詰められている。報告書の記述を思い返してみる。靴下十足、ショーツ十枚、Tシャツ十枚、ブラジャー五枚、ズボン五枚、セーター五枚、ブラウス五枚、トレーニングウェア一着。

次にサンネフィヨルの女子刑務所から届いた画像を確認した。冊子に記された衣類のリストはスーツケースの中身と一致している。本はたしかに五冊までとされている。

リストの最後から二番目にあるものを見て、カタリーナ・ハウゲンの荷造りの目的がついに決定的になった。写真の持ちこみは一枚、額は外すこととされている。

ヴィスティングは捜査資料の写真に目を戻した。フォルダーの七枚目はコーヒーテーブルを写したもので、五冊の本が積んである。その横にはカタリーナとマッティンの写真と、それが入れられていた額が置かれている。

カタリーナは服役するために荷造りしたのだ。

そう気づいたとき、はじめに覚えたのは当惑だった。謎の一部は解明されたが、同時に疑問も生じた。カタリーナはなんの罪にも問われてはいなかった。この点については辻褄の合う説明を見つける必要がある。だがこの発見が事件の全体像にうまく収まるのは間違いない。カタリーナが別人のように陰気になり、暗い秘密を抱えているように見えたという合唱団の仲間の証言にも合致する。

納得のいく結論に至るまえに家の外でエンジン音が聞こえ、クラクションが二度鳴った。

52

ピックアップのテールゲートはすでに開かれていた。ヴィスティングは防水シートの下にリュックサックと釣り具を押しこんだ。

「ちょっと待ってくれ」そう声をかけ、急いで家のなかへ戻った。

レコーダーはすでに上着の右袖口に装着してある。SPが無線機につないだマイクを隠すのと同じ要領だ。車に乗るまえにそれが確実に固定されているか確認しておきたかった。小さなスイッチは緑に点灯し、予備のレコーダーは内ポケットに収まっている。

急いで外に出、玄関のドアを施錠した。「コーヒーマシンのスイッチを切り忘れてね」そう言って笑みを浮かべ、車に乗りこんだ。

マッティン・ハウゲンも運転席にすわった。ヴィスティングの言葉には笑みを返したが、それ以上の表情は読みとれない。

「今日は忙しかったかい」とマッティンが訊いた。

「いつもと同じさ。組織改革の予定があってね」

ヴィスティングは管轄区域の統合と、日々の業務への影響について語った。マッティンはとくに興味を示すでもなく聞いていた。沈黙が落ちるとヴィスティングはもどかしさを覚えた。先ほどの発見とカタリーナの失踪との関連をハンメルに伝えておきたい。

「しまった」ポケットから携帯電話を出してみせ、そう言った。「署の人間にメールを送らないと。うっかりしていた。金曜の午後はてんやわんやでね」マッティンにメールの内容を見られないよう、電話を傾けた。

〝M・Hとピックアップのなかだ〟そうはじめたものの、ハンメルはすでに通信傍受室で地図上の赤い点を追っているはずだ。〝さっきの写真とこれを比べてくれ〟と続け、刑務所へ持ちこみ可能なもののリストを添付した。

さらに一件メールを送った。〝カタリーナは警察に自首するつもりだった。刑務所に入る準備をしていたんだ〟

ヴィスティングは電話を手にしたまま返信を待った。テレマルク方面に続く高速の路面は荒れが目立ち、座席のスプリングから振動が伝わってくる。

「このあたりにもじきにアスファルトを敷きなおすのかい」

「来年の夏に」

「さすがは責任者だ」ヴィスティングはひやかした。「アスファルトを替える時期も決められるんだな」

「おれが決めるわけじゃないが、摩耗やひび割れは報告する」

「どれくらいの頻度で敷きなおすんだ?」

「路面にかかる負荷で変わってくるな。大型車の通行量とか、スパイクタイヤとか、そういったものでね」

ヴィスティングはレコーダーを隠した上着の袖口を見下ろした。事情を知らない者には雑談にしか聞こえないだろうが、意図があってその話を持ちだしたのだ。

「アスファルトの種類にもよるのか」一九八七年八月二十七日付の《VG》紙の記事を念頭にそう訊いた。誘拐犯が脅迫状に使った紙面だ。

「もちろんだ。舗装材の質もかなり向上したよ」マッティンはそう言って、アスファルトに混合する素材と耐久性の話をはじめた。

さらに突っこんだ質問をすべきか考えたが、そのままにした。いまはこれで十分だ。脅迫状に付着した指紋の件を突きつけられたとき、いまのやりとりがマッティン・ハウゲンの脳裏をよぎることになるはずだ。

ヴィスティングの電話がまた振動した。ハンメルからのメールだ。〝だとすると、犯した罪は決まりでしょう。ナディア・クローグだ〟

読み終わるとすぐにボタンを押して画面を消した。ハンメルの返信はヴィスティング自身の考えと一致していた。この一時間のあいだに立てた仮説は、カタリーナとマッティンが共謀してナディア・クローグを誘拐したが、想定外の事態が起きたというものだった。カタリーナは良心の呵責に耐えきれず自首を決意し、服役の準備をしていたのではないか。だが、それはマッティンを道連れにするということだ。ここに動機が生まれる。カタリーナの自首を阻止するには失踪させるしかない。だがこの仮説にはひとつ穴がある。マッティンにはアリバイがある。幾度となく確認ずみだ。カタリーナが消えたとき、マッティン・ハウゲンは八時間離れた建設現場にいたのだ。

「なにか問題でも？」運転席のマッティンが訊いた。

ヴィスティングは電話に目を落とした。「さしあたってできることはなさそうだ」そう答え、身を乗りだしてフロントガラスごしに空を見上げた。雲はごくまばらで晴れ間が広がっている。「天気には恵まれたな」

「着いてからだと、網を仕掛けるには遅すぎるな。やすで突いてみるか。山小屋に二本置いてある」

経験こそないが、ヴィスティングもやす漁の方法は知っていた。夜中に浅瀬の産卵場所へボートで漕ぎだし、舳先に灯した強力なライトで魚の目をくらませて突くのだ。乱獲の危険があるため、資源保全の面から法律で禁じられている。

「違法じゃないのか」

「なんだ、密漁の取り締まりか」マッティンが笑う。「二匹ほど捕まえて夕食にしようと思っただけさ。楽しいぞ。おれもやるのは子供のころ以来だ」

　ヴィスティングも笑ってうなずいた。マッティンは話題を変えて道路標識を指差した。「カタリーナがあれを設置させたんだ」

　通りすがりざま、そこに書かれた文字が目に入った。〝ポシュグルン〟の末尾がnではなくdと綴られ、次の出口を右にという指示が添えられている。

「いまだにあのままなんだ」マッティンは笑みを浮かべて言った。「見るたびに笑ってしまってね。カタリーナは綴りが苦手だった。標識をこしらえたのはスウェーデン人で、そいつもミスに気づかなかった。間違いが発覚したとき、ふたりともその綴りで正しいはずだと言い張った。トイレの陶器にはみんなその綴りのブランド名が入ってるじゃないかって。標識はそのままになった。二十五年以上もまえの話さ」

　ヴィスティングもこの道路は幾度となく走ったことがある。綴りの間違いには気づいていたが、深く考えたことはなかった。昔は末尾をdと綴ったからだ。

　マッティンは標識の指示に従い高速18号線を降りた。「あそこで買い物をしていくか」そう言って、〈メニー・スーパーマーケット〉を指差した。

　ヴィスティングはうなずいた。「なにを買う？」

「卵とベーコンは欠かせないな」

53

スティレルは地図上の赤い点が店舗の駐車場に停止したのを確認した。

「食料の買い出しでしょう」ハンメルが言った。

スティレルは膝にのせたパソコンの画面に目を戻した。「ハウゲンの携帯電話の通信履歴を入手しました。過去九十日分の。大半は仕事関係で、とくに気になる通話相手はいない。ただし、それで先週の行き先がわかった」

「どこです？」

「マルヴィクです。そのあいだに出なかった電話は三本。どれもヴィスティングから
で、三本ともマルヴィクの基地局を経由していた」

「そういえば、やつはマルヴィクの天気予報を何度もチェックしていた。大雨で高速6号線があちこち崩落したから、どんな具合か確認したかったんでしょう。なんといっても、建設工事の責任者のひとりだったわけで」

スティレルも同じ結論に達していた。「ええ、ただ、なぜ嘘をつく必要が？　なにかやむにやまれぬ事情があるはずだ」

「通話の内容で、そこへ行った理由がわかるものは？　誰かと会う約束をしたとか」

「十月十日の午前八時すぎ、リレハンメルを通過した際に同僚にメールを送っている。その後はヴィスティングからの着信だけです」

「朝八時にリレハンメルにいた？」ハンメルが訊き返す。「それなら夜中に家を出たはずだ」

それには答えず、スティレルは手がかりを探してハウゲンの携帯電話の履歴を上下にスクロールさせた。睡眠不足のせいで集中力が切れ、考えがまとまらない。席を立って部屋の出口へ向かった。「すぐに戻ります」

階段を下りて個室に入り、粉末のカフェインの袋を取りだした。南アフリカにいたころに使いはじめたもので、ノルウェーでは手に入らないが、前回父親を訪ねた際に持ち帰ってきたのだ。

机のグラスを洗面所に運んで水を汲み、袋を破って粉末を直接口に入れてから、冷水で流しこんだ。

目を覚ますために飲んだのではない。どのみち眠れはしない。だが睡眠不足で集中できないのは困る。その場に立ったまま、カフェインがゆっくりと効いてくるのを待った。

電話が鳴った。マルムからだ。週末に帰宅するまえに進捗状況を訊こうと、オスロのオフィスからかけてきたのだろう。スティレルは水を飲みほしてから応答した。

「状況は？」マルムの電話はたいていこの台詞ではじまる。

「予定どおりです。現在山小屋に向かっていますが、盗聴器は仕掛けていないので、結果が聞けるのは日曜日になるでしょう」

「小屋に盗聴器を仕掛けるべきだったのでは？」

スティレルは三階へと階段をのぼりはじめた。「難しいと判断しました。ヴィスティングの車に仕掛ける予定でしたが、森の奥なのでその車は使えませんでした。ですが、ヴィスティングには録音装置を持たせているので、証拠は押さえられます」

通信傍受室のドアをノックし、ハンメルがあけるのを待つ。

「それで、現段階でのリスクは？」

「ご心配には及びません」

ハンメルがドアをあけた。画面上の赤い点は同じ場所に静止したままだ。

「では、よい週末を」マルムが言って電話を切った。

スティレルは椅子にかけた。カフェインが全身の血管を駆けめぐるのがわかる。ほんの一瞬目を閉じ、気持ちを落ち着けた。「エーミル・スレタッケルの犯罪記録をお願いします」そう言って目をあけた。

「ハウゲンがエアガンを買った男の」

ハンメルが振りむいた。「誰の？」

ハンメルはその名前を思いだしたのか、うなずいてキーボードに指を走らせた。住民登録簿でエーミル・スレタッケルの生年月日とID番号を調べ、犯罪記録簿にその十一桁の番号をコピー&ペーストし、エンター・キーを押す。

「いくつかあります。どれも大きなものじゃありませんが」

スティレルが画面を覗きこむと、そこに数々の交通違反と、麻薬所持や暴行の軽微な犯罪歴数件ずつに加え、銃規制法違反が二件記されていた。

嫌な予感がした。

「ハウゲンがエアガンの件で最初に電話した男は？」

ハンメルが通信記録を調べ、ハウゲンがエアガン購入の件で連絡したすべての人物の名前と電話番号を確認した。

「グンナル・フィシェルですね」と名前を読みあげてから、フィシェルの情報を調べにかかる。「記録にあるのは、二年前に窃盗被害の通報をしていることくらいです。サンネフィヨル・ペイントボール・クラブの一員で、会長をやっているらしいです」

スティレルは眉根を寄せ、一、二度瞬きをしながら画面を見つめた。「なるほど。

では、エーミル・スレタッケルが広告に載せている電話番号を」

ハンメルがそれを告げる。

スティレルはその番号にかけ、電話をスピーカーにした。呼び出し音が鳴りはじめる。

「エーミル・スレタッケルです」ようやく相手が応答した。

「スタイン・アルネセンといいます」スティレルは画面を見ながら偽名を告げた。「ワルサーのエアガンの広告をネットで見たんですが、まだ買えますか」

「ええ」

スティレルはハンメルと目を合わせた。

「千クローネ出せます」

「千五百だ」その中間あたりで手を打つつもりだろう。

「悪いが、ほかにも当てがあるので」スティレルはそう言って、相手が値引きを申しでるまえに電話を切った。

ハンメルが考えこむようにスティレルを見た。「ハウゲンはあのエアガンを買ったはずじゃ？」

スティレルはそれには答えなかった。「次はペイントボール・クラブの男の番号を。グンナル・フィシェルの」

ハンメルが調べた番号にかけた。すぐに応答があり、スティレルは高圧的な声を作って切りだした。

「サンネフィヨル・ペイントボール・クラブのグンナル・フィシェルさんですね」そうだと返答があり、スティレルも名乗った。

「クリポスの特別捜査班の者だが」こう言えば相当にものものしく聞こえるはずだ。「昨日五時ごろ、〈フィン〉に広告の載ったエアガンを買いに来た男のことで話を聞かせていただきたい」

短い間のあと、相手はそれを認めた。「たしかに会いましたが」

スティレルは黙ったまま続きを待った。

「昨日の午後うちに来ました。名前は覚えていませんが、電話に番号は残っています」

「話の内容は？」

「それが、エアガンに興味はなかったようです。ここに来ると、ほかの銃はないかと訊いてきました。本物の拳銃です。わたしがネットに広告を出していたから、銃器に興味があると思ったのかもしれませんが、とんでもないとはっきり言いました。そういったものは一切扱っていないので」

「なるほど」スティレルは電話を切ろうとした。

「あの、わたしはどうすれば？」フィシェルが訊いた。

「とくになにも。週明けに担当者をやって正式な調書を作成します。拳銃を買おうとした相手とはけっして連絡をとらないように。電話も含めて」

「もちろんしません」そこで通話は終了した。

スティレルは電話を置き、ハンメルのほうを向いた。「法務担当を呼んでください。エーミル・スレタッケルの逮捕令状と家宅捜索令状が必要だ。マッティン・ハウゲンが所持している銃を突きとめなければ」

54

ショッピングカートはまたたく間に満杯になった。パン、ソーセージ、ベークドビーンズ、卵、ベーコン、釣果ゼロに終わったときのための大きなステーキ肉二枚。ピーナッツと六缶パックのビールをふたつ。レジに向かいながら、ふたりのリュックサックに収まるだろうかとヴィスティングは心配した。

新聞のラックに《VG》紙は残っていなかった。近くのレジにも目をやったが、そこにも見あたらず、ほかのレジも同じだった。

「《VG》は売り切れかい」

「このところずっとそうなんです」レジ係の若い女性が答えた。「レジ袋はどうします?」

「おれが出しておくよ」マッティン・ハウゲンが財布を取りだした。「あとで精算しよう」

ヴィスティングは礼を言い、買ったものをレジ袋に詰めてピックアップまで運んだ。

「ガソリンスタンドに寄ってくれるかい」と、通りの向こうを示した。「《VG》を買わなきゃならない。リーネが書いたナディア・クローグ事件の記事が出てるんだ」

ガソリンスタンドの外の新聞ラックも空だった。マッティンが給油機のあいだに車をとめ、ヴィスティングは売店に入ったが、店内のラックも同じだった。

「まあ、不思議でもないか」ピックアップに戻ってヴィスティングは言った。「ナディアの家はこの近くなんだから」シートベルトを締める。「覚えてるか? 当時はこのへんで仕事をしてたんだったな」

マッティンは窓の外に顔を向け、小型のバイクを先に行かせてからガソリンスタンドを出た。

「その話でもちきりだったな。作業員の宿舎にも警察の捜索が入ったし、建設中の新道沿いの側溝を警察犬が嗅ぎまわっていたっけ」

「その宿舎で寝起きしてたのかい」

「いや、カタリーナとふたりで毎日通っていたんだ。カタリーナは事務所にいたし、おれも監督になって日勤が基本だったから」

「おれも警部になってありがたいのは、夜勤がないことだ。週末は？　毎週休みをとれたかい」

ナディア・クローグが行方不明になったのは一九八七年九月十九日土曜日の前夜だ。その当時の勤務当番表はさすがに入手が難しい。

「たいていはね。作業に遅れが出ていないかぎり」

「カタリーナはどうしてたんだ、あんたが残業のときは。彼女は定時に帰れたんだろ？」

「事前にわかっているときは、別々に通勤できるようカタリーナはバイクを使っていた。そうじゃないときは、事務所で時間をつぶすか、友達に送ってもらうかしていたよ」

ヴィスティングはうなずいた。カタリーナはノルウェーに来た当初ポシュグルンに暮らし、やがて高速道路建設に携わる建築設計事務所に職を得た。そこでマッティン・ハウゲンと出会ったのだ。捜査資料にはポシュグルンに住むカタリーナの友人数名の名前が記録されている。カタリーナの失踪後、全員に聴き取りが行われたが手がかりはつかめていない。彼らの証言に共通しているのは、マッティンと結婚後にカタリーナとの付き合いが減っていったという点だった。最も親しかった友人でさえ、カタリーナと最後に電話で話したのは行方不明になる四カ月前だったという。だが、事件が新たな様相を示しはじめたいま、あらためて友人たちに話を聞けば、ナディア・クローグ誘拐事件当時のカタリーナの言動についてつかめることがあるかもしれない。

「友達のなかにエレンという女性がいなかったかな。捜査中に二、三人と話をしたような気がする」

「ああ、そうだな。いたよ」

ヴィスティングの車で来てさえいれば、いまごろハンメルとスティレルは通信傍受室でこのやりとりを生で聞いていたはずだ。ふたりも同じ考えに行きあたり、友人たちの供述を調べにかかっていただろう。メールを送ろうかと考えたが、思いなおした。

「高速が完成してどれくらいになる?」そう訊いて、後部の窓ごしに高速道路のほうを見やった。

「段階的に建設されたんだ。このあたりの工事が一九八八年に終わったあと、おれはトロンデラーグの高速6号線の建設現場に移った」

「あそこはいま大変らしいな、ニュースで聞いたよ。この雨で路面が崩れたって。車線が規制されているらしい」

マッティンが急ブレーキをかけて道を逸れ、ガソリンスタンドに入った。「新聞があるか確認するか？」そう言って、給油機と店のあいだに車を乗り入れた。

ヴィスティングは車を降りて足早に店内に入り、《VG》が二部残っているのを見つけた。リーネの記事が第一面を飾っている。一九八〇年代のナディア・クローグの写真が掲載され、〝ナディア・クローグの謎〟というシンプルな見出しがつけられている。

スタンドから新聞を取り、レジに置いて支払いをすませた。

マッティンはエンジンをかけたまま待っていた。車が走りだすとヴィスティングは新聞を開いた。記事には三ページが割かれ、リーネとダニエル・レアンゲルというやや若い記者の小さな顔写真と氏名も掲載されている。最も目を引くのは、ナディア・クローグが行方不明になった場所と自宅の場所を示した地図だ。パーティーが開かれていた家の写真と、そこに住んでいたクラスメートの顔写真も挿入されている。三ページ目にはアドリアン・スティレルの写真も見つかった。ページの下部にはポッドキャストの詳細とともに、第二回の記事の予告が記されている。テーマは脅迫状だ。

「よく書けていそうか？」マッティンが路面から目を離さずに訊いた。

ヴィスティングは新聞をたたんだ。「今夜小屋で読むよ」

しばらくのあいだ沈黙が流れた。マッティンはカーラジオの音量を上げ、好みの局を選んだ。ヴィスティングはシートにもたれ、ハンメルからのメールを待った。リーネになりすましてポッドキャストを聴くようにと伝えてくる手筈になっている。予定では中間地点あたりで送られてくるはずだ。事前にハンメルと地図を確認し、ポシュグルンからヴェストシーデンへ向かう橋を渡ったあたりでと打ちあわせてある。だが、そこから五分が過ぎている。

左側にはヴォルスフィヨルドが広がり、カモメの群れが一艘のボートを取りかこむように舞っている。マッティンは左腕を窓枠に預け、前方を見据えている。車はのろのろ運転の大型トラックに追いついた。道幅が狭くカーブも多いため、マッティンは追い越しを諦め、速度を緩めて車間距離を保った。

数キロ行ったところでトラックが路肩に寄った。マッティンは両手でハンドルを握り、速度を上げて追い越した。

ようやく着信があり、ヴィスティングは電話を取りだした。リーネの名前の末尾にピリオドをつけて登録しておいたので、ひと目でハンメルからだとわかる。

「リーネからだ」そう言って、マッティンの顔を見た。「自分が出ているポッドキャストを聴いてほしいそうだ。かまわないかな」

マッティンがラジオの音量を下げる。「その手のものはさっぱりでね」

「おれもだ」

ヴィスティングはメールのリンクをクリックし、スピーカーをオンにした。マッティンがラジオのスイッチを切る。インストゥルメンタル曲に続いてリーネの声が車内に響きだした。

マッティンがヒーレビグダ方面にハンドルを切ると、じきに道路の両脇に森が現れた。

こんなふうにリーネの声を聴くのは不思議なものだとヴィスティングは思った。明るく快活で、真剣さも感じられるいい声だ。事件の概略に続き、リーネはナディア・クローグの人となりを語り、彼女に起きたことを解き明かすため全力を尽くすとリスナーに約束した。

話の構成がうまく、ジャーナリスティックにまとめられているうえ、ドラマティックで緊迫感溢（あふ）れる雰囲気につい引きこまれた。

マッティンはハンドルをきつく握りしめている。その顔からはなんの表情も読みとれない。十分もしないうちに車は車道を外れ、柵の前でとまった。轍の残る未舗装の道が森の奥へ続いている。ギアがニュートラルにされ、ハンドブレーキが引かれた。

「おれがやるよ」

ヴィスティングはポッドキャストを一時停止し、マッティンから鍵を受けとって車を降りた。

「ちょっとこつがいるぞ」

鍵を南京錠に差しこむのに手こずったがどうにか解錠し、柵を押しあけ、車を通した。それから柵を戻し、施錠してピックアップに戻った。

道は荒れ放題で、地面の凹凸を越えるたびに車体がバウンドし、砂利が跳ねあがる。ヴィスティングはマッティンが運転に集中できるよう携帯電話をしまった。大きな穴を避けて車を脇に寄せるたび、枝に車体をこすられる。自分の車で来ずに正解だったとヴィスティングは思った。

のろのろと進むうち、ついに穴に落ちこんだ。マッティンがアクセルをいっぱいに踏みこんだ。タイヤが空転し、ヴィスティングの側へ車体が傾ぐ。ようやくタイヤが地面をつかみ、車はまっすぐに進みはじめた。

「祖父さんがこの土地を相続したときは、車の通れる道はなかったんだ」マッティンが口を開いた。「当時はボートで行くしかなかった。資材は氷の上を引きずって運んだんだ」

二、三キロ進んだところで道は二手に分かれた。前回来たときの記憶はすでにおぼろげだ。どちらも車が通れそうには見えないが、マッティンは左の道を進みはじめた。砂利が洗い流され、固い土の地面に雨水が深い筋を刻んでいる。

「丘を越えるとましになる」マッティンが安心させるように言った。

たしかにそうだった。坂をのぼりつめるとその先は下り坂だった。雨水の大半は道の脇を流れる小川に注いでいる。一キロ進んだあたりで車を転回させられる場所に出た。木材運搬路だったころの名残りの丸太が、朽ちかけたまま積みあげられている。蔓延(はびこ)った草に車体の底をこすられながら車は向きを変え、踏み分け道の入り口に荷台を向けてとまった。

新聞を手に車を降りると、鬱蒼とした木々のざわめきがヴィスティングを包んだ。マッティンが車の後部にまわり、テールゲートをあけた。ふたりがかりで食料を分け、手早くリュックサックに詰めた。入りきらなかった軽い食品はレジ袋に入れてマッティンが持つことにした。ふたりはリュックサックを背負い、歩きだした。

55

令状の発行手続きは速やかに行われた。エーミル・スレタッケルがマッティン・ハウゲンに違法に銃器を売った可能性がある——クリスティーネ・ティーイスはことの重大さを即座に理解した。スレタッケルの身柄拘束と、銃器を探すための家宅捜索が許可された。必要な人員はニルス・ハンメルが手配した。

二台のパトカーがスレタッケルの自宅に急行した。四名が車を降りて玄関に向かった。アドリアン・スティレルは通りの反対側に車をとめ、ドアをあけたエーミル・スレタッケルの様子を観察した。大柄な警察官が令状を手渡し、それを読むスレタッケルに容疑を告げる。靴と上着を身に着けたスレタッケルが手錠をかけられ、パトカーの一台へと連行された。

スティレルはそこに近づき、車を出すのを少し待つように告げた。

室内ではすでに制服警官たちによる銃器の捜索が行われている。ひと部屋ずつ手際よく確認が進められている。

スレタッケルはひとり住まいらしい。家具はシンプルで実用的なものばかりだ。キッチンではオーブンがついたままになっている。なかを覗くと、大きなジャガイモがふたつアルミホイルに包まれて焼かれていた。スティレルはオーブンのスイッチを切り、調理台の上を見た。生のままの大きなステーキ肉が一枚。居間のテレビではスポーツ番組が流れている。

「食事どころじゃなくなりましたね」警官のひとりが言った。別のひとりが廊下の奥の部屋から出てきた。

「なにか見つかったか」スティレルは訊いた。

「エアガンが一挺です」警官がそれを掲げてみせる。〈フィン〉に載っていたエアガンだ。

「わかった、続けてくれ」

外に出てパトカーに近づき、後部座席のスレタッケルの隣にすわった。相手は後ろ手に手錠をかけられ、居心地が悪そうだ。身じろぎしながら、どういうことだという目でスティレルを睨みつけた。驚きはすでに怒りに変わっている。悪態をつき、事情を説明しろと要求した。

「オーブンのスイッチは切っておいた」スティレルは平然と言った。

相手はまた毒づき、やましいことはなにもない、捜索しても無駄だとまくしたてた。

「いいから、話を聞くんだ」

「あんた誰だ」

スティレルは名前を告げた。「クリポスの特別捜査班の人間だ」そう言ったほうが、未解決事件の担当だと告げるより効果的なはずだ。

エーミル・スレタッケルは黙りこんだ。

「置きっぱなしのステーキ肉が週末のあいだに腐ろうと、こちらは知ったことじゃない。今夜のサッカーの試合を見逃そうと、やはり知ったことじゃない。あんたにはなんの興味もない。知りたいのはひとつ。昨日の十七時三十四分から四十九分のあいだに訪ねてきた男にどんな銃を売ったかだ」

ピックアップに仕掛けた発信機の情報で正確な時間は確認してある。実際以上に警察が事情をつかんでいると思わせるため、あえてそれを告げたのだ。

家に目をやると、玄関にいる警官が手で合図を寄こした。いまだ収穫はゼロだ。

「さあ、話すんだ」スレタッケルはまだ口を割ろうとしない。

「あんたに興味はないが」スティレルは繰り返した。「訊いたことに答えれば、すぐに手錠を外してキッチンに戻してやる。ステーキでもなんでも焼けばいい。ただし、いますぐ答えるんだ」

エーミル・スレタッケルが呟きこむように言った。「エアガンを欲しがってた」

スティレルは相手に顔を近づけた。「違うだろう」奥歯を嚙みしめ、低くそう言う。「それはあんたに会うための口実のはずだ。本当はなにを買っていった?」

エーミル・スレタッケルは自分の家を見上げ、スティレルに向きなおった。「グロック34」

「使える状態のものか」

「ああ、銃身を延長した競技用モデルだ」

「弾は?」

「弾倉に二発入ってる。最大装弾数は十七発」

スティレルは続きを待った。

「五十発入りの箱も買っていった」

「代金は？」

「二万クローネ」

「その金はどこにある」

「居間のＤＶＤケースのなかだ」

「よろしい。それは押収する」

スティレルは車を降り、反対側にまわりこんで後部ドアを開いた。エーミル・スレタッケルがぎこちなく車外に出る。制服警官が近づいて、手錠の鍵を出した。

「いったいなんの捜査なんだ。テロかなんかか？」

スティレルは答えなかった。

「それで、このあとは」スレタッケルが続ける。

「こちらの用はすんだが、後日地元警察から事情聴取があるはずだ」

スレタッケルは黙ってうなずき、近所の目を気にするようにあたりを見まわした。

「捜査に協力的だったと伝えておくから、刑はかなり軽くなるはずだ。とにかく、どんな形であれ、銃を売った男と接触しないように」スティレルは相手の目を見据えた。

「いいな。逆らえば面倒なことになる」

エーミル・スレタッケルがうなずくと、スティレルは背を向けて自分の車に戻った。

56

十分歩いたところで木々の向こうに灰色の屋根が現れた。山小屋は平坦（へいたん）に切りひらかれた場所に建っている。この土地の歴史についてはヴィスティングもいくらか知っている。かつては小作地で、土地の所有者は地元の大地主のひとりだった。マッティン・ハウゲンの先祖は二十世紀初頭までこの地で生活していた。多いときには大人四人と子供九人が暮らしていたという。牛二頭に山羊（やぎ）や豚や鶏も飼われていた。マッティンの祖父はこの森で生まれた最後の人間だった。戦後この土地を買いとり、山小屋に手を入れたのだ。

かつて敷地内にはほかにも二棟の建物があった。干し草小屋と家畜小屋だ。干し草小屋は火事で焼けたようで、いま残るのは草むした土台の石だけだ。家畜小屋は大雪で半分が崩壊しているが、屋外便所と薪置き場を含む残りの半分は壊れずに残っている。

屋根の南側の雨押さえと破風板が交換されている。古いものは地面に下ろされ、より軽い板が取りつけられている。

マッティンはまっすぐ戸口に向かい、鍵をあけてヴィスティングをなかへ通した。内部にはキッチンと居間と二段ベッドつきの寝室がふたつある。ヴィスティングは背の低い戸枠をくぐり、前回も使った寝室に入った。リュックサックを置くと隣のマッティンの部屋からも物音が聞こえた。

居間の窓からはランゲン湖が見わたせる。対岸の森は夕霧に煙っている。湖の手前の古い干し草畑の中央には葉の落ちたリンゴの古木が立ち、小さな実が数個枝に残っている。

マッティンがビールをふた缶手にして寝室から現れ、ヴィスティングに一本を渡した。「まずはストーブに火をおこして、なにか食ったほうがいいな」そう言って缶をあけた。

ヴィスティングはうなずき、マッティンのあとについて薪置き場に向かった。入ってすぐのところに薪割り台と斧があり、マッティンはビールの缶を置くと、斧を手にして薪割りをはじめた。

ヴィスティングは外で待つことにし、日差しをさえぎらないよう戸口から離れて立った。鬱蒼とした森がひっそりとふたりを包み、呑みこむ。ふたたび湖に目を向けると、並んで泳ぐ二羽の鴨が鏡のような湖面に波紋を描いていた。薪置き場に響く斧の音以外は静寂そのものだ。

音がやんだので、薪を抱えて小屋まで運び、キッチンの床に置かれた箱に入れた。すぐあとからマッティンも入ってきた。片腕に大量の薪を抱え、もう一方の手にやすを握っている。干し草用の熊手に似ているが、突いた魚を逃がさないよう先端に返しがつけられたものだ。三又状の先端部は研いだばかりのように光を放っている。

「ボートも水に浮かべておいたほうがいいな」マッティンはやすを脇に置き、薪を薪箱に片づけた。

ヴィスティングはしゃがんでストーブの扉をあけ、焚きつけを投げこんだ。「ボートを出すのは久しぶりなのかい」

「一年ぶりだな」マッティンが答えてマッチ箱を差しだす。「水を搔きださなきゃならない」

ストーブに点火するとすぐに炎があがった。炎の勢いが十分になるのを待ち、太い薪を数本くべてから扉を閉めた。ふたりは缶ビールを手に湖へ出た。

手漕ぎボートはふたつの切り株の上に裏返して置かれ、防水シートに覆われていた。シートの襞に落ち葉が溜まっている。

防水シートを剝がし、古いボートの状態をたしかめた。タールの塗られた舟底は無事のようだ。ふたりがかりでボートをひっくり返した。雨後のせいで水位が高く、苦もなく水面に押しだせた。マッティンがもやい綱を木に結わえてからオールを運び入れ、水を掻きだすための小さな赤いプラスティックバケツも積んだ。艫側の床板のあいだからわずかに水が浸みだしているが、板が水分を吸って膨張するので、数時間もすれば細かな隙間はふさがるはずだ。

作業しているあいだに夕闇が迫りはじめた。小屋に戻ったときには湖岸が見えなくなっていた。

マッティンがストーブに薪を足し、その上にフライパンをのせた。

「ソーセージでも腹に入れておくか」落とされたバターがゆっくりと溶けていく。

ヴィスティングはうなずいて石油ランプに火を点けた。柔らかな光が室内に広がり、テーブルや椅子が床に長い影を落とす。

窮屈な居間は徐々に快適になりはじめた。ヴィスティングは上着を脱いで椅子の背にかけ、リュックサックから新聞を取りだしてリーネの記事に目を通した。マッティンはソーセージをフライパンに入れ、ときどき揺すりながら焼いている。

「なにが起きたと思う？」ヴィスティングは新聞から目を上げて訊いた。

マッティンは缶ビールをひと口飲んだ。「なにがって？」

「ナディア・クローグにだよ。不可解な事件だ」

缶の蓋を指でなぞりながら、マッティンは片頰を歪めて笑みを見せた。「さっぱりだな」

ヴィスティングはデジタル加工された似顔絵の載った紙面を軽く掲げた。「生きてるとは思えないな、どう考えても。なにかあったんだ」

「誘拐されたんだろ」マッティンが音を立てて焼けるソーセージをひっくり返しながら、いかれた連中が、と小さく続けた。

ヴィスティングは訊き返した。

「いかれた連中がやることは理解しようがない」

「ああ、たしかに」ヴィスティングはうなずき、新聞をたたんだ。「でも、あの事件を起こした者――あるいは者たち――はいかれた人間ではないと思う。精神的に不安定だとか、病気だとかいった意味では。ナディア・クローグを故意に殺したとも思わない」

これは餌だ。すぐに食いつくとは思っていない。だがこの考えはゆっくりとマッティンの頭に浸透し、しだいに熟していく。そして最後には罪の告白へと導くのだ。

この山小屋へ来るにあたり、当然ながら戦術は考えてきた。取調室に入るときと同じだ。ヴィスティングの仮説は、マッティン・ハウゲンがナディア・クローグを殺し、それに関連した理由でカタリーナも命を落としたというものだ。ヴィスティングが発する言葉はすべてこの仮説に基づいたものであり、マッティンの返答もすべてこの仮説に従って解釈される。マッティンに揺さぶりをかけるための台詞は豊富に用意してある。ナディア・クローグが故意に殺害されたとは思わないという先ほどの言葉も、そのひとつにすぎない。

「故意に殺人を犯す者はごくわずかなんだ」ヴィスティングは続けた。「冷酷非情で狡猾(こうかつ)な殺人犯には、ほとんど会ったことがない。人を殺すなどとは夢にも思っていなかったのに、たまたまそうなってしまった人間が大半なんだ。罪を犯す瞬間だって頭がいかれていたわけじゃない。犯行の前後も同じだ」

フライパンの煙が石油ランプの煤(すす)と混じりあう。マッティンがストーブから顔をそむけ、煙を手であおいだ。いまの言葉に動揺したのは明らかだ。証拠として録音に残りはしないが、自分のやり方に手応えを感じるには十分だった。マッティン・ハウゲンはすでに典型的な不安の徴候を示している。目を合わせようとせず、不自然なタイミングで笑みを浮かべ、忙(せわ)しなく両手を動かしている。

「たいていの場合、自制心や我慢の限界に追いつめられたことが原因なんだ。その結果、自暴自棄になり、あるいは怒りに駆られて、衝動的に殺人を犯してしまう」

マッティンがストーブからフライパンを下ろした。「できたよ」

「うまそうだ」

マッティンがキッチンの抽斗をあけてすぐに閉め、別の抽斗からパン切りナイフを取りだした。ヴィスティングは来るときに買ったパンを手渡した。マッティンはそれをパン切り台にのせて二枚切り、それぞれにソーセージをのせた。

「どこかにマスタードがあったはずだ」と言って戸棚をあける。

ヴィスティングはマスタードを受けとった。薄暗さのせいで賞味期限は読みとれないが、それをソーセージに絞りだし、パンで両側から挟むように持った。

薪のはぜる音を聞きながらふたりは黙ってそれを食べた。マッティンがストーブの扉をあけ、薪をくべた。

57

数字は振るわなかった。ナディア・クローグ誘拐事件の特集記事は正午にニュースサイトに公開された。トップページには二カ所にリンクが載せられていたが、記事にアクセスした読者は十万人をはるかに割りこんだ。ニュースサイトの一日あたりの訪問者数は百五十万人、リーネの記事に興味を持ったのはその十パーセントにも満たないことになる。目標は二十万人で、そこまでいけば記事として成功したことになる。夜にはもう少し伸びることを期待するしかない。

　ポッドキャストのリスナー数を増やすにはさらに時間がかかりそうだ。ニュースサイト経由で聴いた人数しか把握できないものの、わずか千二百人に留まっている。いまの時点では悲惨なほど少ないが、それは想定内だった。ポッドキャストの人気はさざ波のように広がる。これから徐々に興味を持つ人が増え、回を重ねるたびに飛躍的にリスナー数が伸びる可能性もある。

　ベビーサークルにすわったアマリエが退屈と空腹でぐずりはじめている。リーネはにっこりと微笑みかけた。「よしよし。ごはんにしようね」

　椅子に浅くかけたまま携帯電話を手に取り、ツイッターをチェックする。ナディア・クローグに関するツイートの数は驚くほど多いが、大半がTV2の番組に対するコメントで、ナディアの似顔絵をシェアしたものだった。

　電話を脇に置き、アマリエをキッチンのハイチェアにすわらせてから、パンにレバーパテを塗った。それを四等分し、よだれかけを着けたアマリエの前に置く。それから自分のパンにもパテを塗って、ふたりで食べた。

　食事が終わるとアマリエを風呂に入れ、昼寝させた。すぐに眠ってくれたので、リーネはまたパソコンを抱えてソファにすわった。

この一時間で読者数は一万人近く増えていた。それは喜ばしいが、いまは次回の記事に集中しなければならない。脅迫状の実物を公開すれば、クリック数は激増するはずだ。

脅迫状に加え、身代金の監視にあたった警察官や誘拐犯に名前を借用された〝ザ・グレー・パンサーズ〟代表へのインタビューも盛りこむ予定にしている。でも、もっとなにかが必要だ。なにか新しいものが。

取材で集めた情報のなかで気になっているものは二点。ひとつは、〝ザ・グレー・パンサーズ〟について、代表のヴィダル・アルンツェンが〝まだまだ元気で意欲もある老人〟の団体だと語った点。もうひとつは、《ポシュグルン・ダーグブラ》紙の記者が言っていた、復讐が誘拐の動機である可能性だ。ナディアが行方不明になったとき、父親は製材所を閉鎖したばかりだった。多くの人が解雇された。長年そこで働いてきた人々、つまり老人たちが。

ただのこじつけだ。そんなことより、ナディアの恋人だったローベルト・グランの件に集中したほうがいい。明日のインタビューの準備をしなくては。そう思いながらも、誘拐犯が脅迫状に使用した新聞の紙面に目を通しはじめた。ヴィダル・アルンツェンの写真が掲載された面でふと手が止まった。彼はこの新聞が脅迫状の届く何週間もまえのものだと言っていた。なぜその日のものが選ばれたのだろう。

いちばんありそうな答えは、誘拐犯が古新聞の束から適当に抜いたというものだ。それが前日か翌日のものだったなら、誘拐犯は〝レッド・ドッグズ〟や〝ブラック・キャッツ〟などと名乗っていたかもしれない。

リーネはページを前後させて紙面に目を走らせていたが、やがて別の資料を開いた。

58

マッティン・ハウゲンは薪を二本ストーブにくべてから、やすをつかんだ。「そろそろ行くか」

ヴィスティングは椅子の背にかけてあった上着を着た。「ランプを持つよ」そう言って、石油ランプを手に取った。

外は星空で、梢(こずえ)の上に月が昇っていた。ブーツでぬかるみを踏みながらふたりはボートへと歩いた。空気は冷たく、湿り気を帯びている。

一年ほど使われていなかったにもかかわらず、ボートの底に溜まった水はわずかだった。ヴィスティングはボートに乗りこみ、艫側の腰掛け梁にすわって石油ランプを脇に置いた。水を掻きだすあいだに、マッティンがもやい綱を解いてボートを湖面に押しだした。

さざ波がひたひたと打ち寄せる。マッティンとヴィスティングは向かいあってすわった。マッティンは足を踏んばり、背中を弓なりにしてオールを漕ぎはじめた。石油ランプのかすかな明かりのなかで、その顔はやつれ、老けこんで見えた。

一瞬、ヴィスティングは目の前の男に己の姿を見たような気がした。自分も寄る年波には勝てずにいる。仕事ひと筋でここまで来てしまったが、もう少しこんな機会を作るべきだったかもしれない。ここでは満ち足りたときを過ごせる。シンプルに釣りの喜びを味わうことができる。静寂と、暗さと、胸の高鳴りとを。

「対岸の小川に産卵場所がある」マッティンが片方のオールを何度か漕いでボートを転回させた。

ボートがゆっくりと進みはじめた。オールが持ちあげられるたび、水掻きから水滴がこぼれ落ちる。マッティンはときおり振り返り、暗闇のなかで行く手を確認した。

ヴィスティングは水を掻きだしながら、カタリーナ・ハウゲンが消えた夜のことを考えていた。明らかにされた事実はわずかだが、マッティン・ハウゲンにアリバイがあることはたしかだ。

バケツが舟底をこすった。ヴィスティングは最後に一度水を掻きだしてから、バケツを置いた。

「深さはどれくらいある？」黒々とした湖面を覗きこんで訊いた。

「深いところで六十メートルくらいだ。入り江のこのあたりはもっと浅い。せいぜい十メートルちょっとだな」

対岸の森が近づいてくる。澄んだ星空にその輪郭が浮かびあがっている。

マッティンがオールを引きあげた。ゆるゆると進むボートの上でふたりは耳を澄ました。やや左手から、かすかに小川が注ぐ音が聞こえる。

マッティンがオールを下ろし、ボートの向きを調整した。

「舳先にまわってくれ」魚を驚かせないように小声で告げる。

石油ランプを取りあげ、ヴィスティングはマッティンの横をすり抜けて舳先にすわった。じきに岸に着く。水際まで迫る鬱蒼とした木々がふたりを闇に包んだ。

石油ランプの金属の傘のせいで光は真下の水面を照らし、眩しさはさえぎられている。

「なにか見えるか」マッティンが訊いた。

ヴィスティングはランプの芯を出して炎を大きくし、腕を突きだして水面すれすれに掲げた。「水底の砂が見えるだけだ」

マッティンがもうひと漕ぎしてボートを小川へ近づける。湖底で黒い影がすっと動いた。

「魚だ！」ヴィスティングは叫んだ。

ボートがさらに岸へ近づいた。舟底が湖底に触れたが、小川の流れにふたたび押し戻される。

「舟をつなぐんだ」マッティンが言った。

ヴィスティングは石油ランプを腰掛け梁に置いてから、ボートがもう一度岸に近づくのを見計らい、もやい綱を持って飛び移った。それを結んでまたボートへ戻る。ボートは岸から二メートルほど離れたところで張りつめた綱に引かれてとまった。

マッティンがオールを引きあげ、やすを持って立ちあがった。ヴィスティングはボートの揺れで石油ランプが倒れないように支えた。

舳先へ移動したマッティンが、ひざまずいて船縁（ふなべり）から身を乗りだし、やすを構えた。ヴィスティングはその横でランプを掲げる。砂と小石の湖底までは五十センチもない。生い茂った褐色の藻が小川の流れに揺られている。

光の輪の端でちらりと動くものが見えた。ヴィスティングがさらに身を乗りだすと、怯えた魚は逃げ去った。

ふたりは黙ったまま肩を並べて待った。マッティンはやすを少し下げ、三叉状の先端を水に潜らせた。黒っぽい魚影が光の輪のなかにすっと現れ、静止したとたん、すかさずマッティンが突いた。飛沫に邪魔されて命中の瞬間は見逃したが、やすが引きあげられると、その先で魚がのたうっていた。腹は赤みがかったオレンジ、背中はつややかな緑だ。

マッティンは手早くやすから魚を外し、首を折って舟底に放った。「五百グラムってとこだ」手についた血を拭いながら言う。「あと二匹は獲らないと夕食には足りないな」

マッティンはまた船縁から身を乗りだした。じきに次の魚が現れた。今回は逃した。三匹目も同じだったが、その次はうまくいき、最初の魚の一・五倍はあろうかというホッキョクイワナを仕留めた。

それをやすから外して首を折り、一匹目の横に並べると、マッティンはやすをヴィスティングに差しだした。「やってみるか」

ヴィスティングはそれを受けとり、石油ランプをマッティンに預けた。つかのますべてを忘れ、湖底の様子だけに集中した。

大きなホッキョクイワナの鼻先が現れ、光の輪の中心へゆっくりと近づいてくる。ヴィスティングは息を殺してやすを握りしめた。ぐっと突きだす。二の腕まで水に浸かり、やすの先が湖底に刺さった。引きあげると、魚はいなかった。

マッティンが笑い、次はうまくいくさと励ました。

巻きあげられた湖底の砂はすぐに落ち着いた。先ほどの失敗でヴィスティングの腕は付け根まで濡れている。こぼれた水滴が静かな水面を乱すが、魚は平気なようだ。すぐに小さなホッキョクイワナが二匹現れた。黒々とした目で光を見上げていたが、やがてなにかに驚いたようにすっと消えた。

ボートの陰からさらに一匹が現れた。ほっそりとした背がランプの光にきらめく。尾をくねらせながら魚はやすの真下へ泳いできた。

ヴィスティングはとっさに突いた。今回は命中した。やすを引きあげると、先端の一本が魚を貫いていた。ほかの二匹よりも大ぶりで、腹の色も赤い。やすの先をマッティンに向けると、マッティンは魚を外し、また首を折って舟底に放った。

もうしばらく続け、産卵前のホッキョクイワナをさらに二匹仕留めたところで切りあげた。

マッティンがオールを構えたとき、ヴィスティングは濡れた腕にレコーダーを装着していたことを思いだした。

さりげなく上着の袖口に指を入れて探った。チップは剝がれていないが、はたして無事かどうか。幸い、これまでのやりとりにはマッティンの追及に使えそうな内容は含まれていないが、予備のレコーダーも作動させたほうがよさそうだ。

岸に帰りつくとマッティンはオールをしまい、波打ち際へ飛び降りてボートを引き寄せ、係留した。ヴィスティングもボートを降りた。

湖の水で魚を洗ってからふたりは小屋に戻った。マッティンがストーブに薪をくべるあいだ、ヴィスティングは石油ランプ数基と蠟燭二本に火を点けた。蠟燭の一本を自分の部屋に運び、濡れた服を着替える。それから予備のレコーダーをシャツのポケットに装着した。

キッチンに戻ると、鍋でジャガイモが茹でられ、魚の下ごしらえもすんでいた。

マッティンが缶ビールを差しだし、自分の缶に口をつけた。ヴィスティングはスツールにすわり、カタリーナとナディア・クローグのことに思考を集中させようとつとめた。ふたつの事件はつながっているはずだ。マッティンがカタリーナの失踪に直接関与しえないことを考えると、別の可能性も見えてくる。誘拐事件がカタリーナの単独犯であるか、あるいは別の共犯者がいた可能性だ。

ふと気づくと、マッティンが見つめていた。

「消えてしまいたいと思うことはあるかい」マッティンが訊いた。ジャガイモの鍋が薪ストーブの上で煮立っている。

「消えたきりになるのは困るね」質問の意図を探りながらヴィスティングは答えた。

「捜査が行きづまったり、記者に答えにくい質問をされたときなんかは、なにもかも人に押しつけてやろうかと思うことはあるが、そのくらいだな。そっちは？」

「一からやりなおしたいと思うことはある。厄介事はみんな捨てて、どこか別の場所で」

「別の場所って？」

「さあな。いや、それより時間を巻きもどして、最初からやりなおすかな。同じ過ちを犯さないように」

「過ちって？」

マッティンは黒々とした虚空に目を据えている。石油ランプの光が届かない場所に。

「インゲル・リーセとのことは過ちだった。結婚するべきじゃなかった」

ヴィスティングは苦笑してみせた。「たしかに」

「それ以外は、小さな過ちの積み重ねだな。人生もなかばを過ぎたが、成し遂げたことなんてまるでない。振り返ってもなにもない。家族もいなければ、旅行もしていない。たいした経験もなく、三十年以上も同じ仕事をしている」

「おれも同じさ」

「いや、仕事は面白いだろ。毎日の生活に刺激があるはずだ」

狭苦しいキッチンに沈黙が落ちた。マッティンが薪箱の薪をストーブにくべる。

「カタリーナとのことも過ちだったのかい」

　マッティンはふかぶかと息を吸い、噛みしめた歯のあいだからゆっくり吐いた。

「あいつとの結婚だけは正解だった。思いもよらない結果にはなったが」

　ヴィスティングは返事をせず、続きを待った。

「あいつはおれといるのが嫌になったんだろうかと思うこともある。新しい生活を求めて出ていったんじゃないかと。生まれた国を出たように。あいつにはそういうところがあった。過去に区切りをつけることになによりこだわるんだ。いつだって過去から離れようとしていた。おれには無理だ。足踏みするばかりで、まるで前へ進めずにいる」

　その言葉には後悔と失望の響きが混じっていた。この流れを自白へ持ちこめないかとヴィスティングは考えた。前に進むには過去の清算が必要だと相手に悟らせるだけでもいい。だがチャンスを捉える間もなくマッティンが立ちあがり、フライパンをストーブにのせた。

「バターはどこへやったかな」とあたりを見まわす。

「外の袋だ」

　マッティンは戸口を出、食品を冷やしておくために外壁のフックにかけておいたレジ袋のひとつを持ってきた。たっぷりのバターがフライパンに入れられ、音を立てて溶けだす。

下処理のすんだ魚が調理台にのせられている。マッティンは身の両面に二、三カ所切れ目を入れた。バターが褐色に色づくのを待って魚をフライパンにのせ、塩と胡椒を振った。

「カタリーナが家出をしたとは思えない」ヴィスティングは言った。「消えたのは何者かのしわざだ」

フライパンの魚が弾けるような音を立てるが、マッティンはじっと動かない。

「それを突きとめるのを諦めてはいない」ヴィスティングは続けた。

マッティンはビールを口にし、フライパンのなかの魚をフォークでつついた。

ヴィスティングはすわったまま少し身を乗りだした。「おそらく、その人物はあんたやおれとそう変わらない人間のはずだ。経験上そう言える。新人警官だったころは、おれも白か黒かでものを考えていた。善良な人間と邪悪な人間しかいないと思っていたんだ。だが、そんなに単純な話じゃないとわかってきた」

マッティンが魚を裏返す。皮にはぱりっとした焼き目がついている。

「経験を重ねて気づいたんだ、必要に迫られれば人は誰でも殺人を犯す。追いつめられ、逃げ場を失えば。どんな人間でも、理由さえあれば人を殺める可能性があるんだ」

ここまで言えば、さすがに反応があるはずだ。殺されるような理由がカタリーナにあったという気かと食ってかかられてもおかしくない。だがマッティンはなにも言わず、ジャガイモのひとつをナイフで刺した。「もう食える」そう言って鍋を火から下ろした。「外で湯を切ってきてくれるか」

「言いたいのは、大きな過ちを犯したとしても、まともな人間ではいられるということなんだ」ヴィスティングはそう言って腰を上げた。「人を傷つけずに生きられる人間なんていない。いいやつか悪いやつか、善良か邪悪かで人間を分けることはできない。どちらか一方ってわけじゃないんだ」

ヴィスティングは鍋つかみをふたつ取って湯気をあげる鍋を外に運び、小屋から数歩離れたところで窓の奥にいるマッティンを振り返った。いまの言葉はいくらかでも効果があっただろうか。すべては自白への道筋をつけるために発したものだ。なかに戻ると魚は皿に移され、マッティンがフライパンにサワークリームを加えてソースをこしらえていた。

ふたりはめいめいの皿を持って居間へ行き、向かいあって食卓についた。

ジャガイモはわずかに茹で時間が足りず、少し硬かった。だが魚は完璧だった。

「うまいな」ヴィスティングが言ったとき、電話が鳴った。

「おれの電話は切ってある。そのために来ているんだしな」マッティンが部屋を見まわす。「家だと食事をするのもテレビの前だが、ここに来ると電気なしでも平気だ」ヴィスティングは笑みを浮かべて画面を確認した。ピリオドつきのリーネだ。「リーネからだ」とすまなそうに告げた。

〝楽しんでね〟とハンメルが書いている。〝予報では週末はいい天気だって。マッティンによろしく！〟

それは暗号だった。事前に決めておいたもので、ハンメルかスティレルから重要な用件がある場合、最初に天気について触れたメールを送ってくることになっている。次のメールをマッティンに見られないようにするためだ。

「ひとこと返信しておくよ」そう言って、〝おまえもいい週末を〟と送った。

電話を手にしたまま待った。即座に次の着信がある。文面はあらかじめ用意されていたのだろう。〝M・Hは実弾入りの拳銃を所持。違法に入手したグロック34〟

マッティンが魚の骨を吐きだした。ヴィスティングはその様子を窺ってから画面に目を戻した。ハンメルとスティレルがどうやってその情報を入手したのかは不明だが、おそらくはエアガンの関連だろう。なんにしろ、マッティン・ハウゲンがなにかを恐れ、余裕を失っているのはたしかだ。

「ポッドキャストを聴いたかだとさ」ヴィスティングはそう言ってメールを削除した。「感想を聞きたがってる。残りを聴いてもいいかな」

　マッティンがうなずいたので、ヴィスティングは再生を再開させた。番組の終盤まではその顔に異様なひきつりなどは見られなかった。ナディア・クローグがパーティーを抜けた際にハンドバッグを持っていたかどうか——リーネがそう話したときだった。マッティンはフォークを取ろうとして床に落とした。音を立てて椅子を引き、フォークを拾った。リーネはすでに次回の内容に話題を移している。次は脅迫状を取りあげると予告があり、番組は終わった。

　スイッチを切ると、携帯電話のバッテリー残量が二十一パーセントになっていた。慌ただしく出発したせいで充電を忘れていたのだ。スピーカーで再生したため、かなりバッテリーを消費したようだ。

「どう思った？」ヴィスティングは尋ねた。

「リーネは優秀だな」

「もう一通メールを送らないと。ポッドキャストの感想を。あの子は事件をうまく扱えているかな」

　マッティンが空になった皿を押しやる。「そうだな」

「失踪の真相を知りたくなるくらいに？」ヴィスティングはもうひと押しした。

　マッティンがビールを飲みほした。空になった缶を握りつぶす。「正直、落ち着かないな。カタリーナのことを思いだしてね」そう言うと立ちあがって、ヴィスティングのビールを指差した。「もう一本飲むか」

「ああ、頼む」

マッティンがキッチンを抜けて外の階段へ出ると、吹きこんだ風で石油ランプの炎が揺れた。戻ってくると、マッティンはストーブに薪を足した。ヴィスティングはビールの残りを飲みほし、腰を下ろしたマッティンから新しい缶を受けとった。

「いつかはカタリーナに起きたことをあんたに報告したいと思っていた」ヴィスティングは話を続けた。「なのに、被疑者も特定できず、彼女が狙われた理由すらわからないままだ。ただ、ゆうべのテレビであの刑事がナディア・クローグ事件について言ったことは正しいと思う。真相を知っている人間はかならずいる」

ビールの蓋をあけると泡が噴きだした。

「殺人事件の捜査の目的は、犯人探しだけじゃない。人を殺さざるを得なかったわけを理解することでもあるんだ」

マッティンが口を開きやすいよう、ヴィスティングはビールを口に運んだ。

「考えてみたことはあるかい」反応がないのでさらに続けた。「カタリーナが連れ去られた理由を」

大胆な問いだった。十年ほどまえならここまで突っこんだ話は不可能だっただろう。

だが定期的に顔を合わせるうち距離も縮まり、こんな質問ができる余地も生まれている。

「それは考えたくない」マッティンが答えた。「頭のおかしいやつは山ほどいる。レイプして殺し、死体を捨てるようなやつらだ。何年かまえ、ケイブマンってやつを捕まえただろ。あいつは何人の女性を誘拐して殺した？」

ヴィスティングはうなずいた。多くの犯行が性的動機によるものだ。連続殺人犯のケイブマンについてはマッティンとも何度か話したことがある。一九九〇年代にアメリカからノルウェーに逃げてきたため、カタリーナの事件と関係している可能性はない。

「別の可能性も考えてみた」ヴィスティングは言った。

「どんな？」

話しだすまえに少し考えた。カタリーナが自首して刑務所へ入る準備をしていたという仮説のほうへ話を持っていきたい。

「復讐だ」話の流れを頭で組みたてながら言った。

沈黙が落ちる。マッティンは投げかけられた言葉を咀嚼しようとしているようだ。

「彼女のとった行動が復讐を招いたとは考えられないか」

マッティンが首を振る。「そんなはずがあるか？　もしそうならおれが知っているはずだ」

「そうだな。ただ、思いついたことがあるんだ。これまで引っかかっていたことに関して」

「なんだ」

「スーツケースのことだ」

「それが？」

「たんなる仮説なんだが、彼女は刑務所に入るための荷造りをしていたんじゃないか」

マッティンはなんの反応も見せない。

「詰めてあった衣類の数がやけに揃っていた」ヴィスティングは続けた。「刑務所に収監されるときに持ちこみが許される私物の数とぴったり一致しているんだ。カタリーナはスタイナル・ヴァスヴィクの家でリストを見ている。持ちこめる物の種類だけじゃなく、どんな服を何枚持ちこめるかも知っていたんだ」

ランプの明かりを挟んで向かいあったこの状況は取調室とよく似ている。刑事と被疑者という立場で対峙(たいじ)しているなら、ここは厳しい態度に出、カタリーナのしたことを知っていたはずだと追及する場面だ。だがいまは、こちらが真実に迫りつつあると悟らせるだけで十分だ。

「彼女はあんたと写った写真も用意していた。額から外した状態で。収監者用の冊子の説明どおりだ。写真の持ちこみは一枚、額は外すこととされている」

聞きたくないと言うようにマッティンが首を振る。

「それで花束の説明もつく」玄関ホールのチェストに置かれた十四本の赤いバラのことだ。「誰かに謝罪の気持ちを示すために花を買ったんじゃないか」

「違う」マッティンが語気を強めた。「なにかあったんなら、おれが知らないはずはない」

「いや、あったんだ。合唱団の仲間は、カタリーナが元気をなくしてふさぎこんでいたと言っている」

「そんなはずはない。カタリーナのことは誰よりもおれがわかってた。まえにもこの話はしたはずだ。あいつはふさぎこんだりしていない。悩みなんかなかったんだ。最後に電話で話したときも笑ってたんだ、いつもどおりに」

ここが取調室であれば、さらに追及を強め、いつもどおりではなかった点を挙げて責めたてるところだ。カタリーナはどういうわけかスーツケースに荷物を詰め、どういうわけか玄関ホールに花束を置き、どういうわけか暗号を書いてキッチンに残し、どういうわけか忽然と姿を消したのだ。

矛盾を突いてマッティンを追いつめる代わりに、ヴィスティングは立ちあがってキッチンに入った。「コーヒーを淹れるよ」

コーヒーポットにバケツの水を汲み、ストーブの上に置いてから、小便をしに外へ出た。

月明かりを頼りに木立のそばまで行き、小屋に背を向けたまま用を足した。気温が下がり、小便から湯気が立ちのぼる。

振り返って小屋へ戻りはじめたが、戸口まで数メートルのところで立ちどまった。窓から赤みを帯びた明かりが漏れ、その奥にマッティン・ハウゲンの姿が覗いている。蠟燭を手に寝室に向かっている。なにをする気かたしかめようと、ヴィスティングも寝室の窓の外へ移動した。

マッティンはベッド脇のテーブルに蠟燭を置き、リュックサックを覗きこんだ。窓に背中を向けて立っているうえ、明かりも暗く、なにをしているのか判然としない。着替えを出しているようにも見える。最後にシャツの裾をズボンから出すと、蠟燭を持って部屋を出た。

ヴィスティングは急いで戸口へ向かった。キッチンに戻るとポットの湯が沸いていたのでコーヒーの粉をすくい入れ、ポットとカップふたつを持って居間に入った。

「チョコレートを持ってきたんだ」マッティンがテーブルの上の袋を示した。

ヴィスティングはコーヒーポットとカップを置いた。「おれも持ってきたものがある」そう言って笑みを浮かべ、寝室に入った。

セーターの下からコニャックの瓶を取りだして居間に戻った。「限定版だ」テーブルに置いてマッティンに言った。「飲んだことあるかい」

マッティンが首を振る。「おれには上等すぎる」

「おれにもだ」ヴィスティングはそう言ってコルク栓をひねり、封を切った。「リーソルのバス運転手にもらったんだ」

鈍い音を立てて栓が抜けた。ヴィスティングは瓶の首を持って鼻に近づけ、香りをたしかめた。力強いスパイシーな芳香が鼻孔をくすぐる。

「運転手の娘がケイブマンの犠牲者でね。六年間行方知れずだったんだが、タヌムの井戸でわれわれが遺体を発見した。真相が明らかになったことを喜んで、これを贈ってくれたんだ」

「警察官は付け届けを受けとれないんじゃないのか」

「どうしても断れなくてね。ひとり娘を失ったんだ」

ヴィスティングはキッチンに行き、厚手のグラスをふたつ取ってきた。「これでよしとしよう」そう言ってグラスに半分ずつ注いだ。

マッティンがグラスを鼻先に近づけ、香りを嗅ぐ。

「ヒルデという名だった」ヴィスティングは瓶に栓をした。「ヒルデ・ヤンセンだ。

まだ二十歳だった」

マッティンが軽くグラスをまわし、また香りをたしかめる。

「最初の乾杯は彼女に捧げると約束したんだ」ヴィスティングはグラスを掲げた。ガラスごしのマッティンの顔が歪んで見える。

ふたりはグラスを合わせ、高価な酒に口をつけた。

スティレルは自費でこれを買ったのだろうか、それとも必要経費としてクリポスの予算から支払わせたのだろうか。いずれにせよ、コニャックの入手元に関する嘘が口をついて出たのには自分でもいささか驚いた。

ヒルデ・ヤンセンの遺体が古井戸の底から回収された件にヴィスティングが関わったのは事実だった。父親は大層感謝し、立派な花束を持ってヴィスティングを訪ねてきた。真実を交えたほうが嘘はつきやすい。

飲みごろになったコーヒーをヴィスティングはカップに注いだ。

「母親については書かれているのか」マッティンがカップの中身に目を落として言った。

ヴィスティングはコーヒーポットを置いた。「なんの話だい」

「リーネの記事だよ。ナディア・クローグの母親のことにも触れているのか？　誰よりもつらい思いをしたはずだ」

マッティンから目を逸らし、ヴィスティングは古い新聞に掲載された母親のインタビュー記事を思い返した。おそらくは心情を吐露した母親の言葉を真似るために、マッティンはその記事を保管していた。その言葉に共鳴するものがあったからだろう。

「いや」と首を振って答えた。「母親はインタビューに応じていないはずだ」なんらかの反応を引きだそうとそう言い足した。

マッティンは黙ってコニャックを口に含んだ。

「リーネの話では、父親はプレゼントを用意して娘の帰りを待っているらしい」マッティンが無言のままなので、ヴィスティングは続けた。「祖母がナディアのためにパリで買ってきたものだそうだ。誕生日プレゼントのつもりだったが、ナディアは消えてしまった。祖母はナディアが戻ったらあけるようにと両親にそれを託した。だが、孫娘が二十七歳になったはずの年に亡くなり、プレゼントはいまもナディアの帰りを待っている」

マッティンはコニャックのグラスを置き、コーヒーカップを引き寄せた。「そのことはリーネの記事には？」

「みんな書かれている」

「プレゼントの中身は？」

ヴィスティングはテーブルの袋からチョコレートをひとつ取った。「誰も知らない。

そのプレゼントは、事件そのものの象徴みたいなものだと思う。答えはなかにある。きっちり包装されてね」

マッティンはコーヒーの代わりにコニャックを手に取った。「あんたたち警察は解決できると信じているんだな」そう言ってグラスを膝に置く。「だが、答えはすでに存在しないとしたら？　事情を知る人間がみな死んでいるとしたら？　ナディアの祖母みたいに」

「かならず見つかるはずだ、詳しく調べさえすれば。パリの店の店員だとか、レジで後ろに並んだ客だとか、飛行機で言葉を交わした隣席の乗客だとか、帰宅してから旅行の土産話を聞かせた友人だとかが。知っている人間はかならずいる」

マッティンはコニャックをあおった。「ほかの話をしないか」

話題を変えたくはなかった。マッティンは動揺している。ふたりのあいだの空気は破裂寸前の風船のように張りつめている。話を続けたいのは山々だが、それでは相手の意向を無視することになる。それ以上に、限界に達したマッティンがどんな行動に出るか予想がつかない。

「いいとも。なにか楽しい話をしよう」

「引退後はなにをする？」

ヴィスティングはコニャックで喉を湿した。「楽しい話はどうしたんだ！」と茶化し、もうひと飲みする。「六十までは働くつもりだ。あと五年ある。その先のことはわからない。こういう機会を増やしてもいいな」と手を広げてみせた。「魚でも獲って」

話題は政治からテレビ番組、天気へと移った。酒も進み、コニャックの瓶はじきに半分ほど空いた。ヴィスティングは酔いを感じ、マッティンも同じだと気づいた。いつもより口数が増え、ときおり呂律（ろれつ）が怪しくなっている。

「小便に行ってくる」マッティンが言った。

「付きあうよ」

静寂のなかを並んで木立まで歩いた。遠くでせせらぎの音がし、木々の梢がかすかにざわめいている。マッティンが隣で小便をはじめると、ヴィスティングは夜空を仰いだ。飛行機が灯火を点滅させながら東へ向かっている。

「チャールズ・リンドバーグのことは知ってるかい」話を戻そうとヴィスティングは訊いた。

マッティンはよく知らないようだ。

「アメリカの飛行家だ」自分も用を足しながらヴィスティングは語りはじめた。「一九二七年に初めて大西洋単独横断飛行に成功した。飛んだのはニューヨーク－パリ間で、飛行時間は三十三時間半。最初の成功者にはニューヨークのホテル王から二万五千ドルの賞金が贈られることになっていた。いまの金額に換算するとざっと三十五万ドル、約三百万クローネだ。リンドバーグは金と名声を手に入れた。本の執筆でも同じくらい稼ぎ、おまけに方々で体験談を披露してそれ以上の富を得た」

ファスナーを上げ、小屋のほうに数歩引き返したところで、夜露に濡れた草で手を拭いた。

「だが、五年後に息子が誘拐された」ヴィスティングはまた飛行機を見上げながら続けた。「二階の寝室から消えたんだ。五万ドルを要求する脅迫状が残され、壁には梯子が立てかけられていた。身代金は支払われたが、息子は戻らなかった。二カ月後、遺体が発見された。転落死と結論づけられ、誘拐犯が窓から逃げる際に梯子の上から落としたものと考えられた。身代金の半分近い大金がドイツ系移民の男の家で発見され、本人は無実を主張したが、有罪判決を受けて電気椅子送りだ」

ふたりは並んで小屋へと戻った。

「おそらくは偶発的な事故だったんだ。被疑者の男が真実を告白してさえいれば、死刑は免れただろう」ヴィスティングは食卓の椅子に腰を下ろした。「同じことがナディア・クローグにも起こったのかもしれない。なにか想定外の、取り返しのつかないことが」

マッティンは立ったままヴィスティングを見下ろしている。張りつめた空気が戻っている。「そうだな」と言ってコニャックのグラスを持ちあげた。「事故だったのかもな」

「なら、どんな事故だと思う？」

マッティンはコニャックを飲みほした。「さあな」気のない返事だ。「あんたの言うとおりかもしれないが、そろそろ寝るとするよ」

マッティンはグラスを置いて寝室へ向かい、「お休み」と言ってドアを閉めた。

ヴィスティングも眠気を覚えた。夜遅いこともあるが、なによりも、新鮮な空気とアルコールの組み合わせが効いてきている。

テーブルを片づけてから歯ブラシを出し、外の小川で歯を磨いてから寝床に入った。横になったまま今夜のことを頭でまとめにかかったが、いくらも進まないうちに携帯電話が騒々しい音を立てた。メールの着信音だ。椅子にかけたズボンに手を伸ばし、電話を取りだした。画面の光が部屋を照らしだす。ピリオドつきのリーネからだ。

〝お休みを言いたくて。お天気に恵まれてよかった。そっちは星空がきれいでしょうね〟

天気に触れられている。

ヴィスティングは電話をサイレントモードにし、短い返信を送った。〝もう寝床だ〟

即座に返信が来た。〝また電気を切った。自宅には見あたらない〟

暗号じみた文面だが、意味は明らかだ。ハンメルとスティレルがふたたびマッティンの家を捜索したが、拳銃は発見されなかった。つまり、いまここにあるということだ。

ヴィスティングはメールを消去した。壁の向こうで物音がした。マッティンはまだ起きているらしい。ドアが開く音に続き、足音が聞こえた。ストーブの扉を開く金属音、薪をくべる音。バケツの水を汲む音、さらになにか別の音。やがて足音は寝室へ戻った。

しばらく待ってからヴィスティングはそっと寝袋を抜けだした。ドアを椅子で押さえ、その上にリュックサックを置いて、侵入者があれば目覚めるようにした。

59

寝袋のなかで寝返りを繰り返していると、壁の向こうでもマッティンの寝返りが聞こえた。ベッドは硬く、自宅のものより狭いが、眠れないのは考えが頭から離れないせいだ。良心の呵責に耐えかねたカタリーナが自首する準備をしていたという仮説は確信に変わりつつあった。彼女がナディア・クローグの死に関与していたことがその前提となる。キッチンのテーブルに残された暗号まで含め、すべてがその前提に合致する。自首をまえに、カタリーナはナディアの遺体が隠された場所を地図に示したのだ。もう少しでもヒントが残されていれば、線と数字の謎も解けるはずなのだが。

どのような思考をたどったかは定かでないものの、そのとき閃くものがあった。

ヴィスティングはベッドをきしませて身を起こした。椅子ごとリュックサックを引き寄せ、サイドポケットからマッチ箱を引っぱりだす。蠟燭に火を点け、紙と鉛筆を取りだした。

長年眺めつづけてきたせいで、暗号はわけなく書きだせた。間違いない。これが答えだ。

60

ホテルの部屋の明かりは消してある。スティレルは胸の上で手を組んでベッドに仰臥していた。息遣いに意識を集中させる——呼吸に合わせて上掛けが上下し、鼻腔を空気が出入りする。そうしながら核になるべきもの、繰り返し唱えるべき言葉を探す。今夜は南アフリカのトゥゲラ滝を選んだ。スルス山を源流とし、九百メートルの落差を流れ落ちるその滝を脳裏に描く。

トゥゲラ。

地元の人々が発する深い響きを真似て、心の奥でその名をつぶやく。マントラのように。

いわば自己流の瞑想(めいそう)法だ。焚きしめた香も、鈴の音も、揺らめく蠟燭の炎も、スピリチュアルな音楽もないが、いくばくかの平穏がもたらされ、眠りにつけるときもある。

ベッドサイドテーブルの上の携帯電話が鳴った。

手を伸ばして電話をつかむ。午前二時三十七分。発信者はハンメルだ。

「寝てましたか」

「ええ、まあ」

「ヴィスティングがカタリーナの暗号を解いたようです。ナディア・クローグの所在がわかったと」

スティレルは飛びあがるように身を起こした。「場所は」

「メールがありました」ハンメルが質問を無視して続ける。「ナディアを殺したのはカタリーナだということです。マッティン・ハウゲンの関与は不明ですが。暗号は遺体が埋められた場所を示す地図だそうです。自首する際に説明しやすいよう、書いておいたものだと」

「場所は」スティレルは繰り返した。

「高速18号線沿いのどこかです。ナディアの失踪時、新しい高速道路が建設中でした。カタリーナは建築設計事務所で働いていた。暗号に書かれた線はその道路だとのことです。18は道路番号です、欧州自動車道路18号線」

スティレルはベッドを出て机へ向かい、ノートパソコンを開いた。そこにカタリーナの暗号の写真データが保存されているが、それを確認するより先に頭には浮かんでいた――二カ所に記され、四角で囲まれた18の数字が。

「ほかの数字の意味は？」

「道路標識番号です」

「道路標識番号？」

「標識にはすべて番号が割り当てられています。362は速度制限標識といった具合に。カタリーナは標識の設置に関わっていた。番号を知りつくしていたはずです」

画面に暗号が現れた。たしかに、平行に引かれた線は道路に見える。どちらの線の脇にも丸で囲まれた362の数字が書きこまれている。高速道路上の速度制限標識というわけだ。

「334は？」

「追い越し禁止」

「701は？」

「7ではじまるものは、すべて方向案内標識です」

「つまり？」

「目的地の方向や出口を知らせる、黄色い正方形のやつです」

スティレルは道路沿いの十字のしるしを見ながら考えた。「ナディアの失踪時、道路の建設はどの程度進んでいたんだろう」

「さあ。十キロかそこらでしょう」

「その道路上に、ナディア・クローグが埋められた場所を示す標識が並んでいるわけか」スティレルは画面の隅の時計に目をやった。三時近い。「九時に来られますか」

「了解」

スティレルは電話を切った。しばらくコンピューターの前にすわっていたが、立ちあがって服を着替えた。地下の駐車場に向かい、五分後には高速18号線を西へ向かっていた。

61

ヴィスティングは眩しさに目をあけた。窓にカーテンはなく、太陽が梢の上に顔を出している。朝日が顔にまともに当たっていた。

身体はこわばり、動きが鈍い。のろのろと携帯電話に手を伸ばした。新着のメールはない。時刻は八時四十五分。バッテリー残量は十四パーセント。

バッテリーを消費しないよう電源を切った。

昨夜思いついたとおり、カタリーナの暗号は解けたと思う。眠りに落ちる直前、ずっと頭の奥に引っかかっていたのがリーネの駐車違反切符だと気づいた。違反した標識番号を読みあげたことを思いだしたのだ。適当な理由をこしらえて滞在を切りあげるべきかと考えたが、この週末には重要な目的がある。カタリーナの暗号は二十四年間謎のままだった。あと二日くらい待てるだろう。

ヴィスティングは寝袋を這いだし、床を踏みしめるように立った。部屋が冷えこんでいる。靴下とズボンとシャツを身に着け、その上にセーターを重ねた。それからキッチンへ行ってストーブに火をおこし、バケツを持って川へ水汲みに出た。

草を踏む自分の足音やせせらぎの音に交じり、ときおり鳥のさえずりが聞こえてくる。それ以外はいたって静かだ。音がしない静けさとはまた違う。ここでは聞こえる音を煩わしく感じない。煩わしいのは人工的な街の騒音だ。この静寂は頭を研ぎすませ、思考をクリアにしてくれる。

水を汲もうとしゃがむと背中が痛んだ。森の奥で木の枝が折れる音がした。立ちあがって動物が現れるかと待ったが、なにも起きなかったので小屋へ戻った。煙突の煙がゆるゆると湖へ吹き流されている。

小屋に入ると、マッティンもすでに起きていた。「おはよう」ヴィスティングは笑みを向けた。

マッティンも笑みを返した。「よく眠れたかい」

「まあまあかな。硬いマットレスに慣れなくてね」

ヴィスティングはコーヒーポットを洗って水を注ぎ、マッティンはストーブの上を片づけた。

「いい天気になりそうだ」マッティンが窓から外を覗いて言った。「朝のうちに網を仕掛けられる」

ふたりは朝食をとり、コーヒーを飲んだ。ヴィスティングはカタリーナとナディアのことを頭の奥に押しやった。昨夜、石油ランプの揺らめく明かりのなかでは幾度か好機が訪れた。だがマッティンの守りも堅かった。おそらくはナディアとカタリーナの身に起きたことを知りながら、二十六年にわたり偽りの人生を送ってきたのだろう。ヴィスティングと顔を合わせるたび、地雷原でも歩くような思いで芝居をしていたにちがいない。ミスを犯すことをひたすら避け、カタリーナの失踪後も独り身を通してきた。襤褸を出さないよう四六時中気を張っていては、人と親密になることなど望めない。

朝食後ふたりはボートを出し、前夜やす漁をした小川と、少し離れたところにある湖岸の突出部に網を仕掛けた。そのあと小屋に戻って魔法瓶にコーヒーを入れ、釣り竿を持ってまた湖へ出た。草に覆われた小道を抜けて湖面に迫りだした岩場に出ると、少し距離をとって互いの釣り場を定めた。

マッティンが先に釣り糸を投げた。糸は空中で弧を描き、着水した。

ヴィスティングは七グラムのトビーを取りだした。黒っぽい斑点のある、少し赤みがかった銀色の軽いルアーだ。リールのベールを開き、糸を人差し指にしっかりかけてから、竿を後ろへ振りかぶり、振り下ろした。ガイドに通された糸がするすると伸びる。竿から放たれたルアーは斜め前方に上昇し、頂点に達すると、急降下する虫のように着水した。

しばらくそのまま糸を垂らしていたが、やがてリールを巻いてもう一度竿を振った。

ふたりは黙って魚を待った。どちらの竿にも、いっこうに当たりが来なかった。

三十分後、マッティンは糸を巻きもどし、ルアーを交換した。ヴィスティングもそれに倣った。

太陽が高く昇り、気温も上がってきた。ハエやほかの羽虫たちの動きが活発になっている。そのとき、魚の跳ねる音で静寂が破られた。真鍮色の腹がきらめき、水面にさざ波が広がる。

マッティンが手早く糸を巻き、銀色のルアーをそちらへ投げたが、魚は食いつかなかった。

さらに三十分のあいだ竿はぴくりとも動かなかった。やがてマッティンは釣り用バッグを肩にかけ、竿をつかんだ。「もう少し先に行ってみるよ」

ヴィスティングはうなずいた。マッティンはいったん森のなかに消え、イグサとスイレンが群生する小さな入り江の向こうに現れた。五十メートルほど距離がある。チャンス到来だ。ヴィスティングは釣り竿を置き、すぐに戻るとマッティンに手振りで示してから森を抜けて小屋へ戻った。

マッティンのリュックサックは寝室の窓の下の壁に立てかけてあった。上から手で押さえ、拳銃の硬い感触がないかと探った。それらしきものには触れなかったが、リュックサックを居間へ運び、湖岸の様子を窺いながら中身をあらためることにした。衣類を一枚ずつ出してテーブルに並べてみたものの、拳銃もその他の気になるものも見あたらなかった。

リュックサックを手に寝室に戻り、元の場所に置いた。それから部屋全体をくまなく調べたが、なにも見つからなかった。マッティンが銃を持参したなら、ピックアップに隠してあるか、いまも所持しているかだ。

ヴィスティングの部屋のドアが細くあいている。なかに入って携帯電話の電源を入れると、バッテリー残量は十パーセントに減っていた。

新着メールはなかったが、ひとりになった隙にハンメルと連絡をとることにした。

「長くは話せない」電話に出たハンメルに告げた。「バッテリーが切れそうなんだ。なにかわかったことは？」

「道路標識の件は当たりの可能性大です。スティレルが暗号に示された場所を見つけたと言ってます。三時に道路局と現地を確認します」

「了解」

「そっちはどうです、快適にやってます？」

「順調だ」

「なにか収穫は？」

「いまのところ魚だけだ。一時間半ごとに着信を確認するが、じきに充電が切れる」

「なにかわかれば連絡します」ハンメルは電話を切った。

短い通話だったが、バッテリーは一パーセント減っている。居間を横切りながらヴィスティングは電源を切った。と、キッチンの出入り口に立ったマッティンに気づいた。

「家にかけたんだ」ヴィスティングは電話をポケットにしまった。いまのやりとりで通話相手がわかるようなことを口にしただろうか。

「なにか問題でも？」

最後のところしか聞かれていないはずだ。怪しまれるようなことは言っていない。

「リーネがアマリエを医者へ連れていったんだ」とごまかした。「腹の具合が悪いらしい」

それを聞いたマッティンはしばらく黙っていた。やがて「大変だな」と答えてキッチンの抽斗をあけ、ホイルを取りだした。「あんたがいないあいだに小さなマスを釣ったよ。もう少し釣って焚き火で焼こう」

「そいつはいいな」ヴィスティングは安堵して答えた。

「それに、充電が切れたらいつでもおれの電話を貸すよ」

62

遅刻は嫌いだ。だからリーネは時間に余裕を持って行動する。ナディアの恋人との約束にも、三十分以上早く到着した。

車に乗ったまま相手の自宅前をゆっくり通りすぎた。こぢんまりとした長方形の家で、小さな窓が並んでいる。外装は本来クリームイエローだったようだが、いまは黴(かび)だらけで薄汚れている。

草ぼうぼうの庭で追いかけあっていた二匹の猫が家の裏に走り去った。ローベルト・グランは地下室で寝起きしているのかもしれない。横手の壁に地下へ通じる階段が見えている。ゴミが山積みになったトレーラーが階段の手すりのそばにとめてあり、傍らには防水シートがかけられたバイクもある。私道には幅広のホイールアーチを備えたBMW。

通りの先に小さな砂利の空き地が見つかり、そこで正午まで時間をつぶすことにした。手帳を取りだし、質問の内容にもう一度目を通した。まずはじめに、ナディアが消えた夜の出来事をローベルトの口から聞かせてもらう。ナディアの身になにが起きたと考えているかも確認する。頃合いを見て、供述の内容を変えたことについても訊く必要がある。それが原因で警察に嫌疑をかけられることになったのだ。

携帯電話を出し、昨日の記事の読者数を確認した。十八万件近くまでアクセス数が伸びている。脅迫状を公開すればさらに注目が集まるはずだ。

ポッドキャストのリスナー数も増えている。すでに一万人を超え、グラフは安定した伸びを示している。

大きな記事が掲載されると、多くの場合コメントや情報が寄せられる。ニュースサイトからは直接記者へメッセージを送れるが、これまでのところ目ぼしいものは来ていない。メールをチェックすると、家系調査のインターネットフォーラムに送ったメッセージへの返信が届いていた。一八〇〇年代後半にミューセンで生まれたオーレとラーシュのスティレル兄弟の子孫について尋ねてあったのだ。返信はミューセンの郷土史家からで、アンネシュとガルダのスティレル夫妻の息子たちだと知らせてくれていたが、そのことはすでに調べがついている。ガルダのほうがリーネの血縁にあたり、旧姓はスヴェンソン、出身はローロスだ。あいにく返信には子孫の情報は見あたらなかった。

アドリアン・スティレルとガルダのあいだには少なくとも四世代の開きがあるはず

だ。現在から過去へ遡るほうが調べやすいかもしれない。社の調査部の知り合いに住民登録簿でスティレルの近親者を探してほしいと頼んであるものの、なんの連絡もない。記事の内容には直接関係がないと判断され、後まわしにされているのだろう。

三十分後、リーネはレコーダーを準備してローベルトの家まで戻り、荒れ放題の庭に車を乗り入れた。運転席にすわったまま導入部を録音する。「ローベルト・グランはナディア・クローグの恋人でした。一度は逮捕されたものの、立件には至らず釈放されています。以来、事件についてはほとんど語ることがありませんでした。今日までは」

録音を続けたまま車のドアをあけた。

家の横手にある地下室への階段から黒髪の男が現れた。スティレルからもらった写真より少し痩せているが、本人なのは間違いない。

それでも念のために尋ねた。「こんにちは、ローベルト・グランさん？」

そうだと答えて、男が近づいてくる。握手するとその手はひどく冷たかった。

リーネはインタビューに応じてくれたことを感謝し、レコーダーを見せた。「使ってもかまいませんか」続いてポッドキャストについて説明する。

「昨日の配信を聴いたよ」ローベルト・グランはリーネを案内して地下室への階段を下りながら言った。

か」

「どう思いました?」

ローベルトは肩をすくめた。「そうだな。妙な気分だったね。生々しすぎるという
リーネはわかるという顔をし、録音を続けた。

「ここは仮住まいなんだ」ローベルトが弁解するように言う。リーネを部屋に通し、靴は履いたままでいいと告げたあと、何年か付きあった恋人と別れたばかりなんだと短く付けくわえた。

「上の階には誰がお住まいなんです?」知ってはいるものの、リーネは尋ねた。

「おふくろだ。いまは留守なんだ。スペインに行ってる」

狭い地下室は殺風景で薄汚れていた。ふたりは簡易キッチンのそばのテーブルについた。コップがふたつとコーラが一本用意されている。

「飲むかい」ローベルトがコーラの栓を抜いて訊いた。

リーネは首を振った。「お水をいただけます?」そう言って、レコーダーをテーブルの中央に置いた。

ローベルトはコップを持ってシンクへ行き、しばらく水を流してからコップに注いだ。ふたたび腰を下ろすのを待って、リーネは連載記事について詳しく説明し、ローベルトの話をぜひ聞きたいと伝えた。

「ナディアとの馴れ初めを伺えますか」手帳を取りだしながら尋ねた。

「学校が同じだったんだ。パーティーでもよく顔を合わせたし、共通の知り合いもいた。性格はまるで違ったけど、好みは同じだった。気が合ったんだ」

「交際期間は？」

「一年ちょっとだが、離れたりくっついたりを繰り返してた。向こうの親がややこしくてね」

「どんなふうに？」

「ナディアの親父さんのことは知ってるだろ。たぶん、おれは娘にふさわしくないと思ったんだろうな。自分の製材所でうちの親父が働いてたから」

「それじゃ、ご両親同士は知り合いだったということですか」

ローベルトは首を振った。「従業員は大勢いたから、向こうは親父のことなんか知らなかっただろうな。いや、知ってたから、親父をクビにしたのかもな」

リーネはメモを取る手を止めた。「お父さんが解雇された？」

「人員削減ってやつさ。まっさきにクビにされたうちのひとりだ」

「ナディアが行方不明になったあと、彼女のご両親と事件のことを話しました？」

「いや。誰とも話してない」

ローベルトの声に棘が、あるいは敵意のようなものが感じとれた。

「というより、誰からも訊かれないようにしてきたんだ。何度も引っ越して、よその町に住んだりして。やっとここへ戻ったんだ。ようやく忘れられたと思ったら、あんたらが蒸し返した」

「捜査を再開したのは警察ですけど」

「わかってる。クリポスの人間から、インタビューに応じたほうが利口だと言われたんだ。やましいことがないと証明できると」

「ええ、こちらも、いろいろな人の視点から事件に光を当てたいと思っています。事件の夜のことを伺えますか」

ローベルトはコーラをコップに注ぎ、ひと口飲んでから話しはじめた。内容は裁判所での勾留質問の際の供述とほぼ同じだった。ただしそれ以前にも二通りの供述をしている。

「なぜ警察はあなたに嫌疑を？」

「よくある話だろ、恋人が疑われるってのは」

「ええ、たしかに。でも、勾留までされたのは？」

「警察が些細なことを大袈裟に問題にしたんだ。おれが嘘をついたと」

「ついたのでは？」訊いてすぐに後悔した。インタビューはまだ序盤だ。挑発するような質問は早い。ローベルトの顔がとたんに険しくなった。

「酔ってたんだ。細かいことまで覚えちゃいない」

〝細かいこと〟とは、と尋ねようかと思ったが、思いなおした。あとでポッドキャストを編集する際、三通りの供述について説明を加えればいい。それこそ、四番目の〝真相〟が飛びだす可能性もある。

そちらはインタビューの終盤にまわし、質問を切り替えた。「ひとつ確認したいんですが。パーティーを飛びだしたとき、ナディアはハンドバッグを持っていました？」

「ああ」即答が返ってきた。

リーネは身を乗りだした。

「普段から持っていたということですか、それとも、はっきりとした記憶が？」

「普段から持っていたのもたしかだが、この目で見たのを覚えてる。コート掛けから上着を取って、それを着てから、バッグを持って出ていった」

「バッグの中身は？」

「財布だ。弟と写った写真が入ってた」

リーネは考える時間を稼ごうとそれを書き留めた。ローベルトは釈放の理由となった証拠にさっそく触れた。誘拐犯はナディアのハンドバッグを持っていて、姉弟の写真を二度目の脅迫状に同封したのだ。

「ほかには？」

「とくに変わったものは。化粧品、ガム、鍵くらいだ。大きいバッグじゃないから、たいして入らなかった」

ローベルトはコップを口に運び、ひと口飲んだ。「あいつも、すっかりお偉いさんだな」

リーネはとまどった。

「マルテ・クローグ、ナディアの弟だ。いまは家業を継いでいる。事件のころはまだ十一歳だったが」ローベルトがもうひと口コーラを飲む。「ふたりが写真を撮ったとき、おれもその場にいたんだ。マルテが十歳のときだ。ナディアが弟の世話があるっていうんで、いっしょに町へ連れていった。面倒見がよかったから、いい母親になるだろうなと思ったのを覚えてる」

リーネはレコーダーに目をやった。こういう個人的な思い出こそ、記事に面白味を添えてくれる。

「点滅してる」ローベルトが言った。

たしかに、赤いLEDライトが一定の間隔で点滅している。「電池ならあったと思う」そう言ってローベルトが腰を上げようとした。

「内蔵バッテリーなので」リーネは大きくため息をついた。「充電したと思ったのに」

時間を無駄にはせず、続いてナディア失踪後の日々について尋ねた。ローベルトは恋人を失った悲しみと、そのせいで負った心の傷について語ったが、事前に練習された台詞のように聞こえ、同情の気持ちは湧かなかった。

「彼女になにがあったと思います?」バッテリーを気にしながらリーネは尋ねた。

さんざん考えたが見当もつかないとローベルトは答えた。「偶然の出来事のようにも思えるし、計画的な感じもある。グリンメル通りの家の外で誰かがナディアを待ち伏せしてたとは思えないけどな。誘拐なんて都会でしか起きないもんだ。それか映画のなかか」

ローベルトは自分の言葉を反芻するように間を置いた。

「いや、やっぱり誰かが連れ去ったんだろうな。地元の人間が。このあたりの人間が」

「彼女の知り合いということ?」

ローベルトはまた間を置き、考えこんだ。やがて首を振った。「それならおれも知ってるやつだってことになるが、それはありえない」

どうして地元の人間だと思うのか尋ねようとしたが、そのときレコーダーのライトが消えた。

63

リーネが帰宅すると家には誰もいなかった。

トーマスからは今日のアマリエとの予定は聞いていない。電話して居場所を訊こうかと思ったが、やめておいた。すわってノートパソコンを開き、レコーダーを接続してローベルト・グランへのインタビュー音声をコピーした。メモを参照しながら録音を聴き、記事に使えそうなところを文章にまとめはじめた。

録音のなかばあたりで、ローベルトの言葉に気になる箇所を見つけた。インタビューの際には聞き流していた点だ。リーネは立ちあがってキッチンへ行き、冷蔵庫の前に立った。アマリエとトーマスが写ったスピード写真のシートがテントウムシのマグネットで留めてある。それを抜きとり、そこに立ったまま三枚の小さな写真を眺めた。

そのときようやく、ローベルトの言葉の重要性が理解できた。ナディア・クローグ誘拐事件の捜査資料には何日もかけて目を通したが、このことはどこにも触れられていないはずだ。

窓の外に、アマリエを肩車してゆっくりと歩いてくるトーマスの姿が見えた。娘は首になにも巻いていない。太陽は出ているけれど、空気はまだ冷たいのに。トーマスは馬の足並みを真似て軽やかに駆けだした。しがみついたアマリエが笑い声をあげる。

リーネは急いで居間に戻り、ノートパソコンを覗きこんで〝ナディア・クローグ事件捜査資料〟フォルダーをクリックした。

玄関のドアがあき、アマリエの弾けるような笑い声が飛びこんでくる。

ファイルを開くと、ナディアと弟の写真が画面に現れた。鑑識が資料として作成したものだ。灰色の背景に写真の原本を置き、下にメジャーを並べて撮影されている。脅迫状も同じように写真に収められている。

姉弟の写真はすでに何度も目にしていた。第二回の記事にも載せる予定だ。リーネが初めて見たときと同じように、読者の多くが写真のなかのナディアに親しみを覚えるだろう。しかし、いま気になっているのは被写体ではなく、写真の白い枠のほうだ。きれいな長方形に見えるが、よく見るとわずかに歪みがある。

玄関からはアマリエの靴を脱がせるトーマスの声が聞こえてくる。

リーネは画像のトリミングツールを使い、ポインターを写真の左上の角に置いてから、斜めに右下の角までドラッグして写真全体をハイライト表示させた。思ったとおりだ。下辺の枠はまっすぐではなかった。左と右で一ミリほど幅に差がある。ハサミで切ったみたいに。ナディアと弟の写真はあと三枚あるにちがいない。

「ママ！」アマリエがよちよち歩きで近づいてきた。

リーネは立ちあがって娘を迎え、抱きあげた。「お散歩に行ってたの？」

「公園までね」トーマスが答えた。

「なにか食べた？」

トーマスは首を振った。「この子は腹が減ってるかもな」

「それじゃ、食事にしましょ」リーネは娘を抱いたままキッチンへ行き、ハイチェアにすわらせた。

食事のあいだもリーネはうわの空で、作業に戻ることばかり考えていた。アマリエはお腹がいっぱいになれば一時間は寝てくれるはずだ。

「いつ戻るの？」リーネは向かいのトーマスに目をやって訊いた。

「今日の午後。来週から訓練がはじまるんだ」

「いてくれて助かった。アマリエも、わたしも」

アマリエは満腹になったようだ。食べるというより、食べ物で遊んでいる。バスルームに連れていって顔や手を洗い、おむつを替えた。それからおしゃぶりを持たせ、肌触りのいい毛布をかけて寝かしつけた。

「誘拐事件の半数近くが狂言らしいよ」リーネがキッチンのテーブルに戻るとトーマスが言った。立ちあがって皿を食洗器に運ぶ。「FBIの人間がドキュメンタリーで言ってた。被害者自身がでっちあげることが多いらしい。誰かと協力して、あるいは単独で」

「わたしもそれは考えた。でも、ナディア・クローグの事件には当てはまらない。情況証拠から見て」

トーマスが戸口へ向かう。「父さんの家に行ってくる」

「わたしは仕事。発つまえに寄ってね」

トーマスを見送り、リーネはノートパソコンの前に戻った。ナディアと弟の写真をしばらく眺めてから、ローベルト・グランに電話した。

すぐに応答があった。

「ひとつ確認したいことがあるんです」

「なんだ」

「ナディアが弟と写真を撮ったとき、その場にいたんですよね」

「ああ」

「昔のことですが、ほかになにか覚えていませんか。スピード写真のブースで撮ったもののように見えますけど」

「ああ、駅にあったやつだ。カーテンの向こうで撮影した」

「何枚撮ったか覚えています？」

回線の向こうで沈黙が流れた。思いだそうとしているのか、あるいはどう答えるべきか考えているのか。

「四枚だ。でも、うまく撮れたのは最初の一枚だけだった。フラッシュが一回光って、それで終わったと勘違いしたんだ。ふたりがブースから出ようとしたところでまたフラッシュが光ったから、なかに戻った。最後の一枚はそう悪くなかったがね」

リーネはレコーダーを見やった。電話につないでいたら、このやりとりを録音できたのに。「ほかの写真はどうなりました？」

「マルテが持ってたんじゃないかな。ナディアは財布に一枚入れてた」

「それがシートの一枚目？」

「いちばんよく撮れてたからね」

「どうやって切りました？」

「は？」

「ナディアはどうやってその一枚を切り分けたんです？　ハサミで？」

「さあ、覚えてないな。家で切ったんじゃないかな。その場面は見てないと思う」

リーネは礼を言い、質問の意図を尋ねられるまえに急いで電話を切った。

ナディアと弟の写真が二枚あったのなら、脅迫状に同封された写真は彼女のハンドバッグにあったものではなく、写真シートの四枚目のものだという可能性がある。このことは次回の記事で扱うつもりの疑問にもつながってくる。なぜ誘拐犯は同封するものに写真を選んだのか。身分証明書やその他の、バッグに入っていたほかの持ち物ではなく。あるいはネックレスでもなく。

リリーネは頰を膨らませ、息を吐いた。せっかく立てた仮説だが、ローベルト・グランの説明がそれを台無しにした。ナディアは写真シートの一枚目の写真を所持していた。つまり警察の証拠品と同じ写真を。上部の枠はまっすぐだが、下端はわずかに斜めに切りとられている。同封されたのはナディアの財布に入っていた写真だとしか考えられない。それでも、自分が感じた興奮を次回のポッドキャストで伝えてみるのはいい手かもしれない。

ローベルトへのインタビューを最後まで聴いた。レコーダーの充電が切れて話は唐突に終わっているが、そのまま使って、視聴者に事情を説明することにした。臨場感が増すはずだ。

録音データを三十秒戻し、最後の部分をもう一度聴いた。ナディアの身になにがあったと思うかと尋ねたところだ。

「誰かが連れ去ったんだろうな」とローベルトが答えている。「地元の人間が。このあたりの人間が」

リーネはその言葉を反芻し、犯人が地元の人間であるという根拠を探した。

〝このあたりの人間〟とは同じ街の人間だ。ポシュグルンの。客観的に見て、この説の根拠となるのは脅迫状に地元の消印が捺されていたことと、封筒の表書きの所番地が地元の電話帳から切りとられたことの二点だろう。脅迫状の文面に使われた新聞は全国紙だが、もちろんポシュグルンでも購入し、読むことができる。

それにしても、なぜ誘拐犯は八月二十七日付の《VG》紙を使ったのだろう。新聞を取っておく理由があるとすれば、そこに残しておきたい記事が載っていることくらいだろう。たとえば関心のある事柄や、知人の出ている記事が。

過去記事のアーカイヴにログインし、誘拐犯が使った紙面を表示させ、検索フィールドに一語を入力した。

〝ポシュグルン〟

一件がヒットした。第十七面に地元の話題が掲載されている。

その記事を開くより先に、リーネの手は無意識にペンに伸ばされた。これから目にすることをなにひとつ書き漏らすまいとするように。

記事の内容は当時建設中の新しい高速道路に関するものだった。粉塵と騒音を軽減する新型のアスファルトが紹介されている。検索ワードの〝ポシュグルン〟は二カ所でハイライト表示されている。リーネはペンを噛みながら写真を見つめた。建設機械の前に立つ五人の道路作業員を写したもので、各人の名前が写真の下に記されている。そのひとりに目を留めた瞬間、心臓が跳ねあがった。左からふたり目の男――それはマッティン・ハウゲンだった。

64

車は路側帯に寄せてとめられ、警告灯が点けられていた。スティレルは前夜のうちにその場所を探しあてた。あらためてニルス・ハンメルとそこへ戻り、ボンネットに広げたカタリーナの暗号を覗きこんでいるところだった。どうやら間違いなさそうだ。縦線で仕切られたふたつの空白は高速道路の二本の車線を示している。下端の横線は、現在地から百メートルほど後方で立体交差する一般道の跨道橋だ。

「標識番号334」スティレルは道路の両脇に立てられた追い越し禁止の標識を指差した。「あれが148」と言って、対面通行を示す三角形の標識を指差す。

前方には速度制限標識二本に加え、主要道路であることを示す標識、待避所を予告する標識、49番出口を示す黄色の標識が立っている。すべて暗号と一致する。

大型トラックが轟音をあげて通りすぎ、ボンネットに広げた紙をはためかせた。スティレルは振りむいて道路脇の盛土を指差した。

「十字のしるしはあのあたりだ」

ニルス・ハンメルは道路地図を持参していた。「グリンメル通りはその丘をのぼってすぐです」そう言って、十字が示す場所の向こうにある木立の斜面を指し示す。「ここからナディア・クローグが最後に目撃された場所まではほんの数百メートルだ」

スティレルは側溝をまたぎ、盛土の上に立った。この下のどこかにナディア・クローグが埋められている。その気配が感じられるようだった。

「当時、この区間は建設中でしたしね」ハンメルが続ける。

スティレルはミントタブレットを取りだし、ひとつ口に入れた。マッティン・ハウゲンはこの道路の建設に携わっていた。たしかなつながりが見えてきた。そう考えながら、カタリーナの残した見取り図を掲げ、地形と見比べた。「ただし、かなり大まかな図なので」ミントを嚙みくだく。「広範囲に掘り返すことになる」

「まずは地中探査レーダーを使っては？　盛土の下になにかあるか調べられる」

スティレルは首を振った。

「時間がない。すぐに取りかからなくては。ハウゲンがラジオもテレビもない小屋にいるあいだに」

「なら、死体捜索犬は？　そっちのほうが早い」

スティレルは靴先で土を蹴った。ノルウェーには厳密な意味での死体捜索犬はすでにいないが、分子レベルで死体のにおいを探知する訓練を受けた捜索犬は存在する。

「二十六年もたっていると難しいでしょうが、ものは試しだ」スティレルは答えた。

道路局の黄色い作業車が一台、覆面パトカーの後ろにとまった。運転席の男が屋根の警告灯を点けると車を降りて近づいてきた。

スティレルは手を上げて合図した。調査を依頼した技師だろう。面倒なことになったといわんばかりに眉をひそめている。

短く挨拶を交わすと、技師は盛土に目を走らせた。「あそこに埋まっているということですかね」難しい顔でそう言った。

すでに状況は説明してある。どういった捜査なのか、なんのためにここにいるのかを隠す必要はない。

「これが見取り図です」スティレルは技師に十字が記された紙を見せ、数字の意味を説明した。

技師が見取り図と実際の地形を繰り返し見比べる。

「それで？」スティレルは返事を促した。

「場所はこのあたりでしょうな」技師はスティレルが先ほど立っていたあたりを丸で囲むように示した。

「では、ここからはじめていただきたい」

技師が見取り図を返してよこす。「八〇年代にこの道路を建設したとき、建設計画の責任者をやっていたんですが」過積載のトラックと何台もの後続車が通りすぎるのを待って続けた。「家はバンブレにあるんで、道路の完成後はほぼ毎日ここを通って通勤していたんです。道路が開通して数ヵ月後、このあたりの路側帯に花束が置いてあるのに気づきましてね。死亡事故の現場みたいに。腹が立ってね。安全に走ってもらうためにこしらえたわけですし、事故なんて起きちゃいないんだから。だから戻って花束を処分したんです」

「花束？」スティレルは驚きを隠せずに訊き返した。

「赤いバラです。墓に供えるような」

「どこに置かれてました？」ハンメルが尋ねた。

「ずいぶん昔のことなんでね、でもたしかこのあたりだった」技師は先ほどと同じところを指した。「二ヵ月後、また花束を見かけました。それも捨てたが、また置かれていた。見かけなくなるまで、いくつ捨てたかわかりませんよ」

スティレルはミントの袋をポケットから出し、もうひとつ口に含んだが、ふたりには勧めなかった。

「花束を見なくなったのはいつごろですか」スティレルが尋ねると、技師は記憶をたぐり寄せようと眉根を寄せた。

「二年は続いたんじゃないかな」

スティレルはミントを口のなかで転がした。

「ショベルカーを手配していただきたい」技師を見据えて言った。

「機械も作業員もほぼ出払ってますが、なんとかします。いつにします？」

「いますぐ」

「いますぐ？」技師は慌てた。「それは無理だ」

「なぜ？」

「ここを掘り返すなら、道路を封鎖して、車を迂回させなきゃならない。段取りが必要です」

「手順は決まっているのでは？　事故発生時と変わらないはずだ」

「とにかく段取りが必要です。通行車の混乱を避けるために、少なくとも今夜までは待ってもらわないと」

「それなら待てる。必要な機械を手配して、ここに十時では？」

「それだと時間外労働になるんでね」

「費用はこちらが持ちます。十時にお願いしたい」

「では、十時ということで」技師はうなずいた。

ポケットのなかで携帯電話が振動した。取りだしてみると、登録ずみの番号からだった。リーネ・ヴィスティングだ。

65

スティレルは戸外にいるようだった。応答した声がトラックの轟音にかき消された。リーネは電話を反対の耳に押しつけ、レコーダーが動いていることをたしかめた。

「少しいいですか」

「ああ」

電話の向こうで車のドアが閉まる音がし、背後の騒音が静かになった。

「次回の記事とポッドキャストの準備をしていて、気になる人物に行きあたったんです」必要以上に説明的な物言いになる。この通話をポッドキャストに使いたいからだ。

「当時の捜査資料にはすべて当たったんですが、その人の名前は出ていません。でも、もしかしてご存じかと思って」

　スティレルがもどかしげに訊く。「その人物とは？」

「マッティン・ハウゲン」

　飴かなにかを嚙みくだく音が聞こえ、長い沈黙が続いた。

「どこでその名前を？」

　リーネはまたレコーダーに目をやった。リスナーには父のことを知られたくはないが、この部分は編集でカットすればいい。スティレルの沈黙が物語っている。間違いない、核心に近づいている。

「ラルヴィクの警察にいる父が以前担当した事件の関連で。マッティン・ハウゲンの妻は一九八九年に失踪し、見つかっていません。ナディアが行方不明になった当時、ハウゲンはポシュグルン郊外で高速道路の建設に関わっていたんです」

　電話の向こうでふたたび沈黙が流れる。ふたつの事件が関連しているという思いつきは、いざ口にしてみるとわれながら荒唐無稽に思えた。スティレルに尋ねるまえに父に確認したかったが、電話がつながらなかったのだ。

「いまは取りこみ中だ」スティレルがようやく答えた。「あとでかけなおす」電話は切れた。

66

三時間の釣果は小ぶりのマス五匹だった。焚き火をおこしてそれを焼くまえに、ルアーを生餌に替えた釣り竿を湖岸の水草に固定し、糸を垂れた。水面では赤い浮きが小刻みに揺れている。

魚はマッティンが洗った。続いて焚き火のそばで塩をまぶし、一匹ずつホイルに包み、いまは身の上に大きなバターの塊をのせているところだ。

ヴィスティングは携帯電話を取りだして電源を入れた。バッテリー残量は八パーセント。起動にも電力を消費するのなら、スタンバイ状態にしておいても同じかもしれない。いずれにせよ、今夜中に充電切れになるだろう。

ピリオドつきのリーネからメールが来ていた。〝週末はずっとお天気みたい〟

〝ああ、でもまだ大物がかかってない〟マッティンの様子を窺いながら返信した。

暗号ごっこがばかばかしく思えてきた。いつもは情報提供者とのやりとりに使う方法だ。送り手と受け手だけに通じるようにしてあるつもりだが、誰の目にも怪しく映るにちがいない。

〝魚のことはご心配なく〟と返信が来た。〝今夜掘る〟

「大丈夫かい」マッティンが熾火（おきび）の状態になった薪の山に窪みをこしらえながら訊いた。

医者にかかったアマリエの様子を確認するという自分の嘘を忘れかけていた。ヴィスティングは笑みを作って答えた。「ああ、大丈夫みたいだ、ありがとう」

マッティンは魚の包み五つを窪みに置き、棒切れを使ってその上に薪をかぶせた。

「このまま十分ほど待つ」そう言って腕時計を確認した。

ヴィスティングは釣り竿に目をやった。浮きのまわりに小さな波紋が広がっている。当たりが来たかと思ったが、水面はまた静かになった。

日差しと焚き火の熱のせいで暑さを覚えた。ヴィスティングは上着を脱ぎ、レコーダーが声を拾いやすいようにマッティンとのあいだに置いた。マッティンは上着を着たままなのでその下に銃を隠しているかは確認できない。

「ここは静かだな」ヴィスティングは話の接ぎ穂にとそう言った。

「うちの先祖は十八世紀にここで暮らしはじめたんだ。二百五十年以上になるが、それもおれの代で終わりだ。一族の伝統を守る者はいなくなる」

ヴィスティングは孫娘を脳裏に浮かべ、生きた証（あかし）を残せたことに喜びを覚えた。

「おれの遺灰はここに撒いてもらいたいと思ってる」マツの薪が大きな音を立ててはぜた。マッティンは棒切れの先で魚の包みの上にさらに薪をかぶせた。「誰も来ない墓にひとりで入ってもな」そう言って腰を上げる。釣り竿のところへ行って糸を引きあげ、生餌が食われていないか確認してまた水に投入した。餌が沈むと浮きが少し引かれ、糸が張りつめた。

ヴィスティングは返事をせずにいた。教会の墓地には自分用の区画を用意してある。イングリの墓石に刻まれた本人の名前の下には、いつの日かヴィスティングの名も刻まれる。

「手配してもらえるか」マッティンが腰を下ろして尋ねた。

「なにを？」

「遺灰を撒くのを」

ヴィスティングは笑ってみせた。「なら、書いておいたほうがいい。遺言書に」

湖の対岸でカラスの群れが飛び立った。ヴィスティングは目の上に手をかざして日差しをさえぎった。なにかに怯えたようだ。一羽のカラスが翼をたたんで森のなかへ急降下し、残りは飛び去っていく。

一羽残ったカラスはふたたび上昇し、翼をはためかせて大きくひと声鳴くと、また森へ突っこんだ。

「なにをしてるんだろうな」マッティンが訊いた。

「わからんな。森のあのあたりになにかいるんだろう」

「ああ、だがなんで一羽だけ向かっていくんだろう。ほかのは逃げたのに」

「守らないといけないものがあるんじゃないか。雛が巣にいるとか」

マッティンは首を振った。「カラスの営巣は春だ。たんに性格の違いなんだろう。持って生まれた本能の違いと言うべきか。人間も同じじゃないか。馬は脅かされるとたいてい逃げるが、犬は威嚇の姿勢をとって歯を剝きだす。人間も同じじゃないか。みんな持って生まれた原始的な本能に支配されている。脅かされたとき、反撃するやつもいれば、逃げだすやつもいる。それは自分で選んだり制御したりできることじゃない」

ヴィスティングはマッティンへの疑いに照らしてその言葉を解釈しようとした。みずからの行いを正当化しようとしているのだろうか。

「テレビで面白いホームビデオが紹介されてたんだ、見たことあるかい」マッティンが続けた。「ゴミ箱かなにかに隠れておいて、いきなり飛びだして友達や同僚を脅かすやつだ」

ヴィスティングは笑みを浮かべた。

「脅かされたほうは、たいてい飛びすさったり逃げだしたりする。それが笑えるんだが、なかにはとっさに拳で殴りかかるやつもいる。普通の人間とは脳の反応が違うからだ。十人のうち九人は逃げるほうを選ぶが、残りのひとりは反撃に出る」

ヴィスティングはそれが生来の攻撃性の表れだとは考えていない。むしろ、後天的に身につけた行動パターンによる条件反射だと言えるだろう。暴力と争いのなかで育った者は、反撃をごく自然な反応だと学習する。

だが、あえて反論はせずにおいた。「だからこそ刑法には正当防衛の条項と必要性の原則があるんだ。自分の身を守るためや、攻撃をかわすためにとった行動によって罰せられることはない。殺されるのを防ぐためなら相手を殺すことができる」

湖の対岸でカラスが三度目の急降下をはじめた。

「そういう事件に関わったことは？　正当防衛で被告が無罪になった事件に」

「ああ、あったな」ヴィスティングはそう答え、自分を絞め殺そうと馬乗りになった夫の頭をハンマーで殴った妻の話をした。

「本能的にとった行動には責任を問えないということか」

「そのとおりだ」と嘘をついた。人間が本能に支配されているとは思わない。「頭が真っ白になるというのは、そういう状態を言うんだろう。抑えが利かなくなり、われを忘れた状態のことを」

「そういう事件もあったか？」

ヴィスティングはうなずいた。「法的には、そういう状態を責任能力の欠如と呼ぶ。

犯行時に判断能力を欠いていたということだ」レコーダーを仕掛けた上着の袖に目を落とす。マッティンの自白を引きだすためにそう説明したが、倫理的には危うい。いまのはただのこじつけだ。本能によって判断能力が失われることはなく、そのような根拠に基づいた弁護も聞いたことがない。衝動や欲望に駆られて法を犯すことは多いが、それは本能に支配されたためではない。

マッティンはもう一本棒切れを拾い、魚の包みを焚き火から取りだした。「あんたはどっちだと思う？」

焚き火の煙が風にあおられ流れてくる。「なにが？」ヴィスティングは顔をそむけながら訊いた。

「逃げるか、反撃するか」

煙が目にしみる。「わからないな」率直に答えた。「誰かがゴミ箱から飛びだしてきたら、驚いて飛びのきそうな気がするが、本当のところはわからない。そういう状況に直面してみないと」

煙が吹き払われた。ヴィスティングは相手の視線を捉えて訊き返した。「そっちはどうだい」

マッティンはなにか言おうとするようにわずかに身を乗りだした。が、そこでヴィスティングの背後に目を逸らした。

「当たりが来てるぞ！」指差されて湖を振り返ると、ヴィスティングの浮きが水中に引きこまれていた。

67

スティレルはヴィスティングの家の前を通りすぎ、リーネの家の外に車をとめた。

場所はすでに知っていた。以前にも来たことがある。ラルヴィクに来た日の夜、眠れずに市街を離れ、いまいるこの場所に車をとめたのだ。ここからはリーネのキッチンが見え、父親の家も確認できる。

前回来たのは、まえもってヴィスティングと娘のことをつかんでおきたかったからだ。

今回は落ち着いてものを考えるのが目的だった。運転席にすわったまま目を閉じると、道路局の男が話していたバラの花束と、ハウゲン家の玄関ホールのチェストに置かれた花束の件が頭に浮かんだ。わかってみれば簡単なことだ。カタリーナはナディアのためにバラを買ったのだ。

リーネがどのようにマッティン・ハウゲンの名前に行きあたったかは不明だが、それが捜査の妨げにならないよう注意を払う必要がある。

携帯電話が鳴り、スティレルは目をあけた。いつのまにか意識が途切れていた。深い眠りに落ちていたわけではないが、微睡(まどろ)んだおかげで頭がすっきりした。

かけてきたのはニルス・ハンメルだった。

「捜索犬が確保できました」

「ありがたい」車を降りながら答えた。ヴィスティング宅のキッチンの窓から誰かが覗いている。帰省中の息子だろう。「南トロンデラーグ県へ送ってください」

「トロンデラーグ?」

「マルヴィクへ。先週そこの道路が崩落したはずなので」

ハンメルは黙ったままだ。意図を汲みとれずにいるのだろう。

「パターンは同じだと思う」スティレルは続けた。「カタリーナの失踪時、マッティン・ハウゲンにはアリバイがあったが、あの男がナディアを道路脇に埋めたのなら、妻の死体もマルヴィクの作業現場に隠した可能性がある。具体的な方法は不明ですが、ハウゲンが先週そこに行ったことを隠したのにはわけがあるはずだ。崩落現場を犬に捜索させる必要がある」

68

父の携帯電話はバッテリー切れらしい。リーネが何度かけてもつながらなかった。

マッティン・ハウゲンの名前を電話で告げたときのアドリアン・スティレルの反応で、必要な確認はとれた。核心に迫っているという自信はこの一時間でさらに強まった。ネットの地図で調べたところ、当時ハウゲンが建設に関わっていた道路が、ナディアが参加したパーティーの場所からわずか数百メートルのところに位置しているとわかったのだ。

ダニエルや上司たちに伝えるのはスティレルへの確認後にするつもりだが、ハウゲンが今回の捜査の最重要容疑者なのは確実だ。記事で見た新型アスファルトの下に埋められたナディアの姿を思い浮かべずにはいられず、ハウゲンとともにいる父のことも気がかりだった。リーネの不安が伝わったのか、アマリエもむずかりはじめた。

マッティン・ハウゲンのことはなぜか好きになれなかった。会ったのは数回きりだが、なにか引っかかるものを感じていたのだろう。捜査打ち切り後も父がハウゲンとの交流を続けているのが不思議だった。

　それにハウゲンの妻も失踪している。そう考えていたとき、家の前で車のドアが閉まる音がした。寝室へ行って窓から覗いた。アドリアン・スティレルだ。携帯電話で話しながら空いているほうの手をしきりに動かしている。オスロにいると思っていたのに。電話をかけてくるはずの相手が家の外にいることにリーネは不安を覚えた。

　居間に戻り、レコーダーを取ってスイッチを入れたとき、呼び鈴が鳴った。

　戸口に立ったスティレルは憔悴しきって見えた。顔色が悪く、目の下には隈ができ、唇は乾いてひび割れている。

「なにか問題でも？」

　スティレルはリーネが手にしたレコーダーに目を留めた。「近くまで来たもので」

　そう言って、リーネのあとに続いて居間に入った。

　ふたりはコーヒーテーブルに向かいあってすわった。リーネはレコーダーをテーブルに置き、アマリエを抱きあげてソファに移した。「マッティン・ハウゲンのこと？　彼が誘拐犯なんですか」

「なぜそう思った？」

　懐柔するような響きを感じ、それがリーネを落ち着かなくさせた。

「彼が容疑者なんでしょ？」質問には答えず、もう一度尋ねた。「ハウゲンは父の友人なの。この週末はふたりで山小屋へ釣りに行ってます」

「レコーダーを止めてくれ」

リーネは従った。

「今回の捜査にはお父さんの協力を得ている。特殊な捜査方法を用いていて、釣りもその一環だ」

それだけではなにもわからないが、説明の続きはないようだ。

「ハウゲンがナディア・クローグを誘拐して殺したということですね」

「今夜、遺体を捜索する」

「今夜？　どこで？」

「ナディアが消息を絶った場所の近くだ。高速18号線を封鎖する」

「高速18号線を残らず掘り返すつもり？」

スティレルは首を振った。「ナディアが埋められている場所には見当がついている。見取り図があるんだ」

「見取り図？」

スティレルはもう一度レコーダーに目をやり、問いには答えずこれだけ言った。

「きみにもナディアの発見に立ち会ってほしい」

69

夕刻、ふたりは網を引きあげた。日没とともに気温が下がり、濡れた網から魚を外すヴィスティングの指はしだいに感覚がなくなった。

網にかかったのはホッキョクイワナが三十七匹、マス四匹、スズキ六匹だった。

ふたりは魚を洗ってすすぎ、岸で乾かし、いちばんの大物は切り身にした。

夕食には持参したステーキを食べることにし、持ち帰る魚の塩漬けに取りかかった。ヴィスティングはマッティンの指示に従ってバケツの底に魚を敷きつめ、粗塩と少量の砂糖を振った。バケツがいっぱいになるまでその作業を繰り返し、最後に蓋で上から押さえた。

ヴィスティングがステーキを焼く役を買って出、大きな肉の塊をフライパンに入れたときには十時に近くなっていた。

フォークでつついて肉の焼き具合を見ながら、ヴィスティングはマッティンの様子を窺った。膝の上にビールの缶を置き、炎を見つめてもの思いに沈んでいる。緊張は感じられない。先ほどのやりとりで警戒を解いたように見える。あとひと押しだ――罪を告白すればすべてを失うが、ひとりで秘密を抱えつづけるのも耐えがたいことにちがいない。

肉の表面にあけた穴から血が滲(にじ)みだすのを確認し、フォークで裏返す。

それからまたマッティンに目を戻し、相手の考えを探ろうとした。人にはみな、胸に秘めた思いを分かちあいたいという欲求がある。普通の人間ならば打ち明けるのは仕事や家庭生活や病気の話だろう。殺人者の場合、胸の内を明かすことは長年の刑務所暮らしを意味する。そういった相手との距離を縮めるには、うまく心を寄りそわせ、橋を架ける必要がある。

マッティンは椅子の背にもたれ、両の手でビールを握ってヴィスティングを見た。

「ずっとおれを疑っていたのか」

70

リーネが様子を見に行くと、アマリエはぐっすり眠っていた。トーマスはリモコンを手にテレビの前にすわっている。「ありがと」リーネはもう一度礼を言った。トーマスは出発を延ばしてアマリエの面倒を見てくれるのだ。

「いいって」

「たぶん明日の朝まで寝ててくれると思う」

必要なものはすでに大きな鞄に詰めてある。ペンと紙のほかに、ノートパソコンとカメラ、レコーダー、双眼鏡が入っている。

トーマスが立ちあがって鞄を持ち、車まで運んだ。「幸運を祈ってる」そう言ってにっこり笑い、荷物を後部座席に積んだ。

「ありがと」リーネは車に乗りこんだ。

トーマスが車のドアを閉め、リーネを見送った。角を曲がるときにバックミラーを覗くと、トーマスが家に入る姿が見えた。

スティレルからは父への電話を止められた。ハウゲンの小屋でなにが行われているかは聞かされていないが、スティレルの話では、父とはハウゲンに隠れて定期的に連絡をとりあっているらしい。

ナディア・クローグ誘拐事件について記事を書くと告げたとき、父はどの程度捜査に関与していたのだろう。少なくとも、《VG》紙とクリポスの協力関係については知らない様子だった。

ダニエル・レアンゲルと報道デスクのサンデシェンとは電話会議で打ち合わせをした。次回の記事とポッドキャストの公開が数日後、連載は全六回の予定だ。ぐずぐずしている暇はない。警察がナディア・クローグの遺体の捜索を開始し、高速18号線が封鎖されるという記事はすでに書いてある。リーネが通行止めと迂回指示の標識を写真に収めしだい、その写真とともにニュースサイトに掲載する手筈になっている。

ダニエルもオスロから向かっているが、あと二時間はかかりそうだ。捜索開始が公表される瞬間に現場にいる記者はリーネひとりになる。

ポシュグルンの出口が近づいてきたが、通行止めの標識は見あたらない。高速を降りたところのガソリンスタンドに入って様子を見たが、高速18号線の車の流れは通常どおりだ。道路局の車両が二台、給油機の横にとまった。一台のトレーラーには大型の照明装置と迂回指示の標識が積載されている。さらに女性警官が運転する地元警察のパトカーも現れた。リーネは車を降り、パトカーへ近づいた。

車の窓ガラスが下ろされる。

「こんにちは」リーネは名前を告げた。「高速18号線の封鎖現場で、クリポスのアドリアン・スティレルと落ちあうことになっているんですが」

運転席の警官はうなずいた。「では、後ろについてきてください」コーヒーのカップを手にガソリンスタンドから出てきた作業着の男を手で示す。「すぐに出発します」

リーネは車に戻り、移動をはじめた短い車列の最後尾についた。オレンジ色に点滅する警告灯が暗闇を照らしだす。作業員が封鎖車両を手際よく配置し、通行車両を迂回路へ誘導した。

女性警官の指示に従ってリーネは車を進め、路側帯に駐車するとカメラをつかんで飛びだした。

対向車線の車の流れも途切れた。規制区間の反対側でも封鎖が完了したらしい。パトカーが前進して路面を物理的にふさぐように横向きにとまった。リーネは封鎖車両から少し離れたところに立った。

暗がりに派手なオレンジの光が映え、印象的な写真になるはずだ。

女性警官がパトカーを降りて道路局の男と言葉を交わしている。

リーネはカメラを構え、制服の反射テープの光が入らないよう気をつけながらふたりの姿を写真に収めた。

撮った写真を確認するあいだに二台のトラックが到着した。一台はショベルカーを積んでいる。続いて二台のパトカーが現れた。女性警官がパトカーを脇に寄せて車両を通した。リーネはその様子も何枚かカメラに収めた。ショベルカーが通りすぎるとすぐに写真を三枚選び、カメラから直接編集部に送信して、急いで車に戻った。

育児休暇に入ってすでに十六カ月、そのあいだフリーランスの仕事を二、三やった以外は取材の現場から離れていた。どれほどこのときを待っていたかとリーネは気づいた。真実が解明される場に立ち会う瞬間を。

71

ストーブの薪が音を立てて崩れた。マッティン・ハウゲンが椅子から立ちあがってストーブの扉をあけ、焼きあがったジャガイモを取りだして薪をくべた。

おれは最初からマッティンを疑っていた――ヴィスティングはそう気づいた。頭のどこかにつねに疑念があり、二十四年間消えることはなかった。カタリーナの失踪時、マッティンが七百キロ近く離れた場所にいたにもかかわらず。

「疑っていなかったと言えば嘘になる。身近な人間を疑うのは捜査の基本だからな」

マッティンが腰を下ろす。「なのに、なにも訊こうとしなかった」

「捜査の対象になっていることには気づいていたはずだ。あんたの行動を調べて、カタリーナが消えたとき本当にマルヴィクにいたのかも確認した」

「ああ、もちろん。だが、ふたりのあいだではそういう話は一度もしなかった」

ヴィスティングはフライパンの肉をフォークでつついた。じきに焼きあがる。「話すべきだったかな」

「犯人がおれだとわかったらどうする？」

ヴィスティングは適切な答えを探した。

「あんたは数少ない友達のひとりだ」うまい返答が見つかるまえにマッティンが続けた。「おれを刑務所送りにするか」

「腕のいい弁護士の電話番号を教えるだろうね」ステーキに気を取られているふりをしながらヴィスティングは答えた。「公正な裁判を受けられるように」

シャツのポケットのレコーダーに目をやりたい衝動に駆られたが、それをこらえた。どのみち作動しているかどうかまでは確認できない。テクノロジーを信じるしかない。

「いちばん腕のいい弁護士は誰だい」

「場合によるな」ヴィスティングはフライパンを少し火から遠ざけた。

「というと？」

「自供し、協力的な態度を見せて、目立たず円滑に裁判を終わらせたいと思っているのか。あるいは容疑を否認して、世間の注目を集めたいのか」

マッティンが皿を二枚持ってくる。「なら、おれを見逃すという選択肢はないわけだ」

「正当な扱いが受けられるよう気を配るよ」ヴィスティングは最後にもう一度肉を裏返した。

「そもそも、昔は殺人にも時効があったしな」マッティンが腰を下ろした。「二十五年たてば、犯人は大手を振って歩けるようになった」

ヴィスティングはうなずいた。

「もっともだと思うな」マッティンが続ける。「人は変わる。変わるまえの人生で犯した罪をいまになって罰するのは間違ってる。法廷に立たされるのは、罪を犯したときと同じ人間じゃないはずだ」

殺人罪に時効を必要とする議論はいくつか存在するが、犯人に対する配慮はそこに含まれない。ヴィスティングはまだ告げるべき言葉を見つけられずにいた。

代わりにこう答えた。「たしかにそうだな。それに、時間の経過とともに証拠も効力を失う。目撃者の記憶も曖昧になる。長い年月がたってから罪に問うことで、冤罪の危険は生じる」

マッティンはまた立ちあがり、フライパンを示した。「焼けたよ」

ヴィスティングはステーキをめいめいの皿にのせた。

マッティンはスイートコーンの缶をあけ、ビールの缶二本とともに居間のテーブルへ運んだ。ヴィスティングは焼いたジャガイモに切れ目を入れ、ハーブ入りのバターを少量落としてから皿を持ってテーブルへ向かった。途中でマッティンが自分の皿を受けとり、壁を背にして腰を下ろした。

「明日はハイキングに行かないか」マッティンが言った。「アイケドックトッペンの頂上からグレンラン橋の塔が見えるんだ。一時間ほどでのぼれる」

ヴィスティングは賛成し、ステーキにナイフを入れた。話題は移り、好機はまた遠ざかった。

72

ショベルカーが轟音をあげ、エンジンの排気口から煙を吐きだした。運転手は高く掲げたバケットを草むした盛土の上に下ろした。熟練者らしい正確さで表面の土を削りとり、アームを回転させて、トラックの荷台に空ける。

リーネは次々に写真を撮った。くわえ煙草の運転手がアームをまた旋回させた。

大型の三脚式投光器が作業現場を照らしだしている。アドリアン・スティレルとニルス・ハンメル、地元警察の警官数名と道路局員二名が一列に並び、バケットの動きをつぶさに見守っている。リーネはそちらへカメラを向けて一枚撮り、スティレルの顔にズームした。カメラに気づいたのか、その顔がリーネに向けられた。捜査に心血を注いでいるせいか、疲労困憊した様子だ。

スティレルが表情を取り繕うまえに、リーネはすばやくシャッターを切った。リアルな一枚が撮れた。固く結ばれた口もとが重責を物語っている。

スティレルのおかげで規制区域に立ち入れたことには感謝しているが、正直なところ、それくらい当然に思えた。自分の思惑のためにリーネと新聞社を利用したのだから、相応の見返りはあってしかるべきだ。

ショベルカーはすでに縦五メートル、横三メートルほどの地面を掘削している。掘り返されたばかりの湿った土のにおいが漂っている。

スティレルが近づいてきた。

「どれくらい深く埋められていると思います？」

「当時ハウゲンはあらゆる種類の建設機械を使える立場にあった。相当深く掘ることができたはずだ」

「遺体が見つからなくても、ハウゲンを逮捕するだけの根拠はあるんですか」

スティレルが目でリーネのレコーダーを探す。いまは上着のポケットの奥で、スイッチは切ってある。「そういうことだ」そっけない答えが返される。

「これから小屋へ行って逮捕するということ？」

スティレルはミントの袋を取りだした。「今夜遺体を発見できたとしても、ナディア・クローグのものだと確認するには時間がかかる。そちらが先決だ」

「ハウゲンのことでなにをつかんでるんです？　再捜査を決めたきっかけがあるはずよ」

ミントが噛みくだかれる。「まだ言える段階じゃない」

「いいと言われるまで記事にはしません」

記者の常套句だと言いたげな苦笑いを浮かべながらも、スティレルは答えた。「指紋だ。脅迫状を新たな技術で分析したんだ。ハウゲンの指紋が三点検出された」

「その時点で逮捕しなかったのはなぜ？」

「指紋が検出されたのは便箋ではなく、新聞を切りとって貼りあわせられた脅迫文の文字の部分だった。その場合、指紋は間接証拠にしかならない。さらに証拠が必要だった」

「そのために父を？　ハウゲンを釣る餌として利用しているってこと？」

「お父さんは二十四年のあいだ密かに監視を続けていた。ハウゲンの潔白を完全には信じていなかったんだ」

言葉の意味を呑みこむのに少しかかった。「つまりナディア・クローグの誘拐とカタリーナの失踪に関係があると？」

「少なくとも、ハウゲンという接点がある」

掘削の指示にあたる警官の無線機に通信が入った。警官は短く応答するとスティレルを呼び、道の先を指差した。白い大型のヴァンが向かってくる。

「あれは？」リーネは訊いた。

「鑑識班だ」しばらく待機してもらうとスティレルは続けた。「あんなでかいショベルカーを見たら目を剝くだろうな」

作業は慎重に進められた。ショベルカーの運転手は土の層を五センチずつ削りとっている。ときおり警官がそれを止め、掘り返されたものを調べている。木の根や小枝、小石ばかりだ。

リーネは作業の様子を写真に撮り、ニュースサイトに載せるために編集部に送信した。

三十分後には荷台がいっぱいになり、トラックは土を運び去った。リーネはスティレルと並んで穴の縁に立っていた。一メートルほど掘り下げられている。滑らかな掘削面からは切断された木の根が突きでているが、ほかにはなにも見あたらない。

警官はさらに一メートル掘り下げてからショベルカーを移動させるよう指示した。空のトラックが近づき、作業は続けられた。三十分後、ふたたび荷台はいっぱいになったが、目を引くものは見つからなかった。

ショベルカーが五メートル先に移動し、表面の土を掘りはじめる。すでに真夜中近い。掘削作業の指示にあたっていない警官たちは一台の車のなかで待機している。

リーネの携帯電話がポケットで振動した。ダニエル・レアンゲルからの写真つきメールだ。TV2の中継車が封鎖車両の外にとまり、レポーターがパトカーの女性警官とやりあう姿が写っている。

規制区間の内側から撮られたものだ。リーネが顔を上げると、ダニエルの黒いアウディが向かってくるところだった。

ダニエルはリーネの車の後ろに駐車し、コーヒーのカップを手に歩み寄った。「なにか出た？」

リーネはコーヒーを受けとり、両手で包んだ。「まだなにも」

ダニエルが車に戻り、撮影機材を持ちだす。

土を満載したトラックが走り去り、一台目のトラックが戻った。ショベルカーの運転手がバケットを下ろしてまた土をすくいあげる。と、警官が手を上げて制止し、なにか叫んだ。これまでになく興奮した様子だ。

リーネは急いでレコーダーを取りだしてスイッチを入れ、近づいた。ショベルカーのエンジンが振動とともに停止し、静寂が広がる。

盛土の穴から叫び声があがった。「なにかあったぞ!」

73

マッティンが小便に立った隙に、ヴィスティングは携帯電話を取りだした。バッテリー残量は五パーセント。三時間前にスティレルがマルヴィク付近の高速6号線に捜索犬を送ったというメールが来ているが、そのあと新たな着信はない。

続いて《VG》紙のニュースサイトもチェックした。トップの記事は、警察がナディア・クローグの捜索に関連してポシュグルン郊外の高速18号線を封鎖したと報じていた。リーネが書いたものだ。道路封鎖の際に現場にいたにちがいない。急いで電話の電源を切り、グラスにコニャックを注いだ。

カタリーナの遺体がトロンデラーグに埋められているという仮説には、ある程度の妥当性がある。これまでにも、マッティン・ハウゲンの犯行が時間的に可能になる方法を見いだそうと試みたことはある。カタリーナが夫に会うために建設現場に向かい、そこでマッティンに殺されたのではないかと考えたのだ。理論上、二十二時十四分にふたりの通話が終わった直後から夜を徹して車を飛ばせば、カタリーナは翌朝六時半ごろにマルヴィクに着けたはずだ。七時の時点でマッティンはショベルカーの運転席にいる姿を同僚に目撃されているため、三十分の空白ができる。あるいは、カタリーナは翌日現場に向かい、マッティンのシフトが終わってから会いに行ったのかもしれない。ただしカタリーナの姿を見た者はおらず、シフト後にマッティンと食事をしたという証人がいるため、妻が電話に出ず心配だとマッティンが言いだすまでのあいだに犯行に及んだ可能性は低いと思われる。なにより、この仮説の最大の穴は、カタリーナの車とオートバイが自宅のガレージに残っていたことだ。

マッティンが外から戻り、ストーブに薪をくべて腰を下ろした。

「怖いと思うことはないか、警察官の仕事が」

「最近は署で書類仕事ばかりでね、怖いと思うことも滅多になくなったよ」

「たとえば、追いつめられた犯人がじきに捕まるのを悟るとするだろ。そういうとき、犯人になにかされるのが怖くはないか」

ヴィスティングは首を振ってコニャックに口をつけた。「捜査はチームで行われる。おれひとりを襲ったところでどうにもならない」

「殺人犯がそんな理性的に考えるか？　すでにひとり殺しているんだ、何人でも殺すかもしれない」

「道路作業員のほうが危険じゃないか」ヴィスティングは笑ってみせた。「でかい機械や爆薬なんかを使うんだから」

ストーブの炎が丸太の壁に揺らめく影を投げている。

「それでも、同僚に話していないこともあるだろ。胸にしまってある疑いとか、自分だけが気づいた手がかりとかが」

マッティンもこちらの様子を窺い、探りを入れている。受け身のままやられっぱなしでいる人間ではない。いずれ反撃に出る。

「優秀なやつほど早死にすると言うしな」冗談めかしてそう答えた。「職務上の秘密を墓場まで持っていくのは御免だよ」

マッティンはコニャックのグラスを掲げた。「いまはどんな事件を扱ってる？」

「大きなものはとくに。警察の管轄区域の統廃合があるんだが、その影響を分析するのに忙しくてね」

「影響というと、たとえば？」

「はっきりとはわからない。それが問題でね。なにが起きるか予想がつかないんだ。警察の仕事は予測不能な要素が多いから、たしかなことが言いづらい」

マッティンがヴィスティングのグラスに酒を注ぐ。「刑事になったのはなんでだ？」

「刺激的で、やりがいのある仕事がしたいと思ってね。正義のために尽くしたい気持ちもあった」

「正義って？」

ヴィスティングはグラスを口もとに運んだ。イングリが生きていたなら、いまでもこういった議論を交わしていたはずだ。大胆な意見を歓迎はするものの、ヴィスティング自身はオーソドックスな物の見方をすることが常だった。より広い視野で問題を論じるのはイングリのほうだった。マッティンとはこの種の話をしたことがなく、軽々しく答えられる内容でもない。

「誰もが平等に扱われ、人からものを奪った者が相応の罰を受けるということだ」

「それだけですべて決着がつくか？　対立する人間同士がお互い納得する方法を見つけるのも正義では？」

「そう考えると、誰も刑務所には入らなくなる」ヴィスティングは話の流れを戻そうとつとめた。「刑務所送りに納得する加害者はまずいないだろう。正義というのは、誰もが相応のものを得ることだと思う」

「相応の罰も？」

「そう言ってもいい」

「だが、相応だと決めるには、事件をあらゆる角度から見なきゃならない」

「つまり?」

マッティンはふさわしい言葉を探すように天井を見上げた。「夫が妻を撃ち殺したら、罰せられるのは当然だ。だが、銃が暴発した場合は? 過失を悔やむことで、十分な罰を受けることにならないか」

ヴィスティングはうなずいた。マッティンはカタリーナかナディアの死が偶発的な事故によるものだと告げようとしているのだろうか。「そういった事故の場合は罰せられない」加害者の不注意や無謀な振る舞いによる場合はその限りではないが、それは言わずにおいた。「故意による場合に限られる」

「そのためには、事件のことを一から十まで知る必要がある」

「それを捜査と言うんだがな」ヴィスティングは茶化すように言った。「真相を白日のもとに晒すことを。そうしてこそ正義を語れる」

マッティンがテーブルの向かいで黙りこむ。ヴィスティングは相手を自白に導く言葉を探した。しかし、なにも思いつかないうちにマッティンはコニャックを飲みほし、立ちあがって伸びをした。

「さて。明日アイケドックトッペンにのぼるなら、寝たほうがいい」

74

リーネは掘削現場に近づき、劇的な瞬間を捉えようとレコーダーをオンにした。崩落の危険を避けて穴から数歩離れ、身を乗りだして覗きこんだ。

穴の深さは二メートルほどだ。一見したところ柔らかい土と大小の石ころばかりに思える。警官たちが穴の奥の端のほうに集まっている。

反射的にカメラを構え、レンズごしに覗くと、掘削面からブーツの先が突きでているのが見えた。警官たちは地中で分解されずに残る革や合成素材について話している。

梯子がかけられ、先ほど到着した鑑識員ふたりが穴へ下りた。鑑識員が通常着用する白の防護服ではなく、背中に〝警察〟の文字が入った紺色の作業服姿だ。

リーネは距離をとるため数歩下がった。すばやく何度かシャッターを切り、カメラ背部のモニターで確認した。現場の空気がよく出た写真が撮れた。

ひとりの鑑識員が考古学者が使うようなスプーン状のこてを手にしている。リーネは穴に近づき、ブーツの周囲の土がこてで取りのぞかれる様子を見守った。もうひとりの鑑識員は写真を撮って記録している。やがてブーツの全貌が現れた。形やデザインから見て、女性のものだ。

「古いゴミの可能性もあるぞ」警官のひとりが言った。「誰かが盛土に捨てていったものかもしれない」

異を唱える者こそいないものの、誰ひとりそう思っていないのは明らかだ。

鑑識員がこてで掘った場所から大きな土の塊が剝がれ落ち、もう一方のブーツの底が露わになった。

両方のブーツの距離は十センチ足らずで、一方がやや奥に位置している。片方の膝をわずかに折って仰臥した状態のようだ。

ふたりの鑑識員が相談した結果、片方のブーツを抜きとることに決まった。

こてを持った鑑識員がブーツに手をかけ、小刻みに揺さぶって引き抜いた。土がこぼれ落ち、初めて骨が現れた。灰色を帯びた茶色をしていて、棒のように土から突きだしている。

鑑識員がブーツのなかを覗き、もうひとりの鑑識員に中身を見せてから太い骨に向きなおった。

「遺体は水平に、この方向に横たわっている」こてを持った鑑識員が手で向きを示す。

「横穴を掘る必要がある」

鑑識員ふたりは梯子をのぼった。

ショベルカーの運転手が煙草の吸殻を捨て、作業を再開した。指示に従いながら少しずつ土を掘っていく。

リーネは車に戻ってノートパソコンを膝に置き、遺骨発見の瞬間を伝える記事を書きはじめた。ビデオカメラを抱えて歩きまわっていたダニエルが警官に呼びとめられた。掘りだされたものは撮影禁止だと告げられたのだろう。

アドリアン・スティレルが近づき、助手席側のドアをあけてリーネの隣にすわった。

「家族には知らせた」前置きなしに話しはじめる。「ナディア・クローグだと断定されてはいないが、遺体がここにあるのはたしかだ」

リーネはスティレルの言葉をパソコンに入力した。「死因は?」

「特定するには早いが、当初から殺人として扱われてきた」

「容疑者の目星は?」

スティレルが口を閉ざす。

「こっちは訊くのが仕事なの。答えはイエスかノーしかない。どちらかはわかっているけど、都合のいい表現で答えてもらえれば、そう書きます」

「ノーコメントで頼む」スティレルはそう言ってドアハンドルに手をかけた。「十分ほどで記者会見が行われる。それまでに記事を公開してもらってかまわない」

リーネは礼を言い、急いで記事を仕上げて目を通した。文章は簡潔で明瞭だ。鑑識員が梯子で穴に下りていく写真とともに編集部に送信し、受信確認の電話をした。

三時を過ぎるころには、穴は幅三メートル、奥行き三メートルほどに広がり、残りの遺骨のまわりに三十センチほどの土の層を残すのみになった。

百メートルほど北に跨道橋があり、現場に入れなかった報道陣がひしめきあっている。照明灯に照らされ、カメラのレンズが光を反射している。警官たちが慌ただしく大型テントで発見現場を覆いはじめた。

リーネは目立たないようにスティレルのあとに続き、テントに近づいた。

目の粗い大型の篩が穴に下ろされている。長方形の木の枠の底に網が張られたものだ。発掘現場付近の土はすべてその篩にかけられている。

なにかが網にかかり、穴にいた者たちが寄り集まった。土の塊から黒い物体が持ちあげられる。それがなにかわかった瞬間、リーネはカメラを構えた。ハンドバッグだ。

詳しく調べるために、鑑識員のひとりがライトのついた作業台にそれを運んだ。

「材質はポリ塩化ビニルだ」地中で二十年以上も形を留めていた理由を説明する。

ニルス・ハンメルとアドリアン・スティレルの肩ごしに覗いていると、鑑識員が触れたとたんにバックルの一部がぽろりと外れるのが見えた。金属製のバックルとストラップだ。

「写真を撮っても？」リーネは声をかけた。

鑑識員が顔を上げた。大昔の事件なので詳細は知らないだろう。そのバッグにナディアと弟の写真がしまわれた財布が入っていたことも。鑑識員は青いラテックスの手袋をした手でスティレルがうなずいて許可を与える。鑑識員は青いラテックスの手袋をした手でバッグを持ちあげた。「どうも」リーネは言ってカメラを下ろした。

鑑識員はバッグを慎重にあけ、中身を取りだした。保存状態はいい。キーホルダー、口紅、ほかにもこまごまとしたものがいくつか。それだけだった。財布はない。

このバッグは間違いなくナディアのものだ。証言とも一致している。死体がこの道路脇に埋められたときの状況をリーネは想像した。バッグを死体とともに捨てる際、財布だけが抜きとられたのだろう。暴行事件や強盗事件でよくあるように。

「近くに財布が残っているかもしれない」作業が再開されると、スティレルが声をかけた。

リーネはどんな細かな作業も見逃がすまいと目を凝らした。警察の捜索現場をこれほど間近に見るのは初めてだ。

さらにいくつか骨が発見された。周囲の土はほかの場所よりわずかに黒ずんでいる。長さのある大腿骨（だいたいこつ）、膝蓋骨、小さい骨は指だろう。弓状のものは肋骨（ろっこつ）だ。雑草の根が、張りめぐらされた神経のように骨の周囲に絡みついている。ついに頭蓋骨が現れた。

亀裂らしきものがあり、右側が一部欠けている。

鑑識員のふたりは話しこんでいるが、内容は聞きとれない。

「気になることでも？」スティレルが訊いた。

年配の鑑識員が顔を上げ、「頭蓋骨に骨折が見られます」と答えた。もうひとりはその箇所をカメラに収めている。

「それが死因ですか」スティレルがたしかめる。

「ラボに持ち帰って詳しく検査しないと」鑑識員は断定を避けるように言った。

鑑識員たちは頭蓋骨から離れ、他の部位を調べはじめた。着衣はすべて土に還ってしまったようだ。黒っぽいベルトと錆びたバックルだけがかろうじて形を留めている。

年配の鑑識員が骨盤のそばにあったものを手に取り、茶色の紙袋に保管した。ナディアのズボンのポケットに入っていたものだろうかとリーネは想像したが、カメラをズームするとファスナーの残骸だとわかった。

片方のイヤリングと指輪も採取され、それから骨の収集が開始された。身体の部位ごとに分類するようで、手の骨から作業がはじめられた。左手を構成するこまごまとした骨が残らず集められ、ラベリングされた保管袋に入れて箱に収納される。上腕と前腕の骨も同じ箱に収められ、蓋が閉じられた。左脚の骨も同様の手順で採取される。

「これからだけど」ダニエルが言った。「骨の採取作業の映像は流せないから、ここは引きあげるよ。ホテルに戻って編集作業をするけど、きみはどうする？」

「わたしはもう少しここにいる」

「明日も長い一日になりそうだ。新しいポッドキャストを用意しないと」

リーネはポケットからレコーダーを出し、バッテリーの残量を確認した。じきに充電が必要になる。

「わたしはもう一度、ローベルト・グランと話をしてみる。ナディアが発見されて、新しいことが見えてくるかもしれない」話をしながらふたりはダニエルの車まで歩き、翌日の待ち合わせ場所を決めた。

到着したパトカーから、ポットに入ったコーヒーとパンが差し入れられた。スティレルに呼ばれてリーネも紙コップにコーヒーを注ぎ、それを持ってテントに戻った。

鑑識員のふたりが右半身の骨の状態についてしきりに話しあっている。

スティレルが水のペットボトルを右手に持ってテントへ入ってきた。

「向こうにコーヒーがある」と鑑識員たちに話しかけたが、気もそぞろのふたりの様子に気づいた。「なにか発見でも？」

年配の鑑識員が顔を上げた。「複雑骨折の跡が見られます。大腿骨、脛骨(けいこつ)、腕の骨に」

「頭蓋骨にも骨折がありますし」もうひとりの鑑識員が言い添える。

「つまり？」

年配の鑑識員がまた断定をためらうように言った。「こういった損傷は、車にはねられたときによく見られます」

「はねられた？」スティレルが訊き返す。

「遺体が道路脇に埋められていたことを考えると、そう考えるのが自然でしょう」

「でも当時ここに道路はなかったはず」リーネは口を挟んだ。「まだ建設中で」

鑑識員は肩をすくめた。「なんにせよ、こういった損傷は交通事故の被害者にしか見たことがありません」

スティレルがリーネを見て言った。「いいと言うまで、公表は控えてくれ」リーネは了解した。

コーヒー休憩のあと、残りの骨も分類され、保存された。鑑識員たちは遺体周辺の土を目の細かい篩にかけはじめた。とくに頭蓋骨があったあたりを入念に調べている。おそらくはもう片方のイヤリングを探しているのだろう。たびたび篩を振る手を止めて網目にかかったものをたしかめ、最後に残った石を捨てた。

もう片方のイヤリングが発見されたあとも篩がけは続いた。ときどきなにか小さなものが採取されているが、リーネの目には判別できなかった。しばらくして、歯かもしれないと思いついた。カメラを再生モードにして写真を見なおし、頭蓋骨の画像を拡大してみる。顎は無傷で、歯はすべて揃っているようだ。

「なにを探しているんですか」好奇心に駆られて声をかけた。

年配の鑑識員はスティレルがうなずくのを見てから返事をした。「ガラス片だよ」

なるほど。ナディア・クローグが車にはねられて死亡したという仮説を裏付けるため、毛髪や衣服に飛び散ったガラスを探しているのだ。

「見つかりました？」

鑑識員は作業を続けながらうなずいた。朝の六時を過ぎ、リーネは疲労を感じていた。張りつめていた緊張の糸が緩んできたようだ。これ以上目ぼしいものは出そうにないが、作業の途中で現場を立ち去るのもためらわれた。

リーネは車に戻り、運転席にすわってエンジンをかけた。車内が暖まるにつれ眠気がやってきた。瞼が下がり、意識が遠のいていく。

窓を叩く音で目が覚めた。スティレルだ。ダッシュボードの時計は七時三十八分を示している。

窓をあけると、ひんやりとした風が熱気のこもる車内に吹きこんだ。

「そろそろ引きあげる。作業が完了しだい、道路の封鎖を解く」スティレルが言った。

リーネは作業が行われていたテントを見やった。警察官が立ち入り禁止テープを張りめぐらせている。

「テントはもう少し設置しておくが、実際のところあとは穴を埋めるだけだ」

「これからの予定は?」

「少し睡眠をとる」

たしかにここにいる誰よりも休息が必要そうだ。それでも、本当に捜査を中断して横になりそうには見えなかった。

「そのあとは?」

「一度集まって経過をまとめる」スティレルは言った。「ただし、きみのお父さんが戻るまでは動かない」

75

先に起きだしたのはマッティン・ハウゲンだった。ヴィスティングはストーブに火をおこす音を寝床で聞いていた。

携帯電話を取ろうと椅子にかけた上着のポケットに手を伸ばすと、ベッドが音を立ててきしんだ。バッテリーはかろうじて残っている——三パーセント。

リーネからのメールが来ている。内容は〝探し物発見〟。すぐに二通目に目を通す。〝友達が車にはねられたらしい〟

メッセージはそれぞれ三時三十二分と五時四十分に送信されている。天気の言及は省略されているが、やはり暗号めいた表現が使われている。単純すぎて誰の目も騙せそうにないが。

詳細を知ろうと〝？〟とだけ送信した。ニルス・ハンメルはまだ起きていたようだ。すぐに返信があった。〝腕、脚、頭に骨折跡。交通事故とのこと〟

壁の向こうではマッティンがコーヒーを淹れる音がしている。

事故。ゆうべの会話が頭をよぎる。正義と相応の罰について話した際、マッティンが言おうとしたのはその事故のことだったのか。

〝当時のＭ・Ｈの車種を知りたい〟無用な指示だと知りながらそう書いた。〝隣人のスタイナル・ヴァスヴィクに車の傷のことを確認してくれ〟

送信ボタンを押した直後、画面が消えた。バッテリー切れだ。

寝袋から這いだしてベッドに起きあがった。冷えこんだ部屋のなかでズボンを穿き、シャツを着てから、窓際の洗面器に水を張った。

キッチンに行くとコーヒーポットが用意されていた。

「ここのベッドはいまいちだな」マッティンが言った。

ヴィスティングはうなじを揉み、首をゆっくりまわして凝りをほぐした。「ひと晩やふた晩なら問題ないさ」笑顔で言って、カップにコーヒーを注いだ。

朝食後、ふたりは外に出て網を引きあげた。ボートの上からアイケドックトッペン山が見えた。山頂は平らだが、麓の湖までは急斜面が続いている。

「裏手からのぼったほうがいい」マッティンが言った。「車をとめた場所にのぼり口があるから、先に荷物を積んだほうが楽だ」

釣果は前日よりわずかに少なかった。また魚を洗って塩漬けにし、網は天日で乾燥させた。それからリュックサックに荷物をまとめて小屋を片づけ、床を掃いて、マッティンが戸口に鍵をかけた。

ヴィスティングは家に帰りたくなっていた。ハイキングはやめようと言いだすことも考えたが、まだこの旅の目的を果たしていない。山を歩けばマッティンから自白を引きだす機会が巡ってくるかもしれない。

塩漬けにした魚は重く、森のなかを運ぶのはひと苦労だった。数百メートルほど交互に運んだところでヴィスティングはバケツを置き、手ごろな枝を見つけた。それをバケツの取っ手に通し、ふたりで担いで小道を進んだ。ヴィスティングは前を歩くマッティンの背に目を据えていた。二十四時間以内にこの男は逮捕されるだろう。脅迫状に残った指紋に加え、ナディア・クローグの遺体も発見された。訴追のための証拠は十分だ。有能な弁護人ならばカタリーナに罪を着せるだろう。死体が埋められた場所の地図を残したのはカタリーナなのだからと。マッティンは妻の罪を知っていただけで、共犯者ではないとも主張するかもしれない。

小屋での二日間がヴィスティングに重くのしかかっていた。騙し打ちのようなやり方に慣れず、自尊心が揺らぐ思いだった。警察官としての長年の歩みのなかで、同僚にも犯罪者にもつねに誠実に、率直に、正面から向きあってきたつもりだ。マッティンとの腹の探り合いが身にこたえ、終わりが待ちどおしかった。

車にたどり着くと、マッティンが魚のバケツを荷台に積んで防水シートで覆い、走行中に倒れないようロープで固定した。

ヴィスティングはナディアの事件に集中しようとつとめた。「車はずっとピックアップかい」

マッティンがテールゲートを上げた。「ああ。便利だしね。なんだって運べる。十代のころ、レース用のオフロードバイクを何台か持ってたんだ。ピックアップならバイクを荷台に積めるから、トレーラーを使う必要もない」

「事故に遭ったことは？」

「事故は付きものだね。コースを外れて肋骨を折ったこともある。二十歳のときだ。それでやめたんだ」

「バイクじゃなく、車での事故は？」ヴィスティングは車の前にまわりながら訊いた。

「いざというときも、この車なら平気そうだが」

「免許をとって三十六年になるが、一度だけあったな」マッティンが笑みを見せる。

「こっちは二度だ。パトカーで出動中に一度、もう一度は小型のフィエスタに乗っていたときだ。大破したよ。以来、ボルボしか乗ってない。頑丈だからね」

「ピックアップもだ」

「二度とも自分が悪かったんだ」そう言って、パトカーを運転中にロータリー交差点内で起こした衝突事故と、フィエスタでの追突事故の話を聞かせた。

「おれも同じさ。大型トラックに追突したんだ」

「昔の話かい」

マッティンは歩きはじめた。「ああ、カタリーナがいなくなるまえだ」

草深い小道を歩きだしたとき、ヴィスティングの頭に考えが閃いた。歩を進めるごとに、それは確信へと変わった――マッティン・ハウゲンの犯行を可能にする方法が。

歩きながら捜査資料の内容を頭で整理した。マッティンの供述のなかで引っかかりを感じていた点のひとつが、カタリーナとの最後の通話の内容だった。記録によれば通話時間は八分十七秒だが、マッティンは寝るまえの挨拶程度だったと述べている。電話で八分とはかなり長い。ここまでに判明したことを考えあわせると、そのときカタリーナは良心の呵責に耐えかね、自首すると言いだしたのではないか。電話では話しづらい内容のため、カタリーナはバイクで北へ向かった。ふたりはどこかで落ちあい、その際にマッティンの言う制御不能の〝持って生まれた原始的な本能〟が表に現れた。攻撃という形で。死体はナディアのときと同じ方法で埋め、バイクはピックアップの荷台に積んで帰り、ガレージのいつもの場所に戻したのだ。

単純だが、筋は通っている。いまのところ気づいているのはヴィスティングだけだ。

褐色の落ち葉に覆われた木の根につまずいたが、どうにか転倒を避けた。滅多に人の通らない道らしい。両脇から木々が迫り、突きだした枝が行く手をさえぎる。道をふさいだ倒木をときおり迂回しながら歩きつづけた。何キロか進むと分岐点に出た。選んだ道はさらに細くなり、険しさを増した。ヴィスティングは息切れがし、背中が汗で濡れるのを感じた。

ナラの大木のそばで小川が道を横切っていた。マッティンは立ちどまり、両手で水を汲んで口に含んだ。ヴィスティングもそれに倣い、また歩きはじめた。

頂上にはマッティンの言ったとおり一時間で着いた。ふたりは眺めのよい断崖絶壁の縁に立った。ここはどのあたりだろうと思いながら、ヴィスティングは絶景を見わたした。脚のあいだを風が吹き抜ける。ボートで魚を獲った湖が一望でき、遠くの淡い空の下には藍色の海が横たわっている。それ以外は一面の森だ。

「あそこにグレンラン橋が見える」マッティンが東の方角を指した。橋を支える二本の尖塔が見える。「あの橋の建設にも関わったのかい」

「橋自体には関わっていないが、北側のトンネルは掘ったよ」

ヴィスティングは小石を拾って放り、岩肌を落ちるさまを軽く身を乗りだして見守った。

「最初にここへ来たときは祖父さんといっしょだった」背後でマッティンが言った。振り返らずに続きを待つ。

「ここは歴史的に意味のある場所なんだと聞かされてね。ヴァイキングが厄介者の年寄りをここへ捨てたとか。一族の面汚しの罪人をここから飛び降りさせたとか」

マッティンが近寄ってきて、傍らに立った。「祖父さんの作り話だろうがね。このあたりにヴァイキングはいなかった。だが、当時はひどく怖かったもんさ。五つか六つだったかな、その手の話に怯えるくらいの子供だったんだ。夢にまで出てきたよ。どんな状況にせよ、崖から身を投げる人間がいるなんて想像もつかなかった」

ヴィスティングはもう一度崖を覗きこんだ。「もっとましな死に方がありそうだな」

「遺灰の話を覚えてるか」マッティンは言って、一歩下がった。「ここから撒いてもらえれば本望だ」

声に不穏な響きが混じる。

「書いとかなきゃな」ヴィスティングは笑いに紛らそうとした。

マッティンも笑みを浮かべ、しばらく黙りこんだ。「家に帰ったらどうする？」

「リーネとアマリエが来るだろうな」ヴィスティングはふと不安を覚えて崖から一歩離れた。「アマリエはどんどん大きくなってる。立って歩くようになったし、しきりにおしゃべりもするんだ」

急にイングリを思いだした。妻は発展途上国の援助隊員としてザンビアに滞在中に亡くなった。

「名前は妻から取ったんだ。正式にはイングリ・アマリエだが、アマリエとだけ呼んでいる。あの子を見ているとイングリを思いだしてね。孫を見せてやれなくて残念だ。それでも、自分のいるべき場所で最期を迎えられたのは幸せだったのかもしれないな」マッティンのことに話を戻そうとそう続けた。「最後に電話で話したときは声が弾んでいたよ。仕事の成果に満足していたし、未来にも希望を抱いていた」

マッティンは黙っている。カタリーナと最後にどんな話をしたのか訊こうとしたが、思いとどまった。

「カタリーナのお腹には赤ん坊がいた」マッティンが口を開いた。視線は水平線に据えられている。

「行方不明になったときかい」ヴィスティングは驚いて訊いた。

「いや、そのまえだ。流産したんだ」

「知らなかった」ヴィスティングは慰めの言葉を口にした。

マッティンが空を仰いだ。西の方角に黒雲が集まっている。「ひと雨来そうだ。そろそろ帰ろう」

76

横になれば眠れる。そう知りつつ、アドリアン・スティレルは休む気になれなかった。

車両登録簿によると、マッティン・ハウゲンは一九八〇年代後半にニッサン・キングキャブを所有していた。その後何度か所有者が変わり、一九九六年に登録が抹消されている。

スティレルはスタイナル・ヴァスヴィクの家の前に駐車し、車を降りて戸口に向かった。呼び鈴を鳴らすより先にドアがあいた。以前、ヴィスティングと車で通りかかったときにヴァスヴィクの顔は確認している。

身分を告げても、ヴァスヴィクは家に通そうとしなかった。「現在、古い未解決事件を追っています」

小さいうなずきだけが返される。

「そのひとつがカタリーナ事件なのですが、過去の捜査資料の穴を埋める作業にご協力いただけますか」

もう一度うなずきが返されたが、やはり家に通される気配はない。そのほうがありがたい。長居をするつもりはない。

「当時、カタリーナはどんな車に乗っていましたか」

「そんなの資料にあるんじゃないのか」

「古い記録を確認するためです」

「マッティンに訊いたらどうだい」ヴァスヴィクは向かいの私道を目で示した。

「ええまあ」スティレルは手にした資料をめくりながら訊いた。「ゴルフとカワサキZ650を使っていたとありますが、間違いないですか」

ヴァスヴィクが小さくうなずく。

「当時のマッティン・ハウゲンの車は？」

間髪を容れず返事がある。「ピックアップだ。あいつはピックアップしか乗らない」

「カタリーナがそれを運転することは？」知りたい内容を悟られないよう、無関係な質問も織り交ぜる。

今度は首が横に振られた。

「当時、いずれかの車に衝突の跡のようなものを見たことは？」

ヴァスヴィクはひとしきり首をひねってから答えた。「ないな」

「たとえばフロントガラスが割れていたとか、そういったことは？」

「ああ、そういえば。といっても、カタリーナが行方不明になるずっとまえだがね」

「どういったものでしたか」

「マッティンがトラックに追突したんだ」

スティレルは続きを促した。

「ボンネット数カ所と、右側面が破損してた。ラーセンが修理したんだ」

「ラーセン？」

ヴァスヴィクがラルヴィク市街のほうを指差した。ここへ来るまでの道沿いに古い自動車修理工場があったはずだ。「もう死んだがな。それに修理の記録を探そうとしても無駄だ。ラーセンは領収書だとかその手のものには無頓着だったから」

おそらくハウゲンは、ナディア・クローグをはねた際の傷を隠すため、後日トラックに追突したのだろう。

「損傷はかなり大きなものでしたか」

そうだという答えを聞くまえに、携帯電話が鳴った。ニルス・ハンメルだ。

「トロンデラーグの警察から連絡がありました」前置きなしに話しだす。「死体捜索犬が路側帯の一地点に反応を示したそうです。崩落現場のすぐそばで」

「すぐ行きます」

スティレルはヴァスヴィクに礼を言って車に戻った。いよいよ大詰めだ。週末のあいだにヴィスティングがなにを探りだしたか、それを聞くのが待ちどおしかった。

77

ピックアップに乗りこんだとたん、雨粒がフロントガラスを叩きはじめた。

「危ないところだったな」マッティンが言って、エンジンをかけた。

車が大きな窪みに前輪をとられ、身を乗りだして暗い空を見上げていたヴィスティングは、フロントガラスに頭を打ちつけかけた。

ピックアップががたつきながら進みはじめる。ヴィスティングはシートベルトを締め、窓の上部のグリップをしっかりとつかんだ。

ようやく柵の前へたどり着いた。ヴィスティングは雨のなかへ飛びだし、柵をあけた。マッティンは車を前進させ、ヴィスティングが南京錠をかけて車内に戻るのを待って舗装路に出た。

タイヤは平坦な路面を滑らかに転がりだした。マッティンがラジオをつけると、ヴィスティングはダッシュボードの時計に目をやった。ちょうど午後三時になり、ラジオからニュースが流れはじめた。

マッティンが音量を上げる。予期していたわけではないが、ニュースの内容はすぐに察しがついた。

「警察当局によりますと、昨夜ポシュグルンの高速18号線沿いで、二十六年前に失踪したナディア・クローグのものと思われる遺体が発見されました。先週この未解決事件の捜査が再開され、それを受けて今回の捜索が行われたものです。昨夜からの作業で高速18号線の通行止めが続いており……」

アナウンサーは誘拐事件について説明を続けているが、すでに耳には入らない。ヴィスティングは深く息を吸った。狭い車内が息苦しく感じられる。いよいよ対決のときだ。発作の前触れのように、心臓がきつく締めつけられる。

さりげなく隣の様子を窺った。マッティンは身をこわばらせ、硬い表情をしている。

「見つかったんだな」ヴィスティングは平静を保とうとつとめた。

マッティンの返事はない。険しい目で前方を見据えている。

これ以上は続けられない、とヴィスティングは思った。この二日間、互いに相手の言葉の裏を読もうと腹の探り合いを続けてきた。精神的疲労が限界に達している。

「車をとめてくれ」声がかすれた。「脇に寄せるんだ。話がある」

マッティンは無言のまま速度を上げた。

78

ナディア・クローグのものと見られる遺骨の発見を報じた記事には、ものの数時間で百万件以上ものアクセスがあった。事件への関心が高まり、ポッドキャストのリスナー数も爆発的に伸びた。第一回の再生回数はすでに二十万回を超えている。

リーネは温かいミルクの入った哺乳瓶を持たせてアマリエをベッドに入れた。癖になってしまっては困るが、いまは仕事のために静けさが必要だ。

レコーダーを携帯電話につなぎ、作業机の前にすわった。「今回は事件の最新情報も併せてお伝えします」リーネははじめた。「前回ローベルト・グラン氏にインタビューをしてからわずか二十四時間で、事態は急展開を迎えました。一九八七年に姿を消したナディア・クローグのものと思われる遺骨が警察に発見されたのです。六時間前までわたしもその現場にいました。これを受けて、いまからローベルトに電話したいと思います」

相手の番号にかけるとイヤホンから呼び出し音が聞こえ、ローベルト・グランが応答した。

「こんにちは、ローベルト」あえてひと呼吸おく。「昨夜のことはもうご存じですよね」

深く吸った息をゆっくりと吐きだす音が聞こえる。「ああ」

「誰かから正式に連絡はありましたか」

「いや、誰からも。おれは関係者ってわけじゃないから、親御さんたちとは違って。ネットの情報しか知らない」

「わたしは現場にいたんです」

「ああ、知ってる」

「いまどんなお気持ちですか?」感情的な反応を引きだそうと突っこんだ。「彼女が発見されて」

「ちょっと妙な感じだな。現実感がないというか。この日をずっと待っていたはずなんだが、ずいぶん唐突な気もしてね」

ローベルトは大きく息を吸って、話を続けた。「いろいろはっきりすればいいと思う。誰が、なんのためにやったのかが」

それ以上の収穫がないままリーネは通話を切りあげ、次はリヴ・ホーヴェにかけた。

「今朝、現場を見に行ったんです」リヴ・ホーヴェは言った。「すぐそこなので。ずっとあそこに埋められていたって考えるとぞっとしてしまって。誘拐犯もこのあたりの人間だってことでしょ」

「どういうことです？」

「だって、行方不明になった場所のそばに埋められていたってことは、この近くで攫われて殺されたわけでしょう？」

リーネはコメントを避けたが、すでにこれが誘拐事件ではないと確信していた。真相を隠し、ローベルトにかけられた疑いを晴らすために誘拐がでっちあげられたのだ。

通話を終了すると、リーネはダニエル・レアンゲルが編集作業に取りかかれるようにインタビューの音声ファイルを送信した。それから腰を落ち着け、キーワードを書き並べたメモを頼りに、原稿なしで締めくくりの言葉を録音した。

「今回の配信では、脅迫状の内容と、二十六年の時を経てナディアのものと思われる遺体が発見されたことをお伝えしました。あのとき、なにが起きたのでしょうか。誘拐計画が失敗に終わったのか、あるいはナディア・クローグの失踪にはまったく別の理由があったのでしょうか。

このポッドキャストをお送りするわれわれは、真相は意外ではあるものの、シンプルなものだと考えています。われわれがどういった情報をつかみ、ナディア・クローグの命を奪ったのが誰だと考えているか、次回はそれをお伝えします」

リーネはレコーダーを切って少し考え、今度は次回明らかにする内容を省いたバージョンを録音した。二種類のファイルを送信し、どちらを使うかはダニエルと上司たちの判断に任せることにした。リーネ自身は最初のバージョンのほうがいいと思った。

79

「ナディアをはねたのはカタリーナだったのか」ヴィスティングは訊いた。

背の高い並木が車窓の外を流れていく。マッティンは答えなかったが、かすかな頭の動きにヴィスティングは気づいた。ごく小さくうなずいたのだ。

「あんたは死体を隠すのを手伝っただけなんだろ、証拠を隠すために」

ピックアップが曲がり道にさしかかり車体が傾いたが、マッティンは速度を緩めようとしない。

返事がないのは肯定と同じだが、これではレコーダーの意味がない。

「カタリーナが刑務所行きのための荷造りをしていたんではと話したよな」さらに問いを重ねたが、やはり答えはない。「彼女は自分の罪を償いたかったんだろう。ナディアの命を奪った罪を」

いまこの瞬間、マッティン・ハウゲンをどこまで問いつめるべきかとヴィスティングは迷った。こちらがどう出ようと主導権は相手にある。ハンドルを握る者に。

「キッチンのテーブルにあった暗号だが」ヴィスティングは言った。「あれはナディア・クローグを埋めた場所を示す地図だったんだな」

ある意味、カタリーナがそれを残したことで事件は解決されたのだ。二十四年前、マッティンは無人の家に帰宅した際にその紙を捨てようとしたはずだが、できない理由があった。アリバイを確保するため隣人に家を見に行かせたことが、逆に自分の首を絞める結果となったのだ。スタイナル・ヴァスヴィクはキッチンのテーブルの上になにかが書かれた紙があったと警察に告げるはずだから、それが消えれば疑いを招くことになる。

車がまた傾いた。マッティンは黙ったままわずかに速度を上げた。

ヴィスティングは前方に目をやった。長い平坦な直線路の向こうから木材運搬車が近づいてくる。

80

「動きはじめた」コンピューターの画面に目を据えたハンメルが言った。

マッティン・ハウゲンのピックアップの位置を示す赤い点が移動をはじめている。

「いよいよ戻ってくる」スティレルは言った。

ハンメルの携帯電話が鳴った。ハンメルは通話の相手とやりとりし、マルヴィクでの捜索作業の写真と詳細を送信するよう依頼した。そして室内にいるふたりに向きなおった。

「トロンデラーグの警察からです。高速6号線の崩落現場近くで骨と遺留品が見つかりました。人骨なのはたしかだそうです」

「カタリーナ・ハウゲンだ」スティレルは言い、クリスティーネ・ティーイスに向きなおった。「逮捕状の手配を頼みます」

ティーイスはうなずき、退室した。

「これからどうします？　どこで逮捕を？」ハンメルが訊いた。

「路上がいい。ヴィスティングを降ろしたあと、自宅までのどこかで」

ハンメルが画面を確認した。「あと四十分ほどです」携帯電話で番号を探しはじめる。「応援が必要ですね。やつは拳銃を所持している」

スティレルは画面上の赤い点に目をやった。動きが止まっている。「画像を更新する必要があるのでは？」以前にも受信が途切れたことを思いだして訊いた。

「いや、そんなはずは。動きはリアルタイムで捕捉されています」

そう言いながらも、ハンメルは更新ボタンを押した。画像が一瞬消え、また表示される。赤い点は先ほどと同じ地点で静止している。長い直線路の真ん中だ。

「とまってる」ハンメルは言った。「なにか起きたんだ」

81

大型の木材運搬車とすれ違い、ピックアップは風圧で揺れた。

マッティンは急ブレーキをかけ、道路沿いの待避所目がけてハンドルを切った。車は横すべりし、砂利の上で停止した。マッティンがヴィスティングに向きなおった。

「降りてくれ」

「なにがあったのか教えてほしい」

マッティンが首を横に振る。

「なにがあったにせよ、ちゃんと片をつけよう。いまは絶望的に思えるかもしれないが、おれの仕事はこういう問題を解決するためにあるんだ」

マッティンは前かがみになり、ハンドルに頭を預けた。観念したかに見えたが、すぐに運転席の下に隠していたものを取りだした。拳銃だ。ずっとピックアップに隠されていたのだ。

「降りてくれ」マッティンが握った拳銃を膝に下ろす。

ヴィスティングはドアハンドルに手をかけた。「降りるまえに、なにがあったのか知りたい」そう言って細くドアをあけた。

マッティンは大きく息を吸い、話しだした。「おれが言いだしたんだ」急き立てられるように、切れ切れの言葉で語りはじめる。「ハイスタに行った日だ。同僚たちと。カタリーナが運転してた。妊娠してたんだ。おれが新しい道を走ろうと言った。まだ開通前の。その日アスファルトを敷いたばかりだった。真っ黒で、路面表示もなかった。照明灯も。見えなかったんだ。あの子の顔がフロントガラスにぶつかるまで」

「それなら事故だ」ヴィスティングはなだめるように言った。「ナディアは黒い服だった。反射材もつけていなかった」

「近くにショベルカーがあった。十五分で痕跡は残らず消えた。逃げようとしたとき財布が落ちているのを見つけて、持ち帰った。問題ないはずだったが、恋人が逮捕されて、カタリーナは誘拐を偽装しようと言いだした」

マッティンの言葉が滑らかになりはじめた。胸の内に溜められていたものが堰を切ったように溢れだす。ナディアをはねた際の傷を隠すために車を追突させたこと。事件のショックでカタリーナが流産し、鬱状態に陥ったこと。一九八九年十月十日の早朝、自首を決意したカタリーナがマッティンにも説得に来たこと。それが最悪の結果をもたらしたこと。ほとばしりでる言葉がヴィスティングの推理の正しさを証明した。週末のあいだに交わした対話のすべてが、告白へと至る道筋をつけたのだ。カタリーナに責めたてられたマッティンの精神は限界を超えた。そしてすべての責任と罪を妻に押しつけたのだ。

「もう行ってくれ」すべてを吐きだすと、マッティンは言った。

「きちんと解決しよう」

マッティン・ハウゲンは膝の拳銃を持ちあげ、ヴィスティングを追い払うように銃口で外を示した。

「行け!」

82

アドリアン・スティレルは狭い通信傍受室の中央で足を踏んばり、腕組みをしていた。自分の事件が大詰めに向かっていることに満足を覚えつつ、任務の重圧と責任も感じていた。

ハンメルが携帯電話を机の上に置いた。「バッテリーが切れたらしい」

スティレルは両の目を揉んだ。万華鏡のような模様が瞼の裏でちらつく。画面に目を戻したが、赤い点は静止したまま動かない。

「覆面パトカーを出すのは?」

ハンメルはもう一度携帯電話を手にした。「テレマルクにあたってみます。あそこがいちばん近い」

ハンメルがテレマルクの同僚に連絡し、現在の状況とハウゲンの車の位置を告げた。

「応援のほうは？」

「ガレージに集まっています」

「まずは通過して様子を見てもらえますか」

睡眠不足で幻覚でも見ているのだろうかとスティレルは思った。画面の赤い点が動いている。一度両目を閉じ、あらためて画面を確認した。

「動きだした！」

赤い点は前進を続け、二日前に山小屋へ向かったときと同じルートをポシュグルン方面へ戻っている。

ノックの音がし、スティレルがドアをあけた。クリスティーネ・ティーイスが逮捕状を手にしていた。

「なにか動きは？」

スティレルは画面を指した。「三十分ほどでラルヴィクへ戻ります」

そう言ったとたん、赤い点は左へ折れ、別の道へ入った。

「いったいどこへ？」クリスティーネ・ティーイスが訊いたが、誰も答えない。

「ここでじっとしているわけにはいかない」スティレルはハンメルの腕をつかんだ。

「こちらも向かおう」

83

ヴィスティングは道路脇に取り残され、砂埃とともに遠ざかるピックアップを見送った。

九十秒後に車が現れた。ヴィスティングは道路の中央に立って必死に腕を振った。車は速度を落とし、クラクションを鳴らすと、ヴィスティングを避けて走り去った。

次の車をとめようと、今度は財布から身分証を取りだし、片腕を伸ばして、三十五年近くまえに新人研修で習った基本の動作で合図した。

運転席にいるのは若い女性だった。減速したのでフロントガラスごしに目配せをした。相手が怯えた顔をしたので諦めると、車は速度を上げて通過した。

次の車は反対方向から来た。古い濃紺のボルボだ。ヴィスティングが合図すると、車はすぐ横に停止した。運転席にいるのは十代後半の若者で、肩までのブロンドに野球帽をかぶっている。若者は窓をあけ、あたりを見まわした。車が故障か脱輪でもしたと思ったようだ。

ヴィスティングは警察官の記章を見せ、誘拐事件に絡んだ緊急事態だと告げた。

「ナディア・クローグの？」

「なんでそう思う？」

「どこのニュースでもやってますよ」

ヴィスティングは助手席側にまわり、車に乗りこんだ。「名前を教えてくれないか」

「エーヴェン」

「なら、エーヴェン。ここでUターンしてくれないか」

「Uターン？」

「そうだ。ピックアップとすれ違わなかったか」

「ああ、すごい勢いですっ飛ばしていったっけ」

「そうか、じゃあ急いで追いかけてもらいたい」

若者はハンドルを切って車を転回させた。「あれに追いつくのは無理だと思うけど」

「行き先はわかってる」ヴィスティングはシートベルトを締めながら言った。「携帯電話を貸してもらえないか」

エーヴェンはレザージャケットの内ポケットから携帯電話を取りだし、ヴィスティングに渡した。

84

　スティレルが車を駆る。助手席のハンメルは膝にタブレット端末をのせている。赤い点はポシュグルン市街を移動中で、速度はかなり落ちている。

　携帯電話が鳴り、見覚えのない番号がダッシュボードの画面に表示された。スティレルはハンドルを握ったまま応答した。スピーカーを通して落ち着いた声が車内に響く。

「ヴィスティングだ」

「どこです？」

「協力を要請した車両から、借りた携帯電話でかけている。ハウゲンはいまどこだ、追跡できてるか」

「車は走行中です」スティレルは答え、正確な場所をハンメルから伝えさせた。「そちらの状況は？」

「こちらの目論見（もくろみ）がばれた。車を降ろされた。電気を切って捜索した際に見つからなかった例のものを所持している」

車の持ち主に拳銃という言葉を聞かせないよう、ぼかした表現を使ったのだろう。

「なにか訊きだせましたか」

「ああ。洗いざらい自白した」

スティレルは片手をハンドルから離し、いいぞと拳を突きあげた。

「車がとまった」助手席のハンメルが言った。

「どこで？」

「方向を変えて、違う方角に進んでます」

「どこへ向かってる？」ヴィスティングが訊いた。

ハンメルの膝に置かれたタブレット端末の赤い点を目で追い、行き先を確認してからスティレルは答えた。「現場へ向かっています」

音声に雑音が混じる。「どこだ？」

「高速18号線へ。ナディア・クローグの遺骨が出た場所です」

85

電話はつないだままにしてある。

ヴィスティングはハンドルを握る若者に速度を上げるよう告げた。「高速18号線に向かってくれ」現場まで八、九分ほどだろう。電話を反対側の耳に押しつけた。「付近にパトカーは?」

「われわれがいちばん近い」スティレルが応答した。「六分で着きます」

若者は黙々と車を走らせている。反対車線に出、タクシーを追い抜いた。

ロータリー交差点に差しかかった。「どっちです?」

ヘローヤ経由で高速18号線に入り、南から現場にまわるのがいいだろう。ハンメルとスティレルは北から来るはずだ。

「右だ」とヴィスティングは指差した。

いきなり前に割りこまれた黒いBMWがクラクションを鳴らす。

「ハウゲンが現場に到着します」ハンメルが言った。「一分以内に。どうします?」

ヴィスティングもスティレルも答えない。

回線の向こうで警察無線の交信が聞こえている。複数の警察車両が現在地を報告しあい、そこにサイレンの音も混じっている。

「あと二百メートル」ハンメルが言った。

ヴィスティングはまた電話を持ち替えた。

「百メートル」

警察無線にまた通信が入る。「とまらない！」ハンメルが叫んだ。「通過しました」

スティレルが悪態をついた。ハンズフリーマイクに口が近づけられたらしく、声が大きくなる。「どういうことだ」

「ハウゲンはこのあいだもこのあたりへ来た」ヴィスティングは言った。「そのときは目的を果たせずに終わったが。クローグ夫妻の家へ行って、娘にしたことを告白するつもりだ」

スティレルがまた悪態をつく。

ハンドルに拳が叩きつけられる音が響いた。

「武器を所持しているうえ、精神状態も普通じゃない。先まわりできる車両はいないか」ヴィスティングは訊いた。

「やつがハイスタ方面に曲がった」ハンメルが報告する。「ジャスト二分で到着します」

無線の交信が慌ただしくなる。ヴィスティングの車はピックアップをとめるのに格好の位置にある。だが、間にあいそうにない。

86

ヴィスティングが最初に到着した。四分十一秒が経過している。

クローグ家の邸宅前をゆっくりと通過した。錬鉄の門扉があけ放たれ、マッティン・ハウゲンのグレーのピックアップが奥にとまっている。車内に人影はない。

ヴィスティングは電話で状況を報告し、Uターンして屋敷から五十メートル離れた縁石の上に停車するよう若者に告げた。

「そのあとは？」若者が訊いた。

「応援を待つ」

納得したように若者がうなずいた。

三分後、スティレルとハンメルが到着した。ヴィスティングは若者に感謝し、ドアをあけて車を降りた。

「もう行ってくれていい」

「ここにいても?」

「かまわないが、これ以上は近づかないように」

ヴィスティングはハンメルとスティレルの車に乗りこんだ。ハンメルは応援車両に電話で指示を出している。

「夫妻も気の毒に」スティレルが言った。「こんな目に遭わせるべきじゃない」

ヴィスティングは黙っていた。

「本当に大人しく罪を告白しに来ただけだと思いますか。やつは拳銃を所持している」

「夫妻は留守です」ハンメルが言った。電話を下ろして、屋敷を見上げる。「マスコミや世間の目からなるだけ離れたいようで」

スティレルも身を乗りだしてフロントガラスごしに屋敷を見上げた。「ひとりであそこにいるということか」

三台のパトカーが現れた。一台が屋敷の前を通過して停止する。三名の武装警官が車を降り、隣家の庭から屋敷の裏手にまわった。三人の車に歩み寄った隊長が訊いた。

「あそこに籠城されるとまずい。出てくるよう電話で説得してもらえませんか」

スティレルとハンメルがヴィスティングを見る。「電話を貸してもらえるか」と言うと、ハンメルが差しだした。番号を探してかけたが、通じなかった。

「では、突入しますか」隊長が訊く。

「先にピックアップを調べてくれ」ヴィスティングは指示した。

スティレルがエンジンをかけ、現場を見やすい位置に少し車を近づけた。隊長が短い指示を出し、四人の武装警官が行動を開始した。二名が銃を屋敷に向けて援護にまわり、残りの二名がピックアップに近づく。ひとりが運転席をすばやく確認してからドアをあけた。

「誰もいません」無線で報告が入る。

「荷台を確認するんだ」ヴィスティングは告げた。

荷台の上端から大きな植木鉢が覗き、立てかけられた釣竿も見える。その脇にはリュックサックが置かれている。マッティンが位置を動かしたようだ。

「防水シートの下に身を伏せているかもしれない」

無線の指示が飛び交う。厳重な警戒のなか、二名の警官がピックアップの後部にまわった。ひとりは向かい側からテールゲートに向けて拳銃を構え、もうひとりが片手をホルスターにやり、反対の手をテールゲートにかけた。

ふたりが目で合図をし、テールゲートを下ろす。

車内からでもブーツの裏底が確認できた。ヴィスティングは後部座席のドアをあけて車を降りた。テールゲートを下ろした警官が荷台に拳銃を突きつける。

「出てこい！」その声にも反応はない。

ヴィスティングはゆっくりと歩み寄った。ピンク色の液体が荷台の溝に沿ってテールゲートへ流れだす――血液と塩水が混じったものだ。

警官がマッティン・ハウゲンの片足を持って手前に引き寄せた。身をかがめて確認し、すぐに隊長を振り返って喉をかき切る仕草をした。死んでいる、と。

ヴィスティングはそばへ寄り、マッティンの遺体を確認した。

銃弾は左右のこめかみを貫通し、魚の塩漬けのバケツを撃ち抜いていた。獲った魚をふたりでそこに詰めたのが遠い昔に感じられた。

スティレルが横に立った。ヴィスティングは無言で隣を見やった。この男は攻撃に対してどんな反応を見せるのだろう。逃げだすのか、それとも反撃に出るのだろうか。

「自白したというのは本当ですか」スティレルが訊いた。

ヴィスティングは小さなレコーダーを服から外して渡した。

「そこに全部録音されている。壊れていなければ」

スティレルは貴重な宝でも手にするようにそれを受けとった。

マッティン・ハウゲンの骸に向きなおったとき、ヴィスティングは悟った。反撃か逃避か——どちらか一方とはかぎらない。マッティン・ハウゲンは攻撃的本能を持って生まれたと信じていたが、実際には二十四年ものあいだ逃げつづけていたのだ。それもいま終わった。

87

ヴィスティングが居間へ入ると、アマリエはソファの上でiPadをいじり、リーネも寝そべってノートパソコンを覗いていた。どちらも夢中だ。

「トーマスが使い方を教えたのよ」リーネが画面から目を離さずに言った。

ヴィスティングは笑いながら孫娘を膝に抱えたが、アマリエはiPadを放そうとしない。

「まあ、ボールペンで遊ぶより安全だろう」

リーネも画面から顔を上げない。

「原稿書きは終わったんじゃないのか」

「これは記事じゃないの」

「ポッドキャストの最終回を聴いたよ。続きがないのは残念だ」

六回の配信予定が三回で終了したのは、その時点で事件が解決したからだ。

「いまはなにを？」ノートパソコンのほうへ顎をしゃくって訊いた。

「家系の調査」リーネはようやく画面から目を上げた。「うちの家系にもスティレル姓の人がいるから、アドリアン・スティレルも遠縁にあたるんじゃないかって思ったの。でも違った。ちょっと残念だけど」と言って目で笑う。「お金持ちだし跡継ぎもいないから」

ヴィスティングは苦笑を返した。

「ただし、スティレルは本名じゃないみたい。親戚にスティレル姓がいないのよ。両親の姓はパルムで、南アフリカに住んでる。彼もそう名乗っていたけど、二十歳のときにノルウェーに戻って警察大学校に入ったとき、スティレルに変えたみたい」

リーネはまた画面に目を向けた。「それとは別に、ちょっと気になることを見つけたの。恋人が失踪して、死亡扱いになってる」

ヴィスティングは目を見ひらいた。

「南アフリカにいた、十八歳のときみたい。いまその事件について調べてるとこ。恋人は見つからずじまいで、捜査は打ち切りになってる。それから十八年たって、彼はノルウェー警察の未解決事件班に配属になったってわけ。インタビューを申しこんだら受けてくれるかな」

「あの男のことはよく知らないが、難しいだろうな。そんな話はなにひとつ聞かされていないし、喜んで話すとは思えない」

「彼はまだここにいるの?」

ヴィスティングはうなずいた。「あとで会うことになっている。書類手続きがあってね」

リーネは英語の新聞が表示された画面に見入りながら、考えこむように言った。

「訊くまえに、もうちょっと調べないと」

88

机を片づけるときが来た。ヴィスティングは二十余年のあいだに溜まった書類や屑紙の山を整理した。カタリーナとナディアの事件には未解明の部分もあるが、捜査が終了となった以上、細かな点は謎として残すほかはない。

書類の一枚を手に取り、何度か目を通してからアドリアン・スティレルの個室に向かった。

スティレルも片づけの最中だった。リングバインダーは段ボール箱に詰められ、綴じられていた書類は反故紙回収箱に捨ててある。通行証は返却するため机の端に置かれている。

ここ数日でいちばん血色がいい。休息がとれたらしい。ヴィスティングはふと、リーネから聞いたスティレルの恋人の話を思いだした。この男にとって、それが未解決事件に挑む原動力となっているのだろう。

「あのことを知っているんだ」部屋の奥へ入っていきながらヴィスティングは言った。スティレルは電話番号がいくつも書き留められたメモをボードから剝がした。「なにを?」そう言ってヴィスティングの顔を見る。

「マッティン・ハウゲンに匿名の手紙を届けたのはきみだろう」ヴィスティングは文字が貼りあわせられた手紙のコピーを掲げた。〝あのことを知っている〟

スティレルはふっと笑った。「なぜわかったんです」

「ほかに考えられないからね。マッティン・ハウゲン以外にナディアの身に起こったことを知る者はいない。それに、きみのやり口は読めてきた」

「というと?」

「挑発が常套手段、手の内は見せない」

スティレルがまた口もとを緩める。「マッティン・ハウゲンにはひと押しが必要でした。ことをスムーズに運ぶために」

「十月十日の夜にマッティンの家の外で人影を見たんだが、あれはきみだったのか」

「やつが戸口の手紙に気づいたか確認するためです。あなたが現れてくれて助かりました。カメラに気づかず近づいてしまうところだった」

「だが、これは分析にまわされたはずだ」ヴィスティングはまたコピーを掲げた。

スティレルは首を横に振った。「証拠品には記録されていない。提出していないので。揺さぶりをかけるためにやっただけです」

気に入らないのは相手のやり口か、あるいは自分が蚊帳の外に置かれたことだろうか、とヴィスティングは思った。

「ハウゲンとのやりとりの録音はすべて聴きました。いまは文字起こし中ですが、検察が捜査終了を決めるにはあれで十分でしょう」

ヴィスティングはうなずいた。

「そういえば、ひとつ気になっていることが」スティレルが段ボール箱の蓋を閉めて続けた。「たいした話ではないんですが、ナディアの祖母がパリで買ってきたという、プレゼントの包みのことです。ようやく中身をたしかめられるのでは？」

ヴィスティングは苦笑した。スティレルは知っていて訊いたのだ。パリで買ったプレゼントなどなかった。マッティンの良心に訴え、自白へ導くための作り話だ。

「言葉と行動、どちらを用いるにせよ」スティレルが段ボール箱を抱えた。「目的を果たすために必要だったということです」

ヴィスティングは手にした紙をふたつに折った。「これからどこへ？　次の事件の捜査にかかるのか」

「ベルゲンへ向かいます。そこの刑務所の囚人が、十七年前に埋めた死体の件で話したいそうで」

ヴィスティングは脇に寄り、ドアに向かうスティレルを通した。

「そちらは？　また大きな事件でも？」

ヴィスティングは首を振った。久方ぶりに、机は空になった。

解説

杉江松恋

人間に寄り添った小説、というのはこういう作品を言うのだろう。

人間に寄り添うということは、心の中を覗(のぞ)くということである。そこにある得体の知れないものを直視するということである。人そのものの謎を解くということである。

ノルウェーの作家ヨルン・リーエル・ホルストによる長篇、『カタリーナ・コード』を読んで得た感慨を自分なりに分析し、そういう結論に落ち着いた。深い森の中、落ち葉の絨毯(じゅうたん)を踏みしめる自分の足音以外に何も聞こえてこないような空間で、一人靄(もや)の向こうにあるものを見ようと目を凝らしている。そんな読後感を覚える小説だ。

題名の〈カタリーナ・コード〉とは二十四年前に行方がわからなくなった女性が残した謎の書き置きのことである。「三本の縦線に沿って二、三桁の数字がいくつも書きこまれている」だけの単純なものだが、暗号の専門家でも意味を解読できなかった。

その女性、カタリーナ・ハウゲンがいなくなったのは、二十四年前の十月十日のことである。ヴィリアム・ヴィスティング警部は事件解決を諦めず、捜査資料を持ち帰って何度も読み返してきた。毎年十月十日になると、カタリーナが不在のハウゲン家を訪れるのである。そこには夫のマッティンが今も一人で暮らしている。幾度も訪れるうちに、ヴィスティングとマッティンの間には、警察官と事件関係者のそれを超えた感情の交流が生まれていた。友情に最も近い感情かもしれない。マッティンが所有する山小屋を一緒に訪れ、休暇をそこで過ごしさえしている。

そしてまた十月十日が来たのだが、二十四年目にしてヴィスティングはささやかな驚きを覚えることになる。その日は何があろうと必ず在宅して待っているはずのマッティンが、留守にしていたのだ。それだけではなく勤めも休み、どこにいるかわからなくなっていた。

物語はこんな始まり方をする。序盤における小説の中心は、カタリーナ・ハウゲン失踪事件だ。やがてアドリアン・スティレルという警官が登場し、もう一つの中心を追加してくる。それによって物語は、円ではなく二つの焦点を持つ楕円（だえん）になる。

スティレルは地方警察ではなく、オスロにある国家犯罪捜査局の人間だ。彼が呈示したのは、ナディア・クローグ誘拐事件である。一九八〇年代後半に起きた、ノルウェーの犯罪史に残る有名事件だ。マッティン・ハウゲンがそれに関与した疑いがあるというのである。ヴィスティングとマッティンが親密な関係にあることに目をつけたスティレルは、それを利用して一気に事件を解決に導く策を思いついたのだ。

序盤の展開は以上である。スティレルからの要請を受け入れたヴィスティングは、マッティンに接近して、彼の心中を探り始める。捜査官の任務としては異例のことで、潜入捜査と言ってもいい。警察官である男が、真意を隠し、私人としての行動であるかのように装って重罪犯かもしれない人物と行動を共にする。つまりは嘘を吐くわけだ。ここが『カタリーナ・コード』という小説の味わい深いところで、嘘を吐いているからといって、そこで生じる感情がすべて偽物だとは限らない。偽りの関係であっても心が通わないわけではない。人間にはそんな多面性があることを、作者はヴィスティングの風変りな任務によって描き出していくのである。物語の後半に二人が湖に舟を浮かべてホッキョクイワナをやすで突くくだりがあるが、本書で最も引き込まれる場面はそこではないか。胸にそれぞれの思惑を秘めながら二人の男が魚を獲る。その影が石油ランプに照らされて湖水の上に長く延びるのが見えるような気さえする。

『カタリーナ・コード』はヴィスティング警部が登場するシリーズの第十二長篇にあたり、本国では二〇一七年に刊行された。長篇は年一作のペースで出ており、二〇一九年の時点では第十四長篇のIllviljeまでが発表されている。このシリーズの邦訳は今回で二回目で、二〇一二年に発表された第八長篇の『猟犬』が二〇一五年に早川書房の〈ハヤカワ・ミステリ〉シリーズの一冊として出版されている。長いシリーズの中から同書が選ばれたのは、北欧のミステリー賞三冠に輝いた作品だからだろう。

それぞれ紹介すると、まず「ガラスの鍵」賞はスカンジナビア推理作家協会主催で、北欧圏では最も権威があるとされている。『猟犬』が授与されたのは二〇一三年、受賞作家を見るとスティーグ・ラーソン（二〇〇六年度『ミレニアム1 ドラゴン・タトゥーの女』、二〇〇八年度『ミレニアム3 眠れる女と狂卓の騎士』、共にハヤカワ・ミステリ文庫）をはじめ、錚々（そうそう）たる顔ぶれで、ノルウェー作家ではジョー・ネスボ（一九九八年度『ザ・バット 神話の殺人』、集英社文庫）、カリン・フォッスム（一九九七年度『湖のほとりで』、PHP文芸文庫）などが栄光に浴している。次がスウェーデン推理作家アカデミーによるマルティン・ベック賞で、これは北欧ミステリーで最も高名な作家であるマイ・シューヴァル&ペール・ヴァールーの創造したキャラクターの名が冠された賞だ。必ずしも北欧圏作家の作品に対して贈られるものではないらしく、ノルウェー作家としては前出のフォッスムに続いて二〇一四年のホルストが二人目の受賞者となった。最後にゴールデン・リボルバー賞で、これはノルウェーのミステリー作家の集まり〈リバートン・クラブ〉によって選出されるものである。本の出た二〇一二年度に授与された。

シリーズ八作目にして『猟犬』がそこまで高く評価されたのは、ヴィスティングが証拠捏造（ねつぞう）の不正を犯したとして告発されるという、緊迫感溢（あふ）れる物語だったからだろう。『カタリーナ・コード』で描かれるのは二十四年前の失踪事件だが、『猟犬』では十七年前の誘拐殺人事件が興味の対象となる。すでに犯人は逮捕されており、ヴィスティングにとっても決着のついた事件なのだが、そこに不正が入りこんでいた可能性を指摘され、彼は過去の自分自身と向き合わなければならなくなる。やはり心を覗きこむ小説であり、しかも対峙（たいじ）すべき相手は自分なのだ。物語の終わり近くに、こんな一文がある。

――四日間、警察官ではなかった。警察という権威を失っただけでなく、法を犯したとして告発までされた。良き捜査官であるには一つの事件を異なった角度から見ることができる資質も備えてなくてはならない、常にそういう思いを持ってやってきた。しかし、今回図らずも自分はそこに立った。もう一方の側に。（猪股和夫（いのまたかずお）訳）

二作を読んだだけで断言するのは早計かもしれないが、ホルストのミステリー作家としての美点は、ありきたりなプロットに縛られないところにあると思う。『カタリーナ・コード』では一地方警察の捜査官に過ぎないヴィスティングの前に国家犯罪捜査局という、警察官の中の選良が集まる部署にいるスティレルが登場する。凡百の作家であれば二人を対立関係にさせるところだが、ホルストはそうしないのだ。卑小なプライドのぶつけ合いよりも、真実を追求するという遥（はる）かに重要な目的があるからだろう。『猟犬』でも同じで、これまた並の作家であればヴィスティングを違法捜査の濡（ぬ）れ衣（ぎぬ）を着せられた潔白な人間として書くところである。しかし、ホルストは違う。

ヴィスティングに、自分は警察官として間違いを犯したか、だとしたらなぜなのか、と自問自答させる。つまり、自分の潔白さをいったんは本当に疑うのだ。派手な真相暴露やどんでん返しに頼らず、主人公がこつこつと努力を重ねて真相に近づいていく過程をそのまま読者に見せることを重視する。その着実さがホルスト作品の魅力なのである。

警察の事件捜査には大きく分けて「地取り」と「筋読み」があるという。証拠を集めて消去法でありえない選択肢を消していくやり方が地取り、人脈や利害関係などすでに分かっていることから最も強い可能性を選び取るのが筋読みである。ミステリーに登場する探偵にも二通りあるが、ヴィスティングは徹底した地取り派だ。彼の登場する作品は極言するなら「証拠の小説」なのである。集められるだけ証拠を集めたヴィスティングが、容疑者から自白を引き出す。その中心軸がどっしりと太いので読者は安心して物語を楽しむことができる。

ここまで触れてこなかったが、ヴィスティングの物語にはもう一人重要な登場人物が存在する。彼の娘であるリーネだ。彼女はタブロイド紙〈VG〉（ヴェルデンス・ガング）に籍を置く、刑事事件専門の記者なのである。『カタリーナ・コード』では、一人娘のアマリエ出産後の休業状態から復帰し、スティレルの呼びかけに応じて塩漬けになっていたナディア・クローグ誘拐事件を追い始める。記事を書くだけではなく、ポッドキャストで実況中継をしていく、というのがいかにも今風である。『猟犬』では、ヴィスティングの責任を〈VG〉紙が糾弾することになり、父親と新聞社の間で板挟みになってしまう。

このリーネの視点が入っているというのが、警察小説としては重要なのだ。司法権を持って捜査に当たる警察官と、報道の自由に基づいて事件を調べるジャーナリストという、立場の異なる二者の視点から一つの事件を描くことにより、全体像がより立体的に浮かび上がってくる。ヴィスティングの見立てによればリーネには「情報の断片を整理してそこに新たな関係を見いだすという、驚くべき能力」（『猟犬』）があり、それが父親の地取りに補完的な視点を与えることになる。父と娘は立場が違うので情報交換もできない、というのが、設定として巧みである。

ミステリーとしての構造ということで言えば、ホルストは前述したようにどんでん返しのケレンに頼らないという作家である。かといって明かされる真相に意外性がないわけではなく、さりげなく書いた伏線を物語の後半で回収するという謎解き小説の作法はしっかりと守っている。本書で言えば、〈カタリーナ・コード〉の真相につながる手がかりの出し方には年季の入った読み手も唸らされるのではないだろうか。そうした驚きを読者に与えつつも、いざ物語が佳境に入った後は脇目も振らずに主題を追い求めていくという潔さがこの作者にはある。また、虚仮脅しのような引っくり返しこそないものの、終盤には、はっと息を呑むような発見も準備されている。四七五ページから始まる段落でヴィスティングが看破する真相がそれで、事件を巡る人間関係が改めて鮮やかな絵の具で着色し直されたような驚きがある。ある人物の心の中に指摘されるまでは気づかなかった一面があったことを読者は知らされ、粛然とした気持ちになるはずである。人間について知ることが最も大きな小説の悦びであるということを改めて示し、この物語は幕を閉じるのである。

　そろそろ紙数が尽きてきた。改めて、作者であるヨルン・リーエル・ホルストについて簡単に紹介しておきたい。一九七〇年生まれのホルストは、テレマルク県バンブレの出身である。テレマルクは、スキー・ジャンプ競技のテレマーク姿勢の語源になった地名だ。ヴィスティングが警察官として奉職するラルヴィクは実在し、首都オスロの南西百五キロにある、人口二万三千ほどの小都市である。ホルストは元警察官で、『猟犬』を発表したころまではラルヴィクを含むヴェストフォル県内の警察署で勤務していたという。そうした職歴は、彼の作風の形成に大きく影響しているのである。

　ノルウェーには第二次世界大戦前に遡るミステリーの歴史があるが、最近まで邦訳された作品は少なく、隣国スウェーデンの陰に隠れて全貌が把握しにくかった。その中でも重要な作家と見なされていたのが、法律家として政府の重職に就いたこともあるアンネ・ホルトで、彼女は北欧ミステリーに女性小説の要素を導入した功績者でもある。男性の視点しか存在しなかった世界に行動の主体となる女性を登場させた功労者と言っていい。ホルトによって女性のミステリーは発見され、北欧全域にも広まっていった。また、最近になって既存作家とはまったく異なる作風を開拓しているのがジョー・ネスボで、北欧よりもむしろアメリカの作品に多大な影響を受けたと公言している。彼ほど大胆な存在ではないが、警察出身者だからこそ書ける証拠重視の警察捜査や多視点の導入といった新しい手法を導入したホルストもまた技術革新の一翼を担う新世代の作家の一人だと言える。

二〇一六年に駐日ノルウェー王国大使館とノルウェー文学海外普及協会（NORLA）共催による「ノルウェー文学セミナー2016」が開かれた際、招待作家の一人としてホルストの初来日が実現した。その際に吉野仁氏によって行われたインタビューが「ハヤカワ・ミステリマガジン」二〇一六年七月号に掲載されている。それによればホルストが小説を書き始めたのは、ベッドで読んでいたミステリーが投げつけたくなるほどひどいものだったことがきっかけで、「僕だったらもうちょっとよく書けるのに」と呟いたところ、横に寝ていた妻から「じゃあ、そうすれば？」と言われたからなのだという。最初に読んだミステリーはミッキーマウスが犯罪を解決するという、おそらく海賊版だと思われるコミックで、ヘニング・マンケルの〈刑事ヴァランダー〉シリーズ（創元推理文庫）に憧れて警察官になることにした、という告白もおもしろい。

このインタビューで特に印象的なのは、主人公であるヴィスティングに関するくだりで、彼が事件にどう取り組んでいったかということよりも、「事件が彼にどうかかわっていくか」を重視するとホルストは発言している。「あなたが深淵を覗きこむとき、深淵もまたあなたを覗き返しているのだ」というニーチェの言葉を例に引き、作品を重ねるごとにヴィスティングは「未来に対する信頼というものを失って」いくと言うのである。

おそらくそれは、ヴィスティングが事件という現象のうわべだけではなく、そこに関係した人の心を覗きこまずにはいられない男だからなのだろう。だが、そういう人物の物語だからこそ信頼できるのだし、彼がどんな場所に行きつくかをできれば見届けたいとも思うのである。心という不可解なものに魅了された男は、最後に何を思うのだろうか。

（すぎえ・まつこい／文芸評論家）

本書のプロフィール

本書は、二〇一七年にノルウェーで出版された小説『Katharina-Koden』の英語版を初訳したものです。

小学館文庫

警部(けいぶ)ヴィスティング
カタリーナ・コード

著者　ヨルン・リーエル・ホルスト
訳者　中谷友紀子(なかたにゆきこ)

二〇二〇年二月十一日　初版第一刷発行

発行人　飯田昌宏
発行所　株式会社　小学館
〒一〇一-八〇〇一
東京都千代田区一ツ橋二-三-一
電話　編集〇三-三二三〇-五一三四
販売〇三-五二八一-三五五五
印刷所――大日本印刷株式会社

ISBN978-4-09-406654-8